हरिशंकर परसाई

22 अगस्त, 1924 को मध्य प्रदेश के होशंगाबाद जिले के जमानी गाँव में जन्मे हरिशंकर परसाई का आरम्भिक जीवन कठिन संघर्ष का रहा। पारिवारिक जिम्मेदारियों के बीच नागपुर विश्वविद्यालय से हिन्दी में एम.ए. किया और फिर 'डिप्लोमा इन टीचिंग' का कोर्स भी।

आपकी प्रकाशित कृतियाँ हैं—*हँसते हैं रोते हैं, जैसे उनके दिन फिरे* (कहानी-संग्रह); *रानी नागफनी की कहानी, तट की खोज* (उपन्यास); *तब की बात और थी, भूत के पाँव पीछे, बेईमानी की परत, वैष्णव की फिसलन, पगडंडियों का जमाना, शिकायत मुझे भी है, सदाचार का ताबीज, विकलांग श्रद्धा का दौर, तुलसीदास चन्दन घिसैं, हम इक उम्र से वाक़िफ़ हैं, निठल्ले की डायरी, आवारा भीड़ के खतरे, जाने-पहचाने लोग, कहत कबीर, ठिठुरता हुआ गणतंत्र* (व्यंग्य निबन्ध-संग्रह); *पूछो परसाई से* (साक्षात्कार)।

'परसाई रचनावली' शीर्षक से छह खंडों में आपकी सभी रचनाएँ संकलित हैं।

आपकी रचनाओं के अनुवाद लगभग सभी भारतीय भाषाओं और अंग्रेजी में हुए हैं।

आपको केन्द्रीय साहित्य अकादेमी पुरस्कार, मध्य प्रदेश के शिखर सम्मान आदि अनेक पुरस्कारों से सम्मानित किया गया।

आपका निधन 10 अगस्त, 1995 को हुआ।

हम इक उम्र से वाक़िफ़ हैं

हरिशंकर परसाई

राजकमल पेपरबैक्स

पहला पुस्तकालय संस्करण
राजकमल प्रकाशन प्राइवेट लिमिटेड द्वारा
1989 में प्रकाशित

राजकमल पेपरबैक्स में
पहला संस्करण : 2018
चौथा संस्करण : 2026

राजकमल पेपरबैक्स : उत्कृष्ट साहित्य के जनसुलभ संस्करण

राजकमल प्रकाशन प्रा.लि.
1-बी, नेताजी सुभाष मार्ग, दरियागंज
नई दिल्ली-110 002
द्वारा प्रकाशित

शाखाएँ : अशोक राजपथ, साइंस कॉलेज के सामने, पटना-800 006
पहली मंजिल, दरबारी बिल्डिंग, महात्मा गांधी मार्ग, प्रयागराज-211 001
1, अनमोल सोराबजी सन्तुक लेन, धोबी तलाव, मरीन लाइंस, मुम्बई-400 002
वेबसाइट : www.rajkamalprakashan.com
ई-मेल : info@rajkamalprakashan.com

बी.के. ऑफसेट
नवीन शाहदरा, दिल्ली-110 032
द्वारा मुद्रित

मूल्य : ₹ 250

HUM EK UMRA SE WAKIF HAIN
Momoirs by Hari Shankar Parsai

ISBN : 978-93-88183-54-3

अनुक्रम

हम इक
उम्र से
वाक़िफ़ हैं

हम इक उम्र से वाक़िफ़ हैं

संस्मरण लिखने का प्रस्ताव आया, तो अचानक फ़ैज़ अहमद फ़ैज़ का यह शेर याद आ गया :

हम इक उम्र से वाक़िफ़ हैं अब न समझाओ
के: लुत्फ़ क्या है मेरे मेहरबाँ सितम क्या है।

मैंने शेर का आरम्भ का हिस्सा शीर्षक बना दिया : हम इक उम्र से वाक़िफ़ हैं।

न जाने क्यों उपचेतन से अचानक बालकृष्ण शर्मा 'नवीन' की ये पंक्तियाँ भी कौंध उठीं :

हम विषपायी जनम के सहें अबोल कुबोल
नेक न मानत अनख हम जानत अपनो मोल।

कहीं उपचेतन में जीवन-संघर्ष के अनुभव, कड़ुवाहट, अपमान और उत्पीड़न, अन्याय, यातना की स्मृतियाँ होंगी। साथ ही विष को पचाकर जीने और लड़ने की स्मृति। और इसके साथ ही आत्मगौरव कि हमने टुच्ची बातों का बुरा नहीं माना। हम अपनी कीमत जानते हैं। वह कीमत हम वसूलते हैं और तुम, कभी हँसने और तकलीफ़ देनेवाले, अब अपने निर्लज्ज व्यक्तित्व के साथ वह कीमत देते हो, क्योंकि वह कीमत देकर अब तुम छोटे से थोड़ा बड़े होते हो। ये अनुभव मुझे बहुत हुए हैं कि जो कभी मेरी निन्दा और उपहास करके बड़े बनते थे, वही अब यह कहकर बड़े बनते हैं कि दर्शन

करके आ रहे हैं। मुझे इनकी दरिद्रता पर दया आती है और अटपटेपन पर हँसी। ग़ुस्सा नहीं आता। पवित्र ग़ुस्सा अत्यन्त मूल्यवान और कारगर अस्त्र है। इसे मक्खियों पर बरबाद नहीं करना चाहिए।

सचेत आदमी सीखना मरते दम तक नहीं छोड़ता। जो सीखने की उम्र में ही सीखना छोड़ देते हैं, वे मूर्खता व अहंकार के दयनीय जानवर हो जाते हैं। मैंने कहीं लिखा है कि आत्मविश्वास कई तरह का होता है। धन का, बल का, ज्ञान का। पर सबसे विकट आत्मविश्वास मूर्खता का होता है। देखिए, अपने आपको उद्धृत सिर्फ़ प्रभाकर माचवे नहीं करते, मैं भी करता हूँ।

तो सीखना तो अन्तिम क्षण तक ख़त्म नहीं होता। मगर एक स्टेज आती है, जब सिखानेवालों से चिढ़ आती है। यह सीख खोखली होती है। औपचारिक होती है। आत्महीन होती है। उच्चतर समझ का घमंड होती है। तब यह कि :

हम इक उम्र से वाक़िफ़ हैं अब न समझाओ
के: लुत्फ़ क्या है मेरे मेहरबाँ सितम क्या है।

और :

ये कहाँ की दोस्ती है के: बने हैं दोस्त नासेह
कोई चारासाज़ होता कोई गम गुसार होता।

(ग़ालिब)

भाई मियाँ, हम समझे हुए हैं। हमने दुनिया देखी और समझी है। तुम पहली कक्षा की बातें एम.ए. के छात्र को क्यों समझा रहे हो। लुत्फ़ क्या है मेहरबाँ और सितम क्या है, यह हम जानते हैं। दोनों भोगे हुए हैं। आप समझाने की तकलीफ़ गवारा क्यों करते हैं।

'नवीन' कहते हैं—हम विषपायी जनम के! यह माना कि जन्म से विषपायी रहे। मगर ख्वाहमख्वाह उद्देश्यरहित विष पीना भी बेवकूफ़ी है। पीना ही पड़े तो पचा जाना और मोर्चे पर डटे रहना बहादुरी है। पर दो मानसिक बीमारियाँ होती हैं। एक है 'सेडिज़्म'—इसमें दूसरों को दुख देकर आदमी सुख का अनुभव करता है। दूसरी बीमारी है—'मेसाफिज़्म'। इसमें ख़ुद को दुख देकर, उसका ढिंढोरा पीटकर सुख का अनुभव किया जाता है। समाजशास्त्री बताते हैं कि भारत में काफ़ी सासें इन दोनों रोगों से पीड़ित होती हैं।

हम इक उम्र से वाक़िफ़ हैं

यह जो लेखकों, कलाकारों का 'विषपान' वाला ढिंढोरा है, इसमें 'मेसाफिज़्म' (स्वपीड़न प्रमोद) भी होता है। यह सही है कि सृजन की आन्तरिक पीड़ा विकट होती है। इसे सर्जक के सिवा कोई नहीं समझ सकता। इतने साल मुझे लिखते हो गए, पर आज भी काग़ज़ पर कलम चलाना शुरू करता हूँ तो घबड़ाता हूँ। लगता है पहली बार लिख रहा हूँ। बहुत पहले 'पेरिस रिव्यू' में सौ प्रसिद्ध लेखकों का साक्षात्कार छपा था। लगभग सभी लेखकों ने कहा था—Writing is torture. I hate it. तो यह विषपान तो ज़रूरी है। मगर रूमानी विषपान? यह दर्दनाक मगर हास्यास्पद होता है। किसने कहा था कि आप विकल जी या आकुल जी या बलिपन्थी जी हो जाइए। किसने कहा था आपसे कि बाल बढ़ाइए, दाढ़ी मत बनाइए, स्वास्थ्य कोशिश करके बिगाड़िए, बौखलाए रहिए। किसके लिए? किसके सिर पर अहसान लाद रहे हैं? और आप सृजन क्या कर रहे हैं? कलावती औरत चीख इतना रही है, जैसे भीमसेन पैदा कर रही हो, मगर निकाल रही है चुहिया।

बड़े लेखकों में भी यह रूमानी आत्मघाती प्रवृत्ति पाई जाती है। विशेषकर उर्दू शायर बरबादी से अपने को महिमा मंडित करते हैं। फ़न के लिए क़ुरबान हो रहे हैं साहब! मुरीद ऐसा वातावरण बनाते हैं कि बेचारा न मरता हो तो शराब पी-पीकर मर जाए। मेरा अनुभव है कि हस्बे-मामूल (नार्मल) रहकर भी सृजन किया जा सकता है। मैं छोटा लेखक हूँ मगर मैंने अपने को त्याग और बलिदान की महिमा से मंडित नहीं किया। कुछ साल शराब ज़रूर पी। पर बाक़ी ज़िन्दगी बिलकुल सामान्य रहा। बड़े-बड़े पारिवारिक दायित्व निबाहे। कई समाजसेवी संस्थाओं में ज़िम्मेदारी के पदों पर रहा—अभी भी हूँ। मैंने कोई त्याग, कोई बलिदान नहीं किया। मैं नकली कफ़न नहीं लपेटता। नौकरी की तो वेतन लिया। सिर्फ़ लिखने का काम किया तो दाम लिये। मैंने लिखकर किसी पर कोई अहसान नहीं किया। समाज पर मेरा कोई कर्ज़ नहीं है। लिखना मेरा अपना फैसला था। दुख भी भोगे तो वे अपने ही फैसले के नतीजे हैं। कमज़ोर पड़ा तो सताया भी गया। ताकतवर हो गया तो उन्हीं से चरणों पर माथा रखवाया। विषपान के बारे में इतना बहुत है।

मैं न सेडिस्ट, न मेसाफिस्ट, न तपस्वी, न एबनार्मल, न कलंकभूषण, न अटपटा, न सनकी, न उचक्का—तो मेरी आत्मकथा या संस्मरण में धरा क्या है? खाक! उबाऊ चीज़ ही होगी—सो पाठक भोगें।

हम इक उम्र से वाक़िफ़ हैं

अब—जानत अपनो मोल! ये आत्मविश्वास के बोल हैं। पर मोल के भी अलग-अलग सन्दर्भ होते हैं। 'नवीन' कहना यह चाहते हैं कि मैं अपनी अहमियत जानता हूँ। जो काम मैं कर रहा हूँ वह कितना महत्त्वपूर्ण है यह जानता हूँ। मैं अपना और अपने काम का मूल्य जानता हूँ। न जाननेवालों की मुझे परवाह नहीं।

मगर यही न जाननेवाले बाज़ार भाव बनाते हैं। यही माल का विज्ञापन करते हैं और उसे खपाते हैं। बाज़ार भाव बदलते रहते हैं। साहित्य के मूल्य बदलते रहते हैं। हम जो लिखते हैं, उसका मूल्य हम जानते हैं। पर हम साहित्य में भी उसका मूल्य चाहते हैं और बाज़ार में भी। यह चाहना जायज है। वैसे कीमत घटती-बढ़ती है, इसके मुझे अनुभव बहुत हैं। मैंने शुरू से ही साहित्यशास्त्र के कोई बन्धन नहीं माने। आचार्यों के चौखटे तोड़ डाले। मेरी लिखी हुई यह अगर कहानी नहीं मानते, तो परिभाषा बदल दो। यही नहीं, मुझे काफ़ी जड़, दकियानूस, कट्टर, अविवेकी शास्त्रियों से भी लड़ाई लड़नी पड़ी। न ये नई वास्तविकता को ग्रहण कर सकते हैं, न नया सोच सकते हैं। दर्शन के फाटक पर चौकीदार बने बैठे हैं और दिनभर मक्खी उड़ाने की रोटी खाते हैं।

मैं भारतीय क्लासिकों का शुरू से अध्येता रहा हूँ और इनका खुलकर उपयोग करता हूँ। मध्य युग के तुलसीदास, सूरदास, कबीरदास, कुम्भनदास, रहीम आदि के सन्दर्भ और उद्धरण ख़ूब देता हूँ। पर इन शास्त्रियों के पास जो सूचियाँ रखी हैं उनमें ये पतनशील, सामन्ती और जातिवादी हैं। सूरदास पतनशील रूमानी थे। तुलसीदास घृणित जातिवादी और सामन्ती। और मैं—पुरातनवादी! बहुत लड़ाइयाँ लड़ीं मैंने इन कवियों के लिए। तुलसीदास ने ख़ुद जितनी लड़ाई लड़ी होगी उससे अधिक मैंने उनके लिए लड़ी। फिर मैं 'प्रथम पुरुष एक वचन' का प्रयोग करता हूँ। कुछ व्याकरणाचार्य प्रथम पुरुष को 'उत्तम पुरुष' कहते हैं। वे होंगे। मैं नहीं। मेरे लेखक में यह 'मैं' हरिशंकर परसाई नहीं है। पर तब और अब भी बहुत लोग मानते हैं कि यह 'मैं' ख़ुद परसाई है, व्यक्तिनिष्ठ है, आत्म-मोहित है, व्यक्तिगत प्रतिक्रियाएँ व्यक्त करता है। अब ज़रूर पिछले कुछ सालों से प्रबुद्ध समीक्षक यह समझने-समझाने में लगे हैं कि 'मैं' परसाई नहीं हूँ। यह एक प्रतिनिधि व्यक्ति है।

बहरहाल मुझे 5-6 साल लिखते हुए हो गए, तो मैंने एक समझदार माने जानेवाले प्रकाशक को पुस्तक की पांडुलिपि प्रकाशन की विनती के साथ दी। कुछ दिनों बाद उन्होंने पांडुलिपि लौटाते हुए कहा—माफ़ कीजिए, इन रचनाओं में पुरातनवाद है और व्यक्तिगत प्रतिक्रियाएँ हैं।

तब 5-6 साल मैंने जिसे 'बुर्जुआ प्रेस' कहा जाता है, उसमें लगातार वैसी ही रचनाएँ सैकड़ों छपवाईं। शायद बुर्जुआ प्रेस ने भी मुझे वही समझा जो प्रगतिशीलों ने। मेरी तीन पुस्तकें भी बड़े प्रकाशकों ने प्रकाशित कीं। वे ख़ूब बिक रही थीं। तब उन्हीं प्रकाशक ने एक दिन मुझसे कहा--हमें भी अपनी पुस्तक छापने का अवसर दीजिए न! मैंने तपाक से कहा—आपको पुस्तक देने से क्या फायदा। बिक्री आपकी बहुत कम है। मुझे क्या रायल्टी मिलेगी? एक तरह से किताब कुएँ में डालना ही होगा। यह 'जानत अपनो मोल' का रहस्य है। आप मोल सिर्फ़ जानिए ही नहीं, उसे मनवाइए भी। वसूलिए भी।

संस्मरण लिखने की बात कुछ ऐसे ही उठी। आत्मकथा नहीं लिखूँगा। लोग यह मानते हैं कि आत्मकथा में सच छिपा लिया जाता है। जो व्यक्तित्व को महिमा दे, वही लिखा जाता है। मगर हर सच को लिखने की ज़रूरत भी क्या है? अपनी हर टुच्ची हरकत का बयान आख़िर क्यों करूँ? उस टुच्ची हरकत का क्या महत्त्व है, पाठकों के लिए? कोई उसका सामाजिक मूल्य है क्या? नहीं है। तो फिर मैं सिर्फ़ यह अहंकार ही तो बताऊँगा कि मैं कितना महान हूँ कि अपने टुच्चेपन को भी खोल देता हूँ। सार्थक सच हो तो लिखो। यही आग्रह है 'सत्य' के बारे में। सत्य-सत्य-सत्य! आख़िर सत्य है क्या? बहुत पढ़ा मैंने। सुकरात भी, उपनिषद भी, टाल्सटाय भी, गांधी भी। सत्य का आग्रह सबका है पर किसी ने सत्य को परिभाषित नहीं किया। मैं नहीं जानता कि सत्य क्या है।

जे. कृष्णमूर्ति कहते हैं—सत्य तक पहुँचने का मार्ग कोई नहीं है। पर जो ऐसा अगम है, वह सत्य क्या है, यह कृष्णमूर्ति ने भी नहीं बताया। जिसे जानते ही नहीं उसके लिए मार्ग खोजना एक बेवकूफ़ी है। और यह कहना कि उस तक पहुँचने का कोई मार्ग नहीं है, निरर्थक प्रलाप है। ये परा-चेतना की बातें हैं, जो शायद पुपुल जयकर समझती हों, जिनका कृष्णमूर्ति की संगीत में उदात्तीकरण हो चुका होगा।

मुझे तो कृष्णमूर्ति के प्रसंग में यह याद आ गया कि वे एनी बेसेंट के दत्तक पुत्र थे। बर्नार्ड शा और एनी बेसेंट दोनों फेबियन सोसाइटी में थे और घनिष्ठ मित्र थे। यह मित्रता विवाह बननेवाली थी, पर कई कारणों से एनी बेसेंट शा से कट गई। मज़दूरों की हड़ताल के समर्थन में फेबियन सोसाइटी की बैठक में शा ने बहुत लड़ाकू भाषण दिया। तय हुआ कि कल मज़दूरों के साथ फेबियन लोग भी जुलूस में होंगे। शा और एनी बेसेंट साथ थे। पुलिस ने 'बेटन' चलाए। एनी बेसेंट को सिर पर चोट लगी। उसने आसपास देखा तो शा ग़ायब थे। शाम को वह शा के पास गई और कहा, ''तुम भाग आए। यू आर ए कावर्ड!'' शा ने कहा, ''इट इज़ बेटर टु बी ए कावर्ड दैन ए फूल!'' जब विश्वयात्रा के लिए बर्नार्ड शा निकले तो बम्बई में तीन दिन रुके। एनी बेसेंट ने कृष्णमूर्ति से कहा कि तुम शा से मिलना। कृष्णमूर्ति मिले। परिचय दिया कि मैं एनी बेसेंट का दत्तक-पुत्र हूँ। शा ने पूछा, ''तुम्हारी माँ कैसी हैं?'' कृष्णमूर्ति ने कहा, ''वैसे तो ठीक है पर कभी-कभी मानसिक रूप से कुछ गड़बड़ हो जाती है।'' शा ने कहा, ''ओह, शी नेव्हर हैड ए माइंड!'' बहुत क्रूर बात कही अहंकारी ने।

बहरहाल संस्मरण लिखूँगा। मैं इनमें कम होऊँगा, मेरे साथ बदलता ज़माना ज़्यादा होगा। लोग आत्मकथा और संस्मरण से आशा करते हैं कि हम सीखेंगे और हमें सही रास्ता मिलेगा। अपने और दूसरे के अनुभव से आदमी ज़रूर सीखता है, पर रास्ते अलग-अलग होते हैं। वन मेन्स फूड इज़ एनदर मेन्स पायज़न। मुझ पर कभी बहुत ज़ोर डाला गया कि अपनी ज़िन्दगी का रास्ता दूसरों को बताऊँ। तब मैंने जो कहा था, वह तभी छप भी गया था। वह यह है :

यों तो मेरी ज़िन्दगी चमत्कारों से भरी है, मगर कुछ भी ऐसा नहीं हुआ जिससे मुझे प्रेरणा मिली हो या जिसके बयान से किसी को प्रेरणा मिले। साधारण आदमी के जीवन में आनेवाली स्थितियाँ ही मेरे जीवन में आईं, मगर मैंने साधारण आदमी से बदतर काम किया। जिन स्थितियों में आदमी व्यावहारिक विवेक से काम लेता है, मैंने अविवेक से काम लिया। दुनियादारी में विवेक का अर्थ है लाभ-हानि का हिसाब लगाकर अपनी सुरक्षा को निश्चित करनेवाला बोध। पर मैंने जहाँ बहादुरी दिखानी थी,

वहाँ कायरता दिखाई। जहाँ कायरता फायदेमन्द थी, वहाँ बहादुरी दिखा बैठा। जहाँ सधा हुआ आदमी ख़तरा नहीं उठाता, वहाँ मैं ख़तरा उठा बैठा। कुछ पिट-पिटाकर फिर आगे बढ़ गया। ऐसा मेरे पराक्रम से नहीं हुआ। लेखक बनने में भी कोई आकस्मिक घटना या प्रेरणा नहीं थी। ऐसा नहीं हुआ कि शैशव में माँ की गोद में टट्टी-पेशाब करके किलकारी मारी तो लोगों ने कहा, सुनो, बच्चा महाकाव्य बोल रहा है। ज़िन्दगी भर, अब भी 35-40 साल कलम घिसते हो गए, पर जब लिखने बैठ जाता हूँ, हाथ-पाँव ठंडे पड़ जाते हैं। जो लिखा, बाद में पढ़ा तो उससे और अपने से नफ़रत हुई। पछतावा हुआ लिखने का। मगर जब लेखक बन ही गया, तब उस काम को पूरी ईमानदारी के साथ किया।

दो बार नर्मदा नदी में डूबते-डूबते बचा। दो बार रेलगाड़ी से कटते-कटते रह गया। एक बार हत्या से बचा और पिटाई से ही छूट गया। पहली बार तीन साल की उम्र में नर्मदा में डूबना दुर्घटना थी। दूसरी बार अविवेक के कारण मौत तक पहुँचा। विवेकशील आदमी पैसे का इन्तज़ाम करके शादी तय करता है। पर मैंने पैसे के बिना दो बहनों की शादी तय कर दी। किसी चमत्कार से वे अच्छी तरह हो भी गईं। रोटी का विकल्प खोजे बिना नौकरियाँ छोड़ता गया। आख़िरी नौकरी छोड़ने के तीन महीने बाद ही मेरी बहिन विधवा हो गई। वह जबलपुर रहने आ गई। मैंने बिना यह सोचे कि कल इन पाँच प्राणियों को क्या खिलाऊँगा, ज़िम्मेदारी ले ली। घर में एक दिन के आटा-दाल के भरोसे बीस सालों की ज़िम्मेदारी। चमत्कारों से यह काम भी पूरा हो गया । जब अभी तक काम चला है तो आगे क्यों नहीं चलेगा—इसी विश्वास पर चलता रहा। मेरे भीतर चार्ल्स डिकिन्स के डेविड कापर फील्ड का एक चरित्र मिस्टर मिकाबर बैठा है, जो मुफलिसी में भी मस्त रहता है और कहता है—'समथिंग विल टर्न अप! कुछ हो जाएगा।' जिस लिखने के कारण पिटा, वह न लिखता तब भी चलता। उसे लिखने से कोई क्रान्ति तो हो नहीं गई। पर लिख दिया और पिट गया। पीटनेवालों ने सोचा होगा कि अब यह हमारे ख़िलाफ़ नहीं लिखेगा। पर मैं अभी भी उनके ख़िलाफ़ लिख रहा हूँ। यह भी अविवेक हुआ

इन सब चीज़ों से कोई अगर प्रेरणा ले तो वह मज़े में ज़िन्दगी बरबाद कर सकता है। मुझे कोई एतराज़ नहीं।

परिवार

ज्योतिषियों ने मेरे पिता को बताया कि लड़के के ग्रह ऐसे पड़े हैं कि पुलिस इंस्पेक्टर बनेगा। अंग्रेज़ों के शासनकाल में गाँवों, क़स्बों में मनुष्यता का सर्वोच्च शिखर पुलिस थानेदार होता था। वह राम भी होता था और कृष्ण भी। मर्यादा पुरुषोत्तम भी और लीलामय भी। मेरे फुफेरे भाई हेड कांस्टेबिल थे। मगर क्या रोब था। लोगों को लोकतांत्रिक अधिकार नहीं थे। जो अधिकार साम्राज्यवादी सरकार ने दिए थे, उनकी भी जानकारी लोगों को नहीं थी। चेतना भी नहीं थी। इसीलिए पुलिस का इतना दबदबा था। मेरे पिता लकड़ी के कोयले का धंधा करते थे, और बाहर कोयला भेजने के लिए रेलवे वैगन जल्दी पाने के लिए स्टेशन मास्टर को घूस खिलाते थे। वे ख़ुद बाहर से आते तो रेल टिकट नहीं लेते थे। मैं भी बिना टिकट आता था। मेरे पिता की घूस खाने वाले बाबू थे न सब। तो पिता की नज़र में आदर्श नौकरी रेलवे बाबू की!

घूस थानेदार भी खाता था और रेलवे स्टेशन मास्टर भी। देशी साहब भी और अंग्रेज़ साहब भी। मगर अंग्रेज़ साम्राज्यवादी के शोषण और भ्रष्टाचार में 'साफिस्टिकेशन' होता था—ब्लीडिंग व्हाइट विथ ग्रेस। 'ग्रेस' था। आज जैसा भौंडापन नहीं। अंग्रेज़ साहब यह नहीं कहता था—पिपरिया से एक बोरा अच्छी दाल लेते आना। नहीं, नहीं। टू क्रूड! These petty natives आई एम इंग्लिश! तो साहब को बड़े लोग 'डाली' लगाते थे—

डाली में फल, फूल, मेवे और इनके साथ रुपए। साहब बोलता था—
"टोम सेठ गोपालदास अच्छा आदमी हाय। नाईस मेन! हामको पसंड हैं।"

'ग्रेस' था साम्राज्यवादी में। इस तरह का—दॅ वाइसराय इन काउंसिल इज़ प्लीज़्ड टु कनफर्म दॅ सेंटेन्स ऑफ डेथ—प्लीज़्ड टु कनफर्म! लन्दन में छपे 'क्लासिफाइड डाक्यूमेंट्स' के पोथों में ऐसे नमूने मिलेंगे।

क्या बनूँ, यह बात तब उठी जब मैं मैट्रिक में था। उसके पहले की पृष्ठभूमि बता दूँ। मेरे पिता तीन भाई थे। ब्राह्मण थे, पर पौरोहित्य नहीं करते थे। उनकी मौसी मालगुजार थी। यानी मालगुजार परिवार के थे, पर क़ानूनी हिस्सा मालगुजारी में नहीं था। इसका मतलब है कोई बुनियाद नहीं थी। मौसी ने खेती दे दी होगी। घर थे ही। यानी आश्रित थे। किसी कारण मौसी के बेटे से झगड़ा हुआ। मेरे बड़े दादा ने मुझे बताया कि इस मँझले श्यामलाल ने लट्ठ चला दिए और हम लोग गाँव से उखड़ गए।

बड़े दादा कहते थे—'पास-पास पाँच-छः गाँव थे। हम ब्राह्मण हैं। वैसे ही मज़े में रह लेते।'

आधी शताब्दी से पहले की बात है यह। तब ब्राह्मण को श्रद्धालु गाँववाले पाल लेते थे। पौरोहित्य न करें, सिर्फ़ चन्दन लगाया करें तो भी पाल लेते थे। जनेऊ और चन्दन बड़ी पूँजी थी। ये सुरक्षा कवच भी थे। बेचन शर्मा 'उग्र' ने किसी पौराणिक कहानी में लिखा है कि ब्राह्मण देवदत्त किसी स्त्री के घर से व्यभिचार करके निकला तो बाहर लोग लाठियाँ लिए मारने को खड़े थे। देवदत्त ने झट मिरजई में से जनेऊ निकालकर बताई तो लोगों ने कहा, 'जाने दो। ब्राह्मण है।' शायद किन्हीं ने देवदत्त को अपने घर पधारने का निमंत्रण भी दिया हो। मैंने भी एक वाकया देखा था। लोग एक आदमी से कह रहे थे, 'काम तो तुमने ऐसा किया है कि तुम्हारे हाथ-पाँव तोड़ दिए जाएँ। पर तुम ब्राह्मण हो, तो छोड़ देते हैं।'

ब्राह्मण ने उच्चतम बौद्धिक स्तर पर और निम्नतम भिक्षाटन के स्तर पर धंधा जमाकर रखा था। इतिहास में ब्राह्मण ने चिन्तन किया, तत्त्वज्ञान दिया। पर क्षत्रिय भी पीछे नहीं रहे। ब्राह्मण और क्षत्रिय का शस्त्र और शास्त्र दोनों में संघर्ष हुआ। तत्त्वचिन्तन और दर्शन में क्षत्रिय पीछे नहीं थे। पर ये जो आश्रमवासी ऋषि चिन्तन करते थे, उसका कोई उत्पादक उपयोग नहीं होता था। कारण, जो श्रम करके उत्पादन करते थे, उन्हें इन्हीं ब्राह्मणों

ने नीची जाति का करार दे दिया था और उनसे कोई सम्पर्क नहीं था। चिन्तन अलग और श्रम अलग। कोई तकनीक विकसित नहीं की उन चिन्तकों ने। हल के फल तक में तो कोई सुधार किया नहीं। इस पूरे ब्राह्मण सम्प्रदाय ने न कोई उत्पादन सीखा, न किया। ये समाज की आध्यात्मिक आवश्यकता की पूर्ति करते थे और समाज इन्हें सम्मान के साथ पाल लेता था। पर अध्यात्म अनुत्पादक है।

आगे जब सामन्तवाद जम गया, तो ब्राह्मण देवता राजाश्रयी हो गए। सामन्ती शोषण के लिए उन्होंने विधि-विधान दिए, नीतियाँ बनाईं। तब ब्राह्मण के प्रवेश करते ही सामन्त अपने आसन से उठकर विप्रदेव को प्रणाम करता था। सामान्य समाज में ब्राह्मण पौरोहित्य करते थे। पर जो जाति उत्पादन नहीं करती उसकी दुर्गति होती है। कभी पूजे जानेवाले ब्राह्मण आगे भिखमंगे हो गए और इस द्वार से उस द्वार भगाए जाने लगे। जातिवाद और अस्पृश्यता को स्थापित करनेवाले ब्राह्मण देवता का बेटा अब जूतों की दुकान में काम करता है और चमार अफ़सर को अपने हाथ से जूता पहिनाकर कहता है—'यह आपको फिट बैठता है सर!' मैं कहता हूँ ब्राह्मण को भी यही फिट बैठता है।

नीचे के पौरोहित्य के स्तर पर भी ब्राह्मण ने अच्छा जमाकर रखा था। तरह-तरह के पर्व, पूजा, अनुष्ठान, मुंडन, कनछेदन, लग्न आदि तो थे ही, ब्राह्मण ने अच्छा माल खाने की एक नई तरकीब ईजाद कर ली थी। दोपहर में हमारे दरवाज़े पर पंडित जी रुके। मेरे पिता बरामदे में थे। पंडित ने पूछा, 'कौन जाति है?' पिता जी ने कहा, 'ब्राह्मण।' पंडित जी बोले—'तो बस जल पिला दो। आगे बढ़ जाएँगे।' पिता जी ने कहा, 'दोपहर हो गई है। भोजन भी कर लीजिए।' पंडित ने पूछा, 'कौन ब्राह्मण हैं आप?' पिता जी ने कहा, 'जिझौतिया।' पंडित जी ने कहा, 'हम कान्यकुब्ज हैं। कच्चा भोजन तो कर नहीं सकते ग़ैर जाति में। पक्का भोजन ज़रूर कर लेंगे।' कच्चा भोजन यानी दाल, रोटी, सब्जी और पक्का भोजन यानी पूड़ी, हलवा, मिठाई। पक्का भोजन ब्राह्मण तेली, बनिया, कुर्मी के घर कर लेता है। अगर दक्षिणा की रकम बड़ी हो तो भंगी के घर भी पक्का भोजन कर ले। माल खाने की क्या बढ़िया तरकीब निकाली ब्राह्मण देवता ने।

परिवार

परिवार के बारे में मुझे बहुत कम याद है। हाँ, वे मेरे लठैत चाचा श्यामलाल याद हैं क्योंकि मैंने उन्हें घोर अक्खड़ता और कारुणिक टूटन दोनों स्थितियों में देखा। जवानी में विधुर हो गए। एक लड़की थी, जिसे वे मेरे पिता के पास छोड़कर ग़ायब हो गए थे। आवारा प्रवृत्ति के थे। लठैत थे। कटोरे में तिल का तेल भरकर उसमें लाठी का सिरा डुबाकर उसे दीवार से टिकाते थे। कहते थे—'लाठी तेल को पी जाएगी।' लट्ठ को वे 'दुख-भंजन' कहते थे। कोई बड़ी लड़ाई उन्होंने नहीं लड़ी। लट्ठ कम चलाते थे, रंग ज़्यादा बाँधते थे। उनकी बड़ी इच्छा यह थी कि वे पुलिसवाले माने जाएँ। वे खाकी कमीज पहनते थे। पुलिस विभाग में पुराने 'फुलबूट' बहुत सस्ते में पुलिसवालों को ही बेच देते हैं। उनके भानजे हैड कांस्टेबिल ख़रीद लेते थे। हमारे दादा वे फुलबूट पहनते, खाकी शर्ट पहनते और सिर पर तिरछी खाकी टोपी सजाते थे। इस तरह वे बस्ती में हाथ में 'दुख-भंजन' लेकर घूमते थे। किसी से कहते, 'हवालात में सड़ा दूँगा।' किसी से कहते, 'ज़िन्दगी-भर जेल में चक्की चलवाऊँगा।' और पुरातत्त्ववेत्ताओं का ख्याल रखकर कहते, 'ज़मीन में ऐसा गाड़ूँगा कि हज़ार साल तक नहीं मिलेगा।' अधिकतर लोग उनकी भभकियाँ जानते थे। कुछ पर रोब भी ग़ालिब हो जाता।

वे कहाँ रहते थे, हमें पता नहीं। आवारा थे। हरफनमौला थे। कहीं मन्दिर के पुजारी बन जाते, कहीं किसी सेठ के यहाँ उधारी वसूलनेवाले। कभी हमारे पास आकर कुछ दिन रहते। एक बार तीन साल मेरे पिता के कोयले के भट्ठों की देखरेख करते रहे। मेरे पिता के मित्र पोस्ट मास्टर मेहता जी ने मेरे पिता से कहा, 'श्यामलाल तो भट्ठों पर बड़ी मुस्तैदी से काम कर रहे हैं।' पिता जी ने कहा, 'हाँ, दो रेजा (मज़दूरनी) ख़ूबसूरत हैं।'

दादा अपने पुलिसवाले भानजे से ख़ूब गप्प करते थे। अपने कारनामे सुनाते थे। मैं पढ़ने का बहाना किए सुनता रहता था। एक दिन बता रहे थे—'सेठ के छोटे-से लड़के के गुदा स्थान से ऊपर मैंने एक घान खोंस दी। घान दोनों तरफ़ से गड़ती थी और लड़का रोता था। सेठ-सेठानी जब घंटे-भर तक तंग हो गए और लड़के का चीखना बन्द नहीं हुआ, तब मैंने कहा, 'सेठ जी, यह प्रेत बाधा है। मुझे प्रेत उतारना आता है। आप लोग सब

कमरे से बाहर चले जाइए। मैं प्रेत उतारता हूँ। मैंने कमरा बन्द किया। ज़ोर-ज़ोर से अंट-शंट जैसा बोलता रहा—उतर साले! भाग साले! प्रेत के बच्चे! हनुमान विक्रम बजरंगी! और मैंने घान निकाल दी। बच्चे ने रोना बन्द कर दिया। दरवाज़ा खोला। बच्चा माँ की गोद में किलकारी मारने लगा। अब तो मैं बड़ा 'गुनिया' माना जाने लगा। सेठ ने पूरे कपड़े दिए और ग्यारह रुपए भेंट।'

कई साल बाद सन् 1960 में जबलपुर में घर के सामने रिक्शा रुका और उसमें से उतरे हमारे दादा। वे 80 साल से ऊपर थे, मगर तगड़े थे। फुर्ती वैसी ही थी। 4-6 किलोमीटर यों ही चल लेते थे। पर दोनों आँखों में मोतियाबिन्द था। कहने लगे—'बेटा, ऑपरेशन कराके मेरी आँखें ठीक करा दे।' पर डाक्टरों ने मुझसे कहा कि कोई आशा नहीं है।

मेरे साथ तब मेरी छोटी विधवा बहिन और उसके चार बच्चे भी थे। दादा सोचते थे—मैंने कभी लड़के-लड़की के लिए कुछ नहीं किया। पैसा मेरे पास है नहीं। ये क्यों मेरी सेवा करेंगे। इन्हें भ्रम पैदा करना चाहिए कि मेरे पास बहुत धन है। अपनी समझ के हिसाब से वे झूठा भरोसा देते थे—'बेटा, पिछली बार जब मैं यहाँ रहा था, तब एक सोने की ईंट अमुक के पास मैंने रख दी थी। और दस हज़ार रुपए मेरे फलाँ के पास जमा हैं। मुझे इनके पास ले चल। मैं अपना सोना और रुपया ले आऊँगा।' मैं जानता था कि यह झूठ है। वे अर्द्ध-विक्षिप्त भी हो गए थे।

आख़िर उनके बहुत हठ करने पर मोतियाबिन्द का ऑपरेशन हुआ। हम उन्हें आशा देते थे कि पट्टी खुलने पर साफ दिखेगा। एक दिन पट्टी खुली। आँखें खुलीं। हमने पूछा, 'हाथ दिखता है? पाँचों अँगुलियाँ दिखती हैं? हम दिखते हैं?' उन्होंने अपने को और हमें धोखा दिया। बोले, 'हाँ, अब दिखता है।' फिर फफककर रोने लगे और बोले, 'बेटा, मैं अंधा हो गया।'

उनकी जीने की इच्छा उसी क्षण ख़त्म हो गई। वे रोज़ स्नान करके पूजा करते और तब भोजन करते थे। उस दिन से उन्होंने नहाना और पूजा करना छोड़ दिया। बिलकुल चुप पड़े रहते। 7-8 दिनों में वे मर गए। मरने के पहले कई बार बोले, 'अच्छा है। बेटा भी यहीं है। बेटी भी यहीं है। बच्चे भी यहीं हैं। मेरे सभी मेरे पास हैं।' उन्होंने अटकल से मेरे, मेरे छोटे

भाई के तथा बहिन के सिर पर हाथ रखा। बोलते गए, 'बेटा शंकर है, ये गौरी का बेटा है, ये सीता बेटी है।' जीवन-भर के निर्मोही का अन्तिम मोह था यह। उन्होंने प्राण त्याग दिए।

लोगों ने कहा—श्राद्ध करो, पिंडदान करो सद्गति के लिए। मैंने कहा कि 'सद्गति और दुर्गति उसकी होती है और स्वर्ग या नरक वह जाता है, जो सत्कर्म या दुष्कर्म करे। हमारे दादा ने ज़िन्दगी-भर कुछ किया ही नहीं। 'अकर्म योगी' थे। सीधे स्वर्ग पहुँच गए होंगे।'

मेरे पिता जंगल नीलामी में लेते थे और लकड़ी का कोयला बनवाते थे। जहाँ जंगल लेते वहीं पास की बस्ती में रहने लगते। जंगल में कोयला बनाने के लिए बड़े-बड़े भट्ठे लगाते थे। इस गाँव से उस गाँव हम लोग जाते रहे। बिच्छू का डेरा पीठ पर था।

मेरे पिता मुझसे भी ऊँचे थे। तगड़े थे। कोशे का साफा बाँधते थे। झर्राटेदार मूँछें रखते थे। घोड़े पर सवारी करते थे। 'ठेकेदार साहब' कहलाते थे। वे घोड़े पर साथ बिठाकर मुझे भी जंगल ले जाते। मैं सिर्फ़ आठ साल का था। घोड़ा अपनी परछी में घास खा रहा था। न रस्सी, न लगाम, न जीन। मैं चबूतरे पर से उसकी नंगी पीठ पर बैठ गया। उसकी गर्दन के बाल पकड़ लिए और झटका लगते ही घोड़ा अपने रोज़ के परिचित जंगल के रास्ते पर चल पड़ा। सामने का मैदान पार कर लिया तो मुझे डर लगा। मैं उसे लौटाना चाहता था पर लौटाना मुझे आता नहीं था। घोड़ा दौड़ने लगा। मैंने उसे रोकने के लिए बाल ज़ोर से खींचे। इसे उसने और तेज दौड़ने का इशारा समझा। वह ख़ूब तेज दौड़ने लगा। घबड़ाकर मैं उसकी गर्दन से चिपट गया। घोड़ा भाग रहा था और मैं चीख रहा था। आख़िर मैं फिसलकर गिर पड़ा। मेरे गिरते ही घोड़ा रुक गया। मेरे पास आकर खड़ा हो गया। मुझे देखता रहा। मुझे घुटने में चोट आई थी। ज़रा देर बाद देखा कि मेरे पिता कुछ आदमियों के साथ दौड़ते आ रहे हैं। वे ग़ुस्से में थे। पर मुझे पड़ा देखकर वे चिन्तित हो गए। मुझे उसी घोड़े की पीठ पर बिठाकर घर लाया गया। यह मेरा पहला दुस्साहसिकता का काम था। आगे तो मैंने बहुत दुस्साहस के काम किए।

पिता का दबंगपन मुझे अच्छा लगता था। पर वे मेरे 'हीरो' नहीं थे। मैंने उनसे कुछ नहीं सीखा। इतनी ज़रूर मुझमें प्रेरणा आई कि आदमी को

तगड़ा होना चाहिए। बल्कि तब वे बहुत बुरे आदमी लगते थे, जब हर इतवार को भट्ठे पर काम करनेवाले गोंडों को डाँटते और गाली देते थे। वे उनके पैसे भी काट लेते थे और मुझे गोंडों के विवश-पीड़ामय चेहरों को देखकर दु:ख होता था। माँ-बाप मुझे प्यार बहुत करते थे। जंगल में रहने पर भी उन्होंने मेरी पढ़ाई में व्यवधान नहीं आने दिया। 5-6 किलोमीटर दूर प्राथमिक शाला तक एक गोंड मुझे कन्धे पर बिठाकर ले जाता था। वहाँ तीन-चार घंटे रुकता और मुझे कन्धे पर बिठाकर घर लौटा लाता। यह क्रम एक साल चला।

दूसरा काम मेरे पिता ने अच्छा किया कि उसी अवस्था में मुझे 'रामचरितमानस' का कई बार पाठ करा दिया। सुबह 'रामचरितमानस' का पाठ और शाम को भगवान की आरती—यह नियम था। 'रामचरितमानस' की छोटी-मोटी दिलचस्प बातें ही समझ में आती थीं। 'सुन्दरकांड' बहुत अच्छा लगता था। हनुमान मेरे हीरो थे। मुझे आधी 'रामचरित मानस' कंठस्थ हो गई थी। इससे मुझे आगे बहुत लाभ हुए।

हम तो 'परभाकर' हैं जी

प्राइमरी स्कूल में हमारे गुरु जी शरीफे खाते थे और हम शरीफे की छड़ी खाते थे। यह शायद 1931 की बात होगी। होशंगाबाद ज़िले में हरदा तहसील में एक बड़ा गाँव था तब रेंहटगाँव। अब अख़बार में पढ़ता हूँ कि वहाँ लॉयंस क्लब भी है। छोटा शहर हो गया है। इस बड़े गाँव में पिता जी बस गए थे। यहाँ हिन्दी की सातवीं कक्षा तक का स्कूल था। प्रधानाध्यापक हमारे रिश्तेदार थे। वे भी परसाई ही थे। मैं इस स्कूल में दाख़िल हुआ।

हमारे स्कूल से लगा हुआ शरीफे का बागीचा था—जंगल ही था। हमारे गुरु जी शरीफा खाने के बड़े शौकीन थे। वे किन्हीं दो लड़कों से कह देते—'जाओ, इस झोले में शरीफे तोड़कर ले आओ। अच्छे लाना, जिनकी आँखें खुल गई हों। और तीन-चार अच्छी डालियाँ भी तोड़ लाना। मुझे यह काम ज़्यादा मिलता था क्योंकि मैं ऊँचा और तगड़ा था। यों शरीफे के पेड़ इतने नीचे थे कि लगभग ज़मीन से लगे थे। हम शरीफे लाते। उनमें से जो चौबीस घंटे में पकनेवाले होते, उन्हें गुरु जी अलमारी में रख देते और पहले के रखे पके हुए 2-3 निकालकर टेबिल पर रख लेते। घर ले जाने के लिए शरीफे झोले में रख लेते। वे अलमारी से चाकू भी निकालते।

वे शरीफे खाते हुए एक पवित्र अनुष्ठान करते। चाकू से उन डालियों की बड़ी कलात्मक तन्मयता से गाँठें निकालकर, उन्हें छीलकर सुन्दर छड़ियाँ बनाते। बड़ी धार्मिक तल्लीनता से। इधर हमारे प्राण काँपते।

उनकी यह कलाकृति हमारी हथेलियों के लिए थी। शरीफा खाकर तृप्त होकर, सुखी मनःस्थिति में वे छड़ी उठाते। मुझे या किसी दूसरे लड़के को बुलाकर कहते, 'क्यों बे, ये दो शरीफे बिलकुल कच्चे क्यों ले आया? तुझे पहचान नहीं है? हाथ खोल।' मैं या वह हाथ खोलता और दोनों हथेलियों पर एक-एक छड़ी सटाक, सटाक पड़ती। हम दोनों हाथों को हिलाते और काँखों में दबा लेते।

हमारे गुरु जी शरीफा खाते थे और हम शरीफे की छड़ी खाते थे।

गुरु जी दिन-भर किसी भी कारण से हम लोगों को छड़ी मारते थे। पढ़ाई की भूल पर तो मारते ही थे। पर वे आविष्कारक थे। नए-नए कारण मारने के खोजते थे। किसी से कहते, 'क्यों बे, कान में अँगुली डालकर क्यों खुजा रहा है? कान साफ नहीं है? इधर आ। हाथ खोल।' इसके बाद—सटाक! 'अपनी माँ से कहना कि रात को कान में गरम तेल डाल दे और सबेरे जब मैल फूल जाए तो निकाल दे।'

लगभग सब अध्यापक पीटते थे बच्चों को—कोई कम, कोई अधिक। इसमें शक नहीं कि अपवाद भी होते थे। ऐसे अध्यापक मुझे आगे मिडिल स्कूल में मिले। मगर सौ में से अस्सी अध्यापक पीटते थे। सोचता हूँ, मेरे वे गुरु जी तथा दूसरे अध्यापक हम बच्चों को क्यों पीटते थे? एक कारण तो यह हो सकता है कि वे 'सेडिज्म' (पर-पीड़न-प्रमोद) मानसिक रोग के मरीज हों। पर इतनी बड़ी संख्या में पूरा का पूरा वर्ग 'सेडिस्ट' नहीं हो सकता। एक कारण तो यह हो सकता है कि इनका वेतन बहुत कम होता है और ये परेशान तथा खीझे रहते हैं। एक कारण यह कि ये पढ़ाते नहीं हैं या बहुत कम पढ़ाते हैं। अचरज यह कि ये बिना क्रोध या तनाव के या नफ़रत के सामान्य सन्तुलित मन से पीटते थे। मैं समझता हूँ, तब, आधी शताब्दी पहले, ये पिटाई को पढ़ाई का एक ज़रूरी भाग मानते थे। तब कहावत प्रचलित थी—Spare the rod and spoil the child. बच्चों को पीटना ये अध्यापक अच्छी शिक्षा का तकाजा मानते थे। इंग्लैंड के पुराने 'ग्रामर स्कूलों' से यह सिद्धान्त-वाक्य भारत आया था। पीटते अभी भी हैं—पर बहुत कम। अब तो छात्रों को पीटने के ख़िलाफ़ क़ानून भी बन गया है।

सोचता हूँ, हम सुसंस्कृत होने का गर्व करनेवाले लोग बच्चों के प्रति कितने क्रूर हैं। बहुत निर्दयी हैं—स्कूल में भी और घर में भी। हमारे घरों में

देखिए। बच्चे के हर प्रश्न का, हर समस्या का, हर छोटी हरकत का एक ही इलाज है—तमाचा जड़ दो, कान खींच दो, घूँसा मार दो। बच्चा कुछ माँग रहा है, उसकी कुछ समस्या है, वह ज़िद कर रहा है, वह पढ़ने में लापरवाही कर रहा है, उसके हाथ से कोई चीज़ गिर गई—तो एक ही हल है कि उसे पीट दो। बच्चे को समझेंगे नहीं, उसे समझाएँगे नहीं। समस्या कुल यह है कि वह या तो बोल रहा है या रो रहा है। कुल सवाल उसे चुप कराके उससे बरी हो जाने का है। एक-दो तमाचे जड़ देने से यह कान हो जाता है। रोते हुए बच्चे को धमकाते हैं—'अरे चुप हो! चोप्प!' और चाँटा जड़ दिया। चाँटा तो रुलाने के लिए होता है, रोना रोकने के लिए नहीं। मगर वह बच्चा चुप तो डर के कारण हो जाता है, पर रोता और ज़्यादा है। वह बुरी तरह सिसकता है। माँ-बाप को सिसकने पर कोई एतराज़ नहीं।

रोते बच्चे का 'मूड' (मन:स्थिति) बदलना चाहिए। उसकी दिलचस्पी के विषय की तरफ़ उसका मन मोड़ देना चाहिए, मेरे भानजे का लड़का है सोनू। क्रिकेट का शौकीन है, चित्रकला का भी। निजी मकान की अपेक्षा किराए के मकान में बागीचा ज़्यादा अच्छा लगता है। बच्चा फूलों का शौकीन है। मेरी मेज़ पर फूल लाकर रख देता है और तारीफ़ का इन्तज़ार करता है। टेलीविज़न पर क्रिकेट देखता रहता है। उसके प्रिय खिलाड़ी हैं। जब वह रोता है, तो मैं कहता हूँ, 'अरे सोनू गुरु, इस मैच में तो भारत हार ही जाएगा। रवि शास्त्री तेईस पर आउट हो गया।' वह फौरन रोना बन्द करके कहता है, 'क्या बात करते हो मामा जी। अभी तो अजहर को खेलना है। चौवे पर चौवे मारता है, अजहर!'—वह सुनील गावस्कर, चेतन शर्मा वगैरह की बात करता है। खुश हो जाता है। कभी मैं कह देता हूँ, 'तुम्हारा बागीचा सूख गया, सोनू! आज तो टेबिल पर फूल ही नहीं हैं।' वह रोना बद करके कहता है, 'अरे, मेरा बागीचा कभी नहीं सूख सकता। क्या बात करते हो। अभी फूल लाता हूँ।' वह उत्साह से फूल लाता है और टेबिल पर बड़ी खुशी से सजाता है। हमारे लोग एक तो बाल-मनोविज्ञान नहीं समझते। फिर परेशान रहते हैं। काम में रहते हैं। वे एक-दो चाँटे मारकर इस समस्या को फौरन हल कर देना चाहते हैं। पर बच्चे का भीतर कितना हिस्सा मरता है। उसके विकास पर बुरा असर पड़ता है। उसे सज़ा की आदत पड़ती है। वह बड़ा होकर नौकरी करता है

तो ग़ैर-ज़िम्मेदारी से काम करता है और डाँट या दूसरी सज़ा के बिना काम नहीं करता।

मैं ख़ुद बारह साल अध्यापक रहा। याद करता हूँ तो मैंने भी कभी-कभी लड़कों को पीटा था। पर बहुत कम। एक घटना को मैं अब भी याद करता हूँ, तो बड़ी पीड़ा होती है। मैं माडल हाई स्कूल में छठवीं कक्षा में पढ़ाता था। एक चपरासी का लड़का था। वह लगातार चार दिन नहीं आया। छुट्टी का आवेदन भी नहीं था। उसने फीस भी नहीं चुकाई थी। पाँचवें दिन वह आया और बहुत उदास अपनी जगह बैठ गया। मैं उसके पास गया और बोला, 'अरे, चार दिन तुम क्यों नहीं आए? फीस भी नहीं पटाई। नाम कट जाएगा। बोल, कहाँ ग़ायब हो गया था?' वह नीचा सिर किए खड़ा रहा। मैंने तीन बार उससे पूछा, पर वह वैसा ही खड़ा रहा। मुझे ग़ुस्सा आ गया। मैंने डाँटा, 'अरे, कुछ बोलता भी नहीं है।' और एक चाँटा मार दिया। उसकी आँखों से आँसू गिरने लगे। धीरे-से बोला, 'सर, पिता जी की मृत्यु हो गई।' अब मेरी हालत बहुत खराब हो गई। मुझे जैसे सौ जूते पड़ गए हों। आत्मग्लानि से मैं निश्चेत-सा हो गया। इतनी पीड़ा हुई कि मुझे लगा मैं पूरी कक्षा के सामने रो पड़ूँगा। मैं फौरन बाथरूम गया और वहाँ रोता रहा।

मैं आगे की पढ़ाई के लिए टिमरनी भेजा गया। वहाँ मेरी बुआ थी। उनका बड़ा बेटा कांस्टेबल था और परिवार बड़ा था। मेरे पिता सहायता करते रहते थे। एक तरह से संयुक्त परिवार-जैसा था। आगे तो जब मेरे माता-पिता भी टिमरनी आ गए, तो सब साथ रहने लगे। मेरी बुआ अद्‌भुत थी। बड़े जीवट की। घबड़ाती नहीं थी। उसके मुँह से अक्सर यह बात निकलती थी—'कोई चिन्ता नहीं। सब हो जाएगा।' पचास साल पहले की उस ब्राह्मण वृद्धा ने मेरे सहपाठी एक मुसलमान लड़के को तीन महीने घर में रख लिया—घर के लड़के की तरह। कोई छुआछूत नहीं। बस, उसके खाने के बर्तन अलग रहते थे। पर यह अनवर को नहीं मालूम था।

हमारे पड़ोस में एक वृद्ध दम्पती रहते थे। वृद्ध पड़ोसी अद्‌भुत आदमी थे। बीमार रहते। मुझे पता नहीं, उन्होंने क्या धंधा किया होगा। भोपाल राज्य में शायद पटवारी थे या कहीं कुछ खेती करते थे। बहरहाल अब वे कुछ नहीं करते थे। उन्हें अफीम खाने की आदत थी। शाम होते ही वे अफीम माँगने लगते। वृद्धा कभी कह देती, 'हाँ, लाती हूँ। पैसे का

इन्तज़ाम भी तो करना पड़ता है।' वे चिल्लाते, 'पैसे अपने उस भाई से लिया कर न। साला, मुझे अफीम नहीं खिला सकता था तो अपनी बहिन की शादी मुझसे क्यों की। जब अफीम चढ़ जाती तो वे अँगुलियों से पलंग के पटिए पर ताल देकर गाने लगते :

'मुख से न बोले कान्हा
बाजूबन्द खोले
कान्हा बाजूबन्द खोले।...'

रोज़ यही गाते। वृद्धा कहती, 'बाजूबन्द खुल गए। अब खाना खा लो और सो जाओ।' हमें इस दृश्य में बड़ा मज़ा आता।

'बाजूबन्द खोल' से मुझे कुछ साल पहले का एक मामला याद आ गया। मेरे एक परिचित थे, जो सड़क किनारे मकान में ऊपर की मंज़िल पर रहते थे। उनका लड़का नौकरी करता था। वह अर्द्धविक्षिप्त-जैसी हरकतें करता। रात को सोता नहीं। एक-दो बजे छोटे भाई से कहता कि मुझे स्कूटर पर घुमाओ। कभी सौ रुपए का साबुन ले आता। कभी कहता, 'सामने से सात मुर्दे निकले हैं अभी। मैं आज ऑफिस नहीं जाऊँगा।' उसके पिता बहुत इलाज कराते थे। एक दिन मैंने उनसे कहा, 'लड़के की शादी कर दीजिए।' उन्होंने कहा, 'शादी की उम्र में तो इनकार करता रहा। अब सैंतीस साल का हो गया है। लड़की मिल भी गई और यह ठीक नहीं हुआ तो समस्या और विकट हो जाएगी। वैसे उसकी शादी के बारे में मैं भी साल-भर से सोच रहा हूँ। आप भी यही कहते हैं।' वे आगरा-दिल्ली और अपनी रिश्तेदारी में गए और पन्द्रह दिनों में लड़के की शादी कर लाए। 3-4 दिन बाद मैंने देखा कि लड़का छत की मुँडेर से टिके हुए गा रहा है :

जब साँझ ढले आना
जब दीप जले आना

दूसरे दिन मैंने उसके पिता से पूछा कि अब कैसा है। उन्होंने कहा कि अब बिलकुल ठीक है। मैंने कहा, 'हाँ, मैंने उसे कल शाम छत पर गाते देखा था—

जब साँझ ढले आना
जब दीप जले आना।

वे सज्जन बहुत हँसे।

हम इक उम्र से वाक़िफ़ हैं

एंग्लो–वर्नाकुलर मिडिल स्कूल था वह। डिस्ट्रिक्ट काउंसिल का स्कूल था। वहाँ कांग्रेस का क़ब्ज़ा था। इसलिए अंग्रेज़ी शासन होते हुए भी कई अध्यापक गांधी टोपी पहनते थे। बाद में जब 1937 में प्रदेश में कांग्रेस की सरकार बनी तब तो हाई स्कूल के कई अध्यापक गांधी टोपी पहनने लगे। 1938 में हमारे क़स्बे की कांग्रेस कमेटी के सचिव एक अध्यापक ही थे। मैं सहायक सचिव था, मैं तब दसवीं कक्षा का छात्र था और भाषण बढ़िया देता था। वे अध्यापक 'दाँत निपोर' आदमी थे। 'हें-हें' करते रहते। लोकल बोर्ड के स्कूल में अध्यापक थे। लोकल बोर्ड चेयरमैन हमारे बड़े नेता थे। उनके पास सलाह करने जाते तो अध्यापक सचिव पीले दाँत निपोरकर कहते, 'भैया हुन (चेयरमैन) जैसों आदेस दें वैसों ही करनौ चैये।' अब मेरी राजनीतिक ईमानदारी बताऊँ। 1937 में मैं कांग्रेस का स्वयंसेवक था। 'विजयी विश्व तिरंगा प्यारा, झंडा ऊँचा रहे हमारा'—राष्ट्रीय गान गानेवाले गुट में था। पर हमारे स्कूल के मैनेजर 1937 के चुनाव में विधान सभा के लिए कांग्रेस के ख़िलाफ़ खड़े हुए। तो दिन को तो मैं कांग्रेस की चिटें बाँटता था और रात को मैनेजर की चिटें बनाता। 1937 में कांग्रेस की सरकार बन गई, तब जेल जाने का डर नहीं रहा। डटकर कांग्रेस का काम किया। अपना कुल इतना राजनीतिक जीवन रहा।

मिडिल स्कूल और फिर प्राइवेट हाई स्कूल में कई तरह के अध्यापक मिले। पाँचवीं में अंग्रेज़ी के अध्यापक छड़ी लेकर कक्षा में घूमते रहते थे। जिस खिड़की के पास पहुँचते उसी पर नाक का मैल निकालकर चिपका देते और पास बैठे लड़के को अकारण ही छड़ी मार देते। गनीमत है, वे कुल तीन महीने रहे। वरना वे कभी घर से नाक साफ करके नहीं आते और हम लोग पिटते। फिर बहुत ही सौम्य अध्यापक आए—गोखले। वे छड़ी रखते ही नहीं थे। बड़े प्यार से पढ़ाते थे।

हाई स्कूल के मैनेजर पंजाबी थे। वे ज़्यादातर पंजाबी शिक्षक बुलाते थे। पंजाबी तो बहुत बुद्धिमान होते हैं। पर हमारे मैनेजर शायद पुरातत्त्व विभाग से कहते होंगे कि ज़मीन में से खोदकर विचित्र चीज़ें भेजो। एक हिन्दी के अध्यापक आए। पंजाब में तब हिन्दी 'प्रभाकर' की डिग्री मिलती थी। यह बी.ए. के बराबर मानी जाती थी। ये सतपाल मास्साब हिन्दी में

कोरे ही थे। आदमी अच्छे थे। कह देते थे—यह हम नहीं जानते। हम तो 'परभाकर' हैं जी। बिहारी का यह दोहा उन्होंने पढ़ाया :

मेरी भव बाधा हरौ राधा नागरी सोय
जा तन की झाईं पड़े श्याम हरित द्युति होय।

सतपाल जी ने 'सोय' का अर्थ सोना ले लिया, जबकि उसका अर्थ है 'वही'। सोने का अर्थ लेकर उन्होंने राधा-माधव को साथ सुलाकर भव-बाधा हरवा दी। बड़े संकोच से मैंने कहा, 'सर, इसका यह अर्थ नहीं है। इसका सही अर्थ यह है।' उन्होंने कहा, 'आपका बताया अर्थ ही ठीक होगा। भई हम तो परभाकर हैं जी!' वे मुसकराते रहते। कभी डाँटते नहीं। और जिस सहजता से वह कहते 'हम तो परभाकर हैं जी,' तो हमें वे अच्छे लगते। दूसरे पंजाबी अध्आपक जो आए, वे लड़कों से कहते, 'ए, तुझे जूते मारूँगा।' बीच में छुट्टी में वे किसी भी लड़के से कह देते, 'जा, गिलास में पानी भरकर ले जा और बाहर निंबू बिक रहे हैं, तो एक निंबू पानी में निचोड़कर ला।' हमारे गणित के अध्यापक को कुछ नहीं आता था। वे हमें सवाल करने को किताब में से दे देते। हमसे नहीं बनता, तो जब वे पास से निकलते तो हम कहते, 'सर, यह सवाल नहीं बनता। बता दीजिए।' मास्साब हमारा कान मरोड़कर कहते, 'आसान है। डू इट! डू इट!' असल में उन्हें ख़ुद नहीं आता था। हमने उनका नाम 'डू इट मास्टर' रख दिया था। हमने एक प्रिय अध्यापक से पूछा कि इन्हें तो कुछ नहीं आता। मैनेजर ने इन्हें क्यों रख लिया? उन्होंने समझाया, 'तुम लड़के लोग जानते नहीं हो कि मैनेजर को उनसे अपनी लड़की की शादी करनी है।'

एक बहुत अच्छे अध्यापक थे, ब्रजमोहन दीक्षित। होशंगाबाद में अभी रहते हैं। जबलपुर में पढ़े थे। भवानीप्रसाद मिश्र, भवानीप्रसाद तिवारी, रामेश्वर गुरु, मोहनलाल वाजपेयी आदि की मंडली के वरिष्ठ सदस्य थे। 'मन्ना भैया' कहलाते हैं। इसी मंडली में मैं आगे चलकर शामिल हुआ। पर 1939 में तो वे हमारे अत्यन्त आदरणीय व प्रिय अध्यापक थे। वे नाटक कराते थे। ख़ुद बढ़िया रोल करते थे। उस साल की रामलीला से तो उनका जयजयकार हो गया। वे बहुत भावुक और प्रभावशाली वक्ता थे। क़स्बे में उनकी बहुत इज़्ज़त थी।

पर दीक्षित मास्साब ने एक चमत्कारी काम किया। हमारे हेडमास्टर कन्या विद्यालय की प्रधान अध्यापिका से इश्क फरमा रहे थे। वह हमारे ही मुहल्ले में रहती थी। उससे थोड़ा आगे दीक्षित मास्साब रहते थे। एक रात हेडमास्टर साहब ने रमण हेतु नायिका के सदन में प्रवेश किया तो मुहल्ले के लोग इकट्ठा हो गए। काफ़ी संख्या में क्रोधित मुहल्लेवाले चिल्ला रहे थे—'अरे बाहर निकल। साले, बदचलन हेडमास्टर! मुहल्ले को क्या चकलाघर समझ रखा है!' यह पक्का था कि साहब बहुत बुरी तरह पीटे जाते।

तभी पोस्ट मास्टर मेहता ने कहा, 'अगर इन साहब को कोई बचा सकता है तो दीक्षित मास्टर साहब। उन्हें बुलाओ।'

दीक्षित मास्साब आए। ऐसी मार्मिक अपील उन्होंने, इतनी भावुकता से की कि लोग वहाँ से चले गए। तब दीक्षित जी ने हेडमास्टर को बाहर निकाला और ताँगे पर बिठाकर घर पहुँचा आए।

दूसरे दिन साहब स्कूल नहीं आए। बहुत बदनामी हो गई थी और मैनेजर ने उन्हें सस्पेंड कर दिया था। उनका वहाँ से चला जाना पक्का ही था। एक दिन तो वे घर में छिपे रहे।

लेकिन वाह रे हेड मास्साब! साहस या बेशर्मी की हद कर दी। स्कूल के पास पान का ठेला लिए एक आदमी बैठता था। वह लोगों के बैठने और गपशप करने की जगह थी। मैंने देखा—लुंगी पहने हेडमास्टर साहब मज़े से चले आ रहे हैं। उस घटना की कोई शर्म चेहरे पर नहीं। वे पानवाले के पास बैठ गए और बोले, 'खिला यार, एक डबल पान बढ़िया।' उन्हें देखने के लिए आसपास बहुत लोग जमा हो गए। पर वाह रे हेडमास्टर! वे लोगों से मज़ाक़ करते रहे।

ऐसे तो हमारे हेडमास्टर हुए जिनसे सुसंस्कार लिये।

दस फार एंड नो फर्दर

गुरु निन्दा मैं काफ़ी कर चुका। पुराना विश्वास है कि गुरु निन्दा से कोढ़ होता है। तो शिष्य का अँगूठा कटवाने से कैंसर होता होगा। द्रोणाचार्य को हुआ होगा। सामन्त पुत्र के लिए जो ग़रीब के पुत्र का अँगूठा कटवा ले, ऐसे गुरु को युद्ध में वीरगति से नहीं मरवाना था। व्यास ने न्याय नहीं किया।

अच्छे गुरुओं का मैंने आदर भी किया है। इसलिए मुझे कोढ़ नहीं हुआ, 'प्लूरिसी' हुई थी। आगे चलकर मैं ख़ुद अध्यापक हुआ और मैं अध्यापकों का पहला संगठन बनानेवालों में हूँ। मैं अध्यापकों का नेता रहा हूँ। गुरुओं के जुलूस निकलवाए हैं, हड़तालें करवाई हैं—और स्कूलों से नौकरियाँ खोई हैं। मैं डटकर खड़ा हूँ अध्यापकों के हितों के लिए, अधिकारों के लिए, बेहतर ज़िन्दगी के लिए। यह कथा आगे कहूँगा।

मगर इनसे शिकायतें चालीस साल पहले भी थीं और अब भी हैं। अब ज़्यादा हैं। तब चालीस साल पहले नीचे की कक्षाओं के अध्यापक बच्चों को पीटते थे, यह सही है। पर यह एक 'रिफ्लेक्स' जैसा था। अन्यथा वे छात्रों को चाहते थे। उनमें दिलचस्पी लेते थे। उनकी उन्नति चाहते थे। वे नैतिक दायित्व भी अनुभव करते थे और शिक्षण को एक पवित्र कार्य भी मानते थे। आदर्शवादिता थी उनमें। यह बात अब बहुत कम है।

हम इक उम्र से वाक़िफ़ हैं

मैं ऐसा नहीं कहता कि पुराना ज़माना बेहतर होता है। नहीं, असल में आज़ादी के बाद से मूल्यों में लगातार गिरावट आती गई है। मूल्य-पद्धति बहुत बदल गई है। इस मूल्य-पद्धति के केन्द्र से मनुष्यता हट रही है।

लोग अभी भी अध्यापकों से उच्चतर नैतिक मूल्यों की अपेक्षा करते हैं। कॉलेज और विश्वविद्यालय को सरस्वती के पवित्र संस्थान मानते हैं। वहाँ की कोई शिकायत हो, तो अख़बारों में लोग पत्र लिखकर ग्लानि बतलाते हैं—सरस्वती के पवित्र मन्दिर में तो ऐसा अनैतिक कृत्य नहीं होना चाहिए। तो अनैतिक कृत्य कहाँ शोभा देते हैं? हमने क्या यह मान लिया कि इन-इन जगहों में अनैतिक कृत्य होंगे, भ्रष्टाचार होगा। और यह जायज़ होगा। पूरी तरह न्यायसंगत। अनैतिकता इन जगहों में शोभा देगी। मगर हाय! सरस्वती के पवित्र मन्दिर विश्वविद्यालय में ऐसा अनैतिक काम नहीं होना चाहिए। मैंने एक विश्वविद्यालय में भाषण देते समय अध्यापकों और छात्रों से कहा था—'लोग आप लोगों से बहुत अधिक आशा करते हैं। आप में से अधिकांश अध्यापक यहाँ सरस्वती की भक्ति के कारण नहीं आए, विद्यादान को पवित्र मानकर नहीं आए। आप सिर्फ़ नौकरी कर रहे हैं। यहाँ नौकरी न करते तो पुलिस या आबकारी या इनकमटैक्स विभाग या सेल्सटैक्स विभाग में करते या जुआ-सट्टा खिलाते। अभी भी आप में बहुत से ऐसे लोग यहाँ बैठे हैं, जिन्हें पुलिस थानेदारी मिल जाए, तो वे फौरन सरस्वती की गोद छोड़कर थानेदार की कुर्सी पर बैठ जाएँ। आपसे विशिष्ट नैतिकता की माँग होती है। समाज में सम्पूर्ण मूल्य-पद्धति (टोटल वैल्यू सिस्टम) होती है, खंड-खंड नहीं। विश्वविद्यालय हिन्द महासागर में स्थित कोई दूर का द्वीप नहीं है, जहाँ बम्बई के सट्टे की हवा न पहुँचती हो। जो नैतिक मूल्य राजनीति में, बाज़ार में, पुलिस में, आबकारी में होंगे, वही विश्वविद्यालय में होंगे। आप लोग बदनाम कम हैं, सो इसलिए कि इस जगह मौक़े कम हैं। पर जो भी मौक़े हैं, उनका उपयोग आप भी करते हैं। पुलिस विभाग सरीखे मौक़े यहाँ होते तो आप भी थानेदार सरीखे जुए का हफ्ता बटोरते और बदनाम होते। मगर मेरा यह मतलब क़तई नहीं है कि विश्वविद्यालय भी भ्रष्ट हो जाएँ। वे न हों!

अगर कोई यह भ्रम पाले है कि ये आचार्यगण प्रकाश देते हैं, हमें पिछड़ेपन में खींचकर बाहर निकालते हैं, आधुनिक बनाते हैं और वैज्ञानिक

दृष्टि देते हैं, तो इस भ्रम को निकाल दें। तुलसीदास के ज़माने में तो कुल ब्राह्मणवाद होगा, पर आज विश्वविद्यालय में कान्यकुब्ज ब्राह्मणवाद और सरयूपारी ब्राह्मणवाद है। यह क्या प्रक्रिया है कि हम जितना ज़्यादा पढ़ते हैं उतना ही पीछे जाते हैं? जवाहरलाल नेहरू बार-बार 'साइंटिफिक टेंपर' और 'साइंटिफिक एटीट्यूड' अपनाने पर ज़ोर देते थे। मगर यह वैज्ञानिक दृष्टि दे कौन? नई शिक्षा नीति के सम्बन्ध में मुझसे बात करने प्रोफ़ेसर लोग आते रहे हैं। मैं कहता हूँ—आप में जो विज्ञान पढ़ाते हैं, डाक्टर ऑफ साइंस हैं, वे सिर्फ़ 'लेबोरेट्री' (प्रयोगशाला) में ही वैज्ञानिक दृष्टि रखते हैं। बाहर अवैज्ञानिक हैं। आप प्रयोगशाला से बाहर हुए नहीं कि शास्त्री से जादू-टोनावाले हो जाते हैं। जीवन और जगत के बारे में आपकी दृष्टि अवैज्ञानिक होती है। आप अपनी सफलता के लिए सत्य साईं बाबा, हनुमान जी या किसी भी तांत्रिक की भक्ति करते हैं। आप प्रयोगशाला में ऑक्सीजन और हाइड्रोजन को मिलाकर पानी बना देते हैं। इसी तरह प्रयोगशाला में आप यह सिद्ध करके दिखाइए कि आप रीडर से प्रोफ़ेसर सत्य साईं बाबा की फोटो टाँगने से और भभूत खाने से हुए। उस भभूत का विश्लेषण करके बताइए कि इसमें वे तत्त्व हैं, जिनसे नौकरी में तरक्की मिलती है। प्रोफ़ेसरी और सत्य साईं बाबा की भभूत में कार्य-कारण सम्बन्ध आप सिद्ध कीजिए।

विज्ञान की ऊँची-से-ऊँची पढ़ाई करके डिग्री ले लेने का यह ज़रूरी निष्कर्ष नहीं है कि दृष्टि वैज्ञानिक हो जाएगी। कृष्ण मेनन ने लिखा है कि यूरोप में मुझे विज्ञान में नोबेल पुरस्कार प्राप्त ऐसा वैज्ञानिक मिला, जिसका विश्वास है कि दुनिया कुल ढाई दिनों में वैसे ही बनी जैसा बाइबिल में लिखा है।

गुरु-शिष्य सम्बन्ध आदान-प्रदान का है। गुरु में देने की क्षमता चाहिए और शिष्य में लेने की। लोटे को महासागर में डुबाओ तो भी उतना ही पानी उसमें आएगा जितना डबरे में डुबाने से। और इधर टंकी में पानी नहीं है, तो कितना ही मोटा नल हो, वह सुरसुराएगा पर पानी की एक बूँद नहीं टपकाएगा। तुलसीदास ने दो परस्पर-विरोधी पर दोनों सही बातें कही हैं। कहा है :

सठ सुधरहिं सत्संगति पाई।
पारस परस कुधातु सुहाई॥

यह पारस की क्षमता है कि लोहे जैसी घटिया धातु को स्पर्श से सोना बना देता है।

दूसरी जगह कहा है :

मूरख हृदय न चेत जो गुरु मिलहिं विरंचि सम
फूलहिं फलहिं न बेंत जदपि सुधा बरसहिं जलद।

बादल चाहे अमृत बरसाएँ, मगर बेंत में फूल और फल नहीं आएँगे।

मुझे हाईस्कूल में एक पारस अध्यापक मिले और मैं भी कोरा बेंत नहीं था।

ग्यारहवीं कक्षा के आरम्भ में हमें बताया गया कि हमारे अंग्रेज़ी के नए अध्यापक आ रहे हैं—केशवचन्द्र बग्गा। हम लोगों ने कहा—लो, मैनेजर ने पंजाब के म्यूजियम से एक और अजूबा बुला लिया। ऐंजी! पणजाब दा शेक्सपीअर आरिया है।

एक दिन हेडमास्टर माथुर साहब केशवचन्द्र बग्गा को लेकर आए और कक्षा में उनका परिचय दिया। वे अंग्रेज़ी और इतिहास के एम.ए. थे। माथुर साहब ने कुछ इस तरह बयान किया गोया बग्गा जी ने इस स्कूल में आकर मेहरबानी की हो। बात यह थी कि बग्गा साहब के बहनोई शर्मा जी हमारे यहाँ अध्यापक थे। उन्होंने बग्गा जी से कहा कि कुछ समय के लिए यहीं आ जाओ। मैनेजर ने उनसे विशेष आग्रह भी किया था।

माथुर साहब चले गए। हमारे सामने थे मझोले क़द के एक 30-32 साल के आदमी। खादी की शेरवानी और चूड़ीदार पाजामा। रंग गोरा। चश्मे के भीतर बहुत सुन्दर और भावपूर्ण आँखें, जिनमें बुद्धि की चमक। पूरे व्यक्तित्व में सहज आत्मीयता। बग्गा साहब बोले, 'आई एम योर फ्रेंड एंड एल्डर ब्रदर। वी शैल लर्न टुगेदर एंड लर्न फ्रॉम ईच-अदर।' यह बात बिलकुल नई थी। हम इस आत्मीयता के आदी नहीं थे। हम आदी थे किसी खीझे हुए अध्यापक के जो कहता, 'यू हैव लर्न्ट नथिंग! ओपन पेज 57 एंड यू—यू फूल सिटिंग इन लेफ्ट कॉर्नर बिगिन रीडिंग लाउडली!'

बग्गा मास्टर साहब ने पढ़ाना शुरू किया। बहुत डूबकर पढ़ाते थे। विनोद-प्रतिभा ग़ज़ब की थी। एक घंटे में हम कितना सीख जाते और कितना मज़ा लेते थे, इसका अन्दाज़ इससे लगाया जा सकता है कि जब उनके पीरियड की घंटी बजती तो हम उछल पड़ते और कहते, 'वाह,

बग्गा मास्साब का पीरियड आ गया।' बग्गा जी मुसकराते हुए प्रवेश करते और हमारे चालीस मिनिट ज्ञान और आनन्द में निकलते। चालीस मिनिट में से पच्चीस मिनिट में कोर्स पढ़ाते और बाक़ी पन्द्रह मिनिट में वे कितनी बातें बताते—इतिहास की, साहित्य की, स्वाधीनता आन्दोलन की। उनके पास चुटकुले और लतीफ़े थे। वे बात-बात में मज़ाक़ करते। कभी अकबर इलाहाबादी के शेर सुनाते, कभी उनकी नज़्म 'आम भेजिए।' शेक्सपीयर तो उन्हें शायद पूरा ही याद था। वे उर्दू पढ़े थे। इसलिए उर्दू साहित्य पर उनका बड़ा अधिकार था। इतिहास के पंडित थे। इतनी छोटी उम्र के, इतने कम ज्ञान के हम छात्रों से इस कदर दिलचस्पी और बराबरी से संवाद करते थे।

एक शाम हम लोग 'हाई जंप' (ऊँची कूद) कर रहे थे। शायद चार फीट पर रस्सी थी और हम कूद रहे थे। उधर से बग्गा जी चूड़ीदार पाजामा और कुर्ता पहने आए। पूछा, 'कितनी ऊँचाई पर है?' हमने कहा, 'चार फीट!' उन्होंने कहा, 'साढ़े चार कर दो।' हमने साढ़े चार फीट कर दिया। बग्गा साहब 6-7 क़दम दौड़े और गुड्डे की तरह कूद गए। बोले, 'अब पाँच फीट कर दो।' पाँच फीट भी वे कूद गए। फिर इंच-इंच बढ़वाते गए और कूदते गए। इसके बाद मैदान में फुटबॉल का ऊँचा-से-ऊँचा 'क्रिक' मारने की स्पर्धा चल रही थी। बग्गा जी ने जितना ऊँचा 'किक' मारा, उतना ऊँचा हमने नहीं देखा था। उन्होंने बताया, 'मैं लगातार दो साल विश्वविद्यालय का चैंपियन रहा हूँ।' उन्होंने यह भी बताया कि मुझे दोनों एम.ए. में विश्वविद्यालय में टॉप करना था। पर मुझे दोनों में दूसरा दर्जा मिला, क्योंकि मैं बहुत धीरे लिखता हूँ। मैंने किसी पर्चे में पूरे सवाल नहीं किए। अब धीरे-धीरे पी-एच.डी., के लिए अध्ययन कर रहा हूँ।

बग्गा साहब को ठंड बहुत लगती थी। एक दिन ओले गिरे और ठंड बहुत बढ़ गई। बग्गा मास्साब क्लास में आए तो हमने देखा कि मोटे हो गए हैं। वे मुसकराए। बोले, 'आज मोटा हो गया हूँ न! देखो, मैं कितने कपड़े पहने हूँ।' वे बटन खोल-खोलकर दिखाते गए—ओवरकोट, उसके नीचे शेरवानी, शेरवानी के नीचे जैकेट, जैकेट के नीचे स्वेटर, स्वेटर के नीचे कुरता, कुरते के नीचे एक और स्वेटर, स्वेटर के नीचे बनियान। इतने लदे हुए थे वे।

बग्गा साहब पर इतना ज़्यादा इसलिए लिख रहा हूँ क्योंकि उन्होंने मुझमें ज्ञान के लिए उत्कट प्रेरणा जगाई, अध्ययन की आदत डाली और साहित्य के संस्कार दिए। मैट्रिक में कौन अध्यापक अपने प्रिय छात्रों को शेक्सपीयर के नाटक पढ़ाता है। बग्गा साहब ने यह किया। 'जूलियस सीजर' और 'मर्चेंट ऑफ वेनिस' के तो नाटक खिलवा दिए।

मेरा मित्र था—मनोहरलाल तिवारी। हम दोनों हमेशा साथ रहते थे। पढ़ते थे, घूमते थे, बातें करते थे। हमने क़स्बे की 'अग्रवाल लाइब्रेरी' पूरी पढ़ डाली थी।

हाई स्कूल से लेकर विश्वविद्यालय तक पढ़नेवाले छात्रों का यह सौभाग्य है कि अध्यापक 'अग्रवाल लाइब्रेरी' से पुस्तकें नहीं लेते। इसलिए प्रतिभावान छात्रों को पुस्तकें मिल जाती हैं।

मैं और मनोहर पुस्तकें 'चाटते' जाते थे। सचमुच चाटते थे। हमारी पढ़ने की गति बहुत तेज़ थी। मैं बहुत तेज़ पढ़ता हूँ। पृष्ठ का ऊपर, मध्य और अन्त इन तीनों हिस्सों पर नज़र डालकर पन्ना पलट देता हूँ। मगर उस पृष्ठ का कुछ भी नहीं छूटता। दूसरे, मेरी स्मरण-शक्ति बहुत तीव्र है। बग्गा साहब ने हमें जवाहरलाल नेहरू की 'ग्लिम्सेज ऑफ वर्ल्ड हिस्ट्री' के दोनों खंड दिए और मनोहर ने तथा मैंने दोनों पढ़ डाले।

हम अंग्रेज़ी के दो दैनिक पत्र रोज़ पढ़ते थे—'फ्री प्रेस जर्नल' तथा 'हितवाद'। कहाँ से पढ़ते थे? ख़रीद तो सकते नहीं थे। स्कूल में आनेवाले अख़बार अध्यापकों के कमरे में ही रहते थे।

पोस्ट मास्टर मेरे पिता के बहुत अच्छे दोस्त थे। वे तथा उनकी पत्नी मुझे बहुत चाहते थे। उनके छोटे भाई श्यामलाल रेलवे में असिस्टेंट स्टेशन-मास्टर थे। पर उन्हें वैराग्य का दौरा आया और वे नौकरी छोड़कर अपने भाई के पास रहने लगे। हम उन्हें 'काका जी' कहते थे। काका जी बहुत अनुभवी, तीव्र बुद्धि और समझदार आदमी थे। वे मुझे और मनोहर को अख़बार पढ़वाते थे। शहर में कुछ लोगों के यहाँ अख़बार आते थे। काका जी दो अख़बारों की एक डिलीवरी रोक लेते। हम जाते तो वे बड़ी सावधानी से पते वाले रैपर में से अख़बार निकाल लेते और हम तीनों पढ़ते। फिर काका जी उन पर जैसा-का-तैसा रैपर चढ़ा देते।

दस फार एंड नो फर्दर

काका जी मस्त आदमी थे। तरह-तरह के किस्से सुनाते थे। दूसरे महायुद्ध के शुरू होने से रेलों में फौजियों का आना-जाना बहुत बढ़ गया था। हम इन गाड़ियों को देखने रेलवे-स्टेशन जाते थे। काका जी ने अपना अनुभव सुनाया—''स्टेशन पर मैं ड्यूटी पर था। बड़े क़स्बे का स्टेशन था। मिलिटरी स्पेशल वहाँ रुकी। पूरी अंग्रेज़ फौज़ थी। एक कैप्टन दो-तीन सिपाहियों के साथ स्टेशन-मास्टर के कमरे में घुसा। वहाँ मैं कुर्सी पर था। कैप्टन ने एकदम माँगें रख दीं, 'इतना बर्फ़, इतने अंडे, इतना मक्खन, इतनी सिगरेटें।' मैंने कहा, 'यह छोटी जगह है। यहाँ ये चीज़ें नहीं मिलेंगी। तीन स्टेशन बाद जंक्शन है। वहाँ मिल जाएँगी।' कैप्टन ने ग़ुस्से से कहा, 'बट माई कर्नल टोल्ड मी दि स्टेशन-मास्टर विल अरेंज ऐवरी थिंग। व्हाट काइंड ऑफ ए ब्लडी फूल स्टेशन-मास्टर आर यू!'

''मैं जरा देर तो इस रिमार्क से विचलित हुआ। फिर मैंने धीरज से कहा, 'कैप्टन, आई डू नॉट नो दॅ काइंड्स ऑफ ब्लडी फूल्स। बट आई डू नो दैट दॅ इंग्लिश आर कल्चर्ड एंड रीजनेबल पीपल।' इससे कैप्टन का पानी उतर गया। उसने फौरन कहा, 'आयम वेरी सॉरी मिस्टर स्टेशन-मास्टर फॉर माई बिहेवियर। प्लीज फॉरगिव मी। हैव ए सिगरेट।' वह शर्मिंदा होकर चला गया।''

बग्गा साहब के साथ मैं और मनोहर घूमने जाते। रास्ते में वे बहुत-सी बातें बताते। उदाहरण उन्हें हज़ारों याद थे। शेक्सपीयर को अक्सर उद्धृत करते। ए.जी. गार्डनर के 'आल्फा ऑफ दॅ प्लग' और 'फीबल्स ऑन दॅ शोर' में से सुनाते। डिकिन्स की बात करते। उर्दू के अच्छे शेर तो बात-बात में बोलते। एक खास पुलिया पर आकर वे रुकते और कहते, 'दस फार एंड नो फर्दर' और लौट पड़ते।

जब मैं लेखक हो गया तो दिल्ली से मुझे उनकी चिट्ठी मिली :

My dear Harishankar,

I have read some articles under your name. I am told, you have quite a reputation. Are you the same Harishankar, whom I taught in Radha Swamy High School, Timarni, in 1938-39? If you are the same, see me when you are in Delhi mext. I do not know your standard of living now, but you can comfortably stay with me.

आख़िरी पत्र में उन्होंने लिखा कि मेरी एक टाँग की हड्डी टूट गई थी। वह जुड़ी और मैं बैसाखी से चलने लगा, तो दूसरे पाँव की तीन अँगुलियों में 'इनफेक्शन' हो गया और उन्हें काटना पड़ा। और आगे : When sorrows come they come not single spies but in battalions. (जब दुख आता है तो एक अकेले सैनिक की तरह नहीं, दुखों की पूरी फौज़ आती है।)

बग्गा साहब ने ही मुझे साहित्य के संस्कार दिए और ज्ञान की अनंत पिपासा दी। उन्होंने मुझे इतिहास-चेतना दी और इतिहास-बोध दिया। पर मैंने तब एक पंक्ति भी नहीं लिखी बल्कि आठ साल बाद लिखना शुरू किया। लेकिन प्रेरणा वही थी।

मैं ख़ुद अध्यापक रहा हूँ, सैकड़ों अच्छे अध्यापक भी देखे हैं। पर केशवचन्द्र बग्गा सरीखा कोई नहीं।

दस फार एंड नो फर्दर!

क्या कहूँ आज जो...

'निराला' ने लिखा है :

दुख ही जीवन की कथा रही
क्या कहूँ आज जो नहीं कही

बहुत सहज वक्तव्य है यह और दुखों के सधे हुए लेखन के कई पन्नों से अधिक मार्मिक। मैंने अपने दुखों का ढिंढोरा नहीं पीटा। लेखन के आरम्भ में कुछ उद्वेलित हुआ था और बाद में एक लेख 'गर्दिश के दिन' में लिखा था—मैं नहीं चाहता अपने दुखों को बहुत महत्त्व देना, उन्हें महिमा-मंडित करना और बड़े लेखक होने के लिए जो 'मार्कशीट' तैयार होती है उसमें दुख के विषय में अधिक नंबर जुड़वाना। अधिक दुख भोगने मात्र से कोई बड़ा लेखक नहीं होता। अधिक दुख भोगनेवाला चोर भी हो जाता है। किसी को बड़ा लेखक इसलिए नहीं माना जा सकता कि उसने बहुत दुख भोगे हैं। सिर्फ़ हाय-हाय की कूँची से कला में रंग नहीं भरे जाते।

दुख सबको होते हैं। यह पूरी तरह सही नहीं है कि दुख मनुष्य को 'माँजता' है, दुख आदमी को उठाता है, उसका उदात्तीकरण करता है। यह प्रचार दुख देनेवालों ने किया है—जिससे वे दूसरों का सुख छीनकर उसका भोग करें और अपने द्वारा दुखी बनाए गए लोगों से कहें कि तुम महान हो और हम क्षुद्र हैं। दुख किसी की संवेदना को व्यापक और गहरा बनाता है।

उसे पर-दुख कातर बनाता है। पर-दुख मनुष्य को गिराता भी है। उसे नीच और क्षुद्र बनाता है। दुख मनुष्य को अधिक क्रूर भी बनाता है।

रचनाकार दुख को दो तरह से झेलता है—सामान्य मनुष्य की तरह और रचनाकार की तरह। वह दुख से दो तरह से जूझता और निपटता है। मेरा ख्याल है कि आम आदमी भी दुख से दो तरह से पेश आता है। एक तो यही कि दुख पर चोट दे रहा है, आप चीख रहे हैं, दया माँग रहे हैं। मगर दुख दया नहीं करता। एक दिन वह आपको तोड़कर टुकड़े-टुकड़े कर देगा, बिखेर देगा। दूसरा तरीका यह है कि आप दुख पर जवाबी चोटें करें—सकारात्मक भी और नकारात्मक भी। निश्चित ही दुख आप पर ज़्यादा तीखे प्रहार करेगा, मगर इस तरीके में सम्भावना है कि आप टूटने और बिखरने से बच जाएँ। ऐसी लड़ाई में हर हालत में जिजीविषा को जगाए रखना होता है, हताशा को दुत्कारना होता है और व्यक्तित्व को खंडित होने से बचाना होता है।

मेरी याद में मेरा पहला दुख मेरी माँ की बीमारी और मृत्यु था। इससे पहले दुख मैंने नहीं जाना था। जिसे अच्छा 'खाता-पीता' परिवार कहते हैं, वह था हमारा। कोई दुर्घटना नहीं हुई थी बल्कि बुआ की सबसे छोटी लड़की की शादी भी बहुत अच्छी तरह हो गई। कोई दहेज नहीं लगा।

दहेज तब भी दिया जाता था। अधिकतर वधू-पक्ष स्वेच्छा से देता था। मैं लोगों को कहते सुनता था—'परिवार में एक ही तो अपनी लड़की है। इसे काफ़ी दो।' वर का पिता अगर माँगता भी था, तो वह भी संकोच के साथ। मर्यादा का एक पर्दा था। वह लड़की-पक्ष से पैसा माँगना मूलतः कुछ अशोभन बात मानता था। वह किसी विश्वासी आदमी को कुछ शर्म के साथ ही इशारा करता था। मैंने सुना था, कोई मेरे पिता से कहता था—'परसाई जी, वैसे तो हमें कन्या-पक्ष से कुछ नहीं चाहिए। मगर हमारी हालत आप जानते ही हैं। शादी में ख़र्च लगेगा ही। फिर लड़के का नया घर बसेगा। इसमें ख़र्च लगेगा। तो आप ज़रा तिवारी जी को हमारी कठिनाई समझा दें। हम तो अपने मुँह से कुछ नहीं कहेंगे।' ऐसा नहीं था कि लोभ लोगों में नहीं था। लोभ था। मगर बेटे की कीमत खुले माँगना नहीं होता था। मवेशी-बाज़ार नहीं खुले थे। अब तो लड़के का बाप 'टेंडर' बुलाता है। कुछ इस तरह कि नगरपालिका के 'डंप' किए हुए माल को ख़रीदने के लिए टेंडर आमंत्रित

किए जाते हैं। या इस तरह कि हमारे पास दो बकरे अगली ईद पर कटने को तैयार हैं—इतना क़द, इतनी मोटाई, इतना वजन! ख़रीदार हमसे मिलकर सौदा करें। अब तो लड़के का बाप बेटे के पालन, पढ़ाई, बल्कि जचकी का ख़र्च भी वसूल करता है। उपभोक्तावाद और बाज़ार की सभ्यता ने अब पति को जिन्स बना दिया है। वह बैल हो गया है। पचास साल पहले बैल विवाह मंडप में नहीं अड़ता था कि स्कूटर अभी दो, वरना शादी नहीं करूँगा। हर पीढ़ी से क्रान्ति की उम्मीद की जाती है। यही हमारी नई पीढ़ी का क्रान्तिकारी रूप है, जो सार्वजनिक रूप से जनेऊ तोड़कर फेंक देता है और उधर विवाह मंडप में अपने-आपको बेचता है। दोमुँहापन, मुखौटा, पाखंड, क्षुद्रता, बेशर्मी पहले से ज़्यादा है। ग़नीमत है कि बहुत से युवक इससे बचे हैं।

सुनता हूँ—आजकल आई.ए.एस. का रेट दो लाख पर पहुँच गया है। सुनता हूँ—यूनिवर्सिटी में पढ़ानेवाले लड़के को लड़की देने से क्या फायदा? सूखी तनख्वाह पर ही तो गुज़ारा होगा। इससे अच्छा है, सिंचाई विभाग के उस सब-इंजीनियर को लड़की दे दो। ऊपरी आमदनी बहुत होगी तो सुख से रहेगी।

वर उपभोक्ता वस्तु की तरह बाज़ार में है। यह अनिवार्य उपभोक्ता वस्तु होता गया है—प्राणरक्षक दवा की तरह। यह माल कई प्रकार का होता है, कई क्वालिटियों में मिलता है, अलग-अलग स्टेंडर्ड का होता है। जिसकी जैसी हैसियत है, वैसा माल ख़रीदा जाता है। मजबूरी है।

बिना दहेज के प्रेम-विवाह अब कुछ बढ़े हैं। पर जो विवाह रूपोन्माद-यौनोन्माद में होते हैं वे चार-पाँच महीने में असफल हो जाते हैं। अन्तरजातीय प्रेमविवाह मेरी जानकारी में, कुछ मेरी मदद से, हुए हैं। मेरे विचारों के कारण मैं युवक-युवतियों को बिगाड़नेवाला माना जाता हूँ, बुज़ुर्गों द्वारा। मैंने देखा है, माता-पिता पहले ग़ुस्सा करते हैं, पुलिस की शरण में जाते हैं, कुछ गुंडागर्दी करते हैं। पर चार-पाँच महीनों में दोनों परिवार ऐसे विवाह को स्वीकार कर लेते हैं। लड़के के माँ-बाप कमाऊ पूत को हाथ से निकलने नहीं देना चाहते। लड़की के माँ-बाप समझ लेते हैं कि बुढ़ापे का सहारा 'प्राविडेंट फंड' लड़की ने बचा दिया। दो हफ्ते पहले ही मेरा एक प्रिय युवक दूसरी जाति की लड़की से शादी करके इधर आ गया। उसने बताया कि पचास हज़ार रुपए में मेरे परिवार ने किसी परिवार में मेरी

शादी तय कर ली थी। परिवार को यह दुख नहीं है कि कान्यकुब्जों में नाक कट गई। दुख पचास हज़ार जाने का है। उन्हें लगता है, जैसे रात को तिजोरी में से उनके पचास हज़ार रुपए चोरी चले गए। एक लड़का-लड़की ने इसी तरह शादी करने का तय किया। लड़का-लड़की दोनों अच्छी नौकरियों पर हैं। लड़के के माँ-बाप ने विरोध किया। लड़का लड़की सहित अपने पिता के पास आया और कहा, 'पिता जी, आपको हमसे पचास हज़ार ही चाहिए न! हम दोनों का वेतन मिलाकर साढ़े पाँच हज़ार है। हम पच्चीस हज़ार आपको अभी एकमुश्त देते हैं। और फिर आगामी पच्चीस महीनों तक हज़ार रुपया देते जाएँगे। अब तो आशीर्वाद दे दीजिए।'

लिख तो मैं रहा था अपने पहले दुख माँ की मृत्यु के बारे में। मैं तब आठवीं कक्षा में पढ़ता था। मुझसे छोटा एक भाई और तीन बहिनें थीं। बचपन में बहुत से बच्चों की माँ की मौत हो जाती है। बहुत दिन दुख रहता है। फिर सामान्य हो जाता है। मेरी माँ की मृत्यु मेरी स्मृति में इतने गहरे क्यों जमी है? एक कारण तो यह कि यह मृत्यु भयावह आतंक के वातावरण में हुई। दूसरे, इस मृत्यु ने वह सुरक्षित रास्ता छुड़वा दिया, जिस पर हमारा परिवार आगे बढ़ रहा था। माँ की मृत्यु ने हमें काँटों पर चलने को मजबूर कर दिया।

काफ़ी अरसे से माँ बीमार थी। पिता जंगल में काम देखने कम जा पाते थे और धंधा बिगड़ रहा था। बीमारी का अन्तिम दौर जब आया तब प्लेग पड़ा था। सारा क़स्बा ख़ाली हो गया। लोग खेतों में छप्पर डालकर रह रहे थे। कुछ ही परिवार मजबूरी में बस्ती में रह गए थे। शाम से भयावह सन्नाटा। रात को माँ की दर्द से चीख। कभी किसी कुत्ते के भौंकने की आवाज़। तीन लालटेनें रात-भर जलती थीं। मेरे पिता और दादा एक लालटेन और लाठी लेकर घूम-घूमकर पहरा देते। मेरी बुआ, उनकी बड़ी लड़की और मेरे साथ पढ़नेवाला उनका लड़का घर में थे। बुआ ने हमें हमेशा हिम्मत दी और कभी नहीं छोड़ा। मेरे पिता की मृत्यु भी उनके बनापुरा के घर में उनकी गोद में हुई। हमारा तब कोई घर नहीं था।

शाम को हम सब आरती करते हुए प्रार्थना करते थे :

जय जगदीश हरे स्वामी जय जगदीश हरे,
भक्त जनों के संकट छन में दूर करे।

भजन के बाद हम सब रोने लगते थे। हम जानते थे कि माँ मरनेवाली है और जगदीश कुछ नहीं कर रहे हैं। अभी भी यह प्रार्थना गाते कहीं लोगों को सुन लेता हूँ तो आतंकित हो जाता हूँ। पचास साल बाद भी यह भजन मेरे लिए अशुभ है, त्रासदायक है। मैं इससे नफ़रत करता हूँ। जवानी से ही मैं सब प्रार्थनाओं और भजनों से नफ़रत करने लगा। माँ भजन के बाद हम बच्चों को चिपका लेती और हम सब रोते। हम कहते , 'माँ, तू अच्छी हो जा।' वह कहती, 'बेटा, जल्दी अच्छी हो जाऊँगी'—और रोने लगती। पिता भी रोने लगते। सभी रोने लगते। सिर्फ़ बुआ नहीं रोती थी। कहती, 'अरे, तुम लोग पढ़ने बैठो। और लड़कियों, रोटी बनाना शुरू कर दो।'

'जय जगदीश हरे' से कुछ नहीं हो रहा था। जगदीश हर दिन प्रार्थना के बाद हालत बिगाड़ते जाते थे। प्रार्थना से कोई फ़ायदा नहीं। स्कूलों में प्रार्थना कराई जाती है—शरण में आए हैं हम तुम्हारी, दया करो हे दयालु भगवन्! बचपन में ही .शरण में डाल दिया बच्चे को। उसे पुरुषार्थ की जगह शरण में जाना सिखाते हैं। सार्थक श्रम से बड़ी कोई प्रार्थना नहीं है। मैं तो यहाँ तक कहता हूँ कि माँ-बाप को कोई अधिकार नहीं है कि बच्चे को, जब वह अबोध है, ज़बरदस्ती अपना धर्म भी दे दें। यह अपराध है। बच्चा जब बड़ा हो जाएगा, समझने लगेगा, तब यदि उसे ज़रूरत होगी तो कोई धर्म ले लेगा। या बिना धर्म के रहेगा। यह प्रावधान संविधान में होना चाहिए। बालिग होने के पहले बच्चे को कोई धर्म दे देना दंडनीय अपराध होना चाहिए। बच्चा समझता नहीं है और आपने उसे ज़िन्दगी-भर के लिए मुसलमान या हिन्दू बना दिया। क्या धाँधली है।

एक रात दो बजे माँ की मृत्यु हो गई।

सुबह उन्हें दफ़नाने के बाद हमारे परिवार की ज़िन्दगी बिलकुल बदल गई। पिता टूट गए, बीमार रहने लगे, धंधा चौपट होने लगा और एक निश्चित अनिश्चय मगर भयावहता की ओर हम पाँच भाई-बहिन बढ़ने लगे। भाइयों में मैं सबसे बड़ा था। और ज़िम्मेदारी के अहसास में पन्द्रह साल से बढ़कर पचास साल का हो गया। मुझसे छोटी तेरह साल की बहिन गृहस्थिन हो गई।

इस उम्र का कुछ नहीं भूला जाता, मगर वह कितना ही त्रासदायक हो तत्काल भूलकर दूसरे कामों में, शौकों में, मनोरंजनों में लड़का लगा

रहता है। पिता जी अधिक बीमार होते गए, धंधा ख़त्म हो गया। कोयले की आख़िरी दो वैगनें उन्होंने बम्बई के किसी व्यापारी को बेचीं और धंधे के औज़ार फावड़े, गेंती, तगाड़ी बेचकर खा गए। दो वैगनों के वे रुपए पिता जी कलेजे से चिपकाए रहते। एक-एक पैसा मुश्किल से निकालते। इन्हीं रुपयों से रोटी चल रही थी, इन्हीं से पिता का इलाज हो रहा था और इन्हीं पैसों से उम्मीद की जा रही थी कि वे तब तक साथ दें, जब तक बड़ा लड़का हरिशंकर मैट्रिक पास करके नौकरी पर नहीं लग जाता।

मेरी समझ में यह आ गया था कि कॉलेज की पढ़ाई का सपना ख़त्म हो चुका है।

मेरे चरित्र में एक बात है, जो मेरी बड़ी ताक़त है। कोई भी चिन्ता हो, मुसीबत हो, आसन्न संकट हो, गर्दिश हो, मैं सब भुलाकर ग़ैर-ज़िम्मेदार होकर वह सब नियमित रूप से कर लेता हूँ जिसमें मेरी दिलचस्पी है। तब भी, नौकरी की तलाश की गर्दिश में भी, बिखरे परिवार की समस्याओं में भी तथा और और सैकड़ों मुसीबतों के बीच भी कुछ चीज़ें मैं सब भूलकर कर लेता रहा। अब भी यह मेरी प्रकृति है।

मैं पहले की तरह ही रोज़ सुबह मनोहर के साथ घूमने जाता, वैसी ही गप्पें होतीं, हम वैसे ही पढ़ते और विचार करते, वैसे ही हँसते, शाम को खेलता। और खानदानी ब्राह्मण के बेटे की तरह ख़ूब खाता भी। घर में जो भी बना हो, भरपेट खाता।

क्या शुद्ध ब्राह्मण देवता का भोजन करना देखा है? भोजन दोपहर को बन जाने पर ब्राह्मण नहाएगा। गंगा, जमुना, नर्मदा, कृष्णा, कावेरी, क्षिप्रा, मन्दाकिनी, वेत्रवती सब नदियों के नाम से पानी के लोटे डालेगा। फिर अँगोछे से सिर और शरीर पोंछकर, धोती पर जनेऊ रगड़कर सुखाते हुए ब्राह्मण पाटे पर बैठ जाएगा। सामने भोजन की थाली आएगी। ब्राह्मण सारे विश्व को असार और भोज्य पदार्थों को ही परम सत्य मानकर खाएगा। भोजन पर शत्रु की तरह झपटेगा। गले तक जब भर जाएगा, तब उठेगा। दाँत खोदकर कुल्ला करेगा। पेट पर हाथ फेरते हुए डकार लेगा और पीछे से अपान वायु के दो-तीन धड़ाके मारेगा। (नौ द्वारे कौं पींजड़ा तामें पंछी मौन) इसके बाद ब्राह्मण बिस्तर पर लेटेगा और पेट पर हाथ फेरते-फेरते उसे झपकी लग जाएगी। ब्राह्मण के भोजन का यह ठाट था।

क्या कहूँ आज जो...

एक शाम हम तीन मित्र रोज़ की तरह रेलवे स्टेशन पर घूम रहे थे कि एकाएक तय हुआ चलो हरदा में फ़िल्म 'अछूत कन्या' देख आएँ। गाड़ी खड़ी थी। हम तीनों उसमें बिना टिकिट बैठ गए। तीसरा स्टेशन हरदा था। एक मित्र के चाचा वहाँ दुकान करते थे। उनके घर गए। भोजन किया। उन्हीं ने सिनेमा की टिकटें ख़रीद दीं। 'अछूत कन्या' में अशोक कुमार और देविका रानी हैं। ये मेरे आदि और अनन्त हीरो-हीरोइन हैं। अशोक कुमार की फोटो देखकर खुश होता हूँ। पिछले दिनों अन्न की देविका रानी का फोटो उनके रूसी चित्रकार पति रोरिक के साथ एक पत्रिका में देखा। मोटी, बूढ़ी और भद्दी हो गई है। मेरा मन बहुत खिन्न हुआ। पन्ना पलटाया तो दूसरा चित्र दिखा। इसमें वही हमारी सन् चालीस के आसपास की देविका रानी थी—फ़िल्म 'ममता' वाली। दिल खुश हुआ। बड़ी देर तक देखता रहा।

'अछूत कन्या' देखने के बाद हम तीनों ने प्रण किया था कि हम अछूत लड़की से शादी करेंगे। पर उन दो ने तो अपनी अग्रवाल जाति में ही शादी कर ली, और मेरी अछूत कन्या तो क्या, ब्राह्मण कन्या तक से शादी नहीं हुई।

जब मैं मैट्रिक में था, तब एक घटना घटी, जिसने मुझे बहुत गहरा आघात दिया। हम बहुत ग़रीब हो गए थे। मेरी आधी फ़ीस माफ़ थी। मेरे ग़रीबी के कपड़े थे। मेरे पास कोई जेबख़र्च नहीं होता था, जिससे मैं दूसरे कई लड़कों की तरह छुट्टी में चाट खाता। मगर हीनता की भावना मुझमें क़तई नहीं थी। इसका कारण यह था कि मैं दूसरी बातों में बहुत सम्पन्न था। शिक्षक के प्रश्न पूछने पर सबसे पहले मेरा हाथ उठता था। भाषण में बहुत अच्छा देता था। पढ़ाई में बहुत तेज़ था। बग्गा मास्साब ने मेरे पास हो जाने के बाद किसी से पूछा कि उनकी जगह अंग्रेज़ी अब कौन पढ़ाता है। उसने किसी अध्यापक का नाम बताया। बग्गा मास्साब ने कहा, 'उनसे अच्छा तो हरिशंकर पढ़ा सकता है।' मैं बाहर का बहुत पढ़ता था। दूसरा महायुद्ध शुरू हो गया था। इस महायुद्ध की पृष्ठभूमि तथा लड़नेवाली शक्तियों के बारे में जितना मनोहर तिवारी और मैं जानते थे, उतना एक-दो अध्यापक ही जानते होंगे। उसी उम्र में मैं एक ट्यूशन करता था। सब अध्यापक कहते थे कि हरिशंकर स्कूल को परीक्षा में गौरव देगा। मैं हीनता की भावना से नहीं, उच्चता की भावना से पीड़ित था।

तभी मैट्रिक की परीक्षा के पन्द्रह दिन पहले यह घटना घटी। हम फुटबॉल खेल रहे थे। शाम हो गई थी। दो लड़के फुटबॉल को किक करते-करते खेल के मैदान से लगे नाले तक ले गए। मैं दूर था—मैदान के बीच में। थोड़ी देर तक वे लड़के नहीं लौटे तो मैं घर लौट आया। दूसरे दिन खेल के अध्यापक ने मुझे बुलाया और पूछा कि वह फुटबॉल कहाँ है। मैंने बता दिया कि वे दो लड़के उसे नाले तक ले गए थे। अध्यापक ने कहा, 'नहीं, फुटबॉल तुम्हारे पास थी। वह ग़ायब है। या तो तुमने वह गुमा दी या कुछ और किया।' कुछ और किया का मतलब था, चुरा ली। मैंने बहुत विनती की कि सर, फुटबॉल उन दोनों लड़कों के पास थी। पर अध्यापक ने कहा, 'नहीं, वे ऐसा नहीं कर सकते। वे बड़े आदमियों के लड़के हैं।' एक लड़का सेठ का था और दूसरा स्टेशन-मास्टर का। मैं सन्न खड़ा रहा। मैं ग़रीब हूँ, तो चोर माना जाता हूँ। अध्यापक ने एक रुपया जुर्माना कर दिया।

मुझे जो आघात लगा, उसका बयान नहीं कर सकता। मेरी मर जाने की तबीयत हुई। क्रोध भी बहुत आया। आत्मग्लानि बहुत हुई। मैं नफ़रत करने लगा अध्यापक से और उनसे जो 'बड़े आदमी' कहलाते हैं। मेरी स्थिति आख़िर क्या है? सारा स्कूल, सारा क़स्बा मुझ पर गर्व करता है। पर मेरे पिता बहुत ग़रीब हो गए हैं, तो मुझ पर चोर होने का शक भी किया जाता है। मेरे भीतर घोर कटुता पैदा हुई।

मैंने किसी से यह बात नहीं कही। एक-दो बार अध्यापक से जुर्माना माफ़ कर देने के लिए ज़रूर कहा। पर उन्होंने दुर्व्यवहार किया। मैं आज भी नहीं समझ पाता कि आख़िर मैं हेडमास्टर माथुर साहब के पास क्यों नहीं गया। वे बहुत शरीफ और सुसंस्कृत आदमी थे। मुझे बहुत चाहते थे। मैं बग्गा साहब के पास भी नहीं गया। वे उस अध्यापक को बहुत लताड़ते। मैंने पिता जी से भी नहीं कहा।

मैट्रिक की परीक्षा आरम्भ होने के तीन दिन पहले जब मैं परीक्षा प्रवेश-पत्र लेने लगा, तक क्लर्क ने कहा, 'एक रुपया जुर्माना चुकाओ, तब प्रवेश-पत्र मिलेगा।'

मैं हक्का-बक्का रह गया। पिता जी से बात करना कठिन हो गया था। वे बहुत निराश, जिद्दी और कठोर हो गए थे। फिर भी उनसे

कहा। उन्होंने पहले तो मुझे लापरवाही के लिए बहुत डाँटा। फिर कहा कि अगर यह झूठा दोष मढ़ा गया है, तो जुर्माना माफ़ कराओ। मैं एक पैसा भी नहीं दूँगा।

मैं फिर खेल के अध्यापक और क्लर्क के पास गया, पर अपमान ही मिला। शायद मैं हेडमास्टर के पास इसलिए नहीं गया था कि इसे मैं आत्म-सम्मान के विरुद्ध समझता था। मुझे यह भी विश्वास था कि एक रुपया पिता जी दे देंगे और जुर्माना दे देना अधिक सम्मानजनक होगा।

दूसरे दिन भी पिता जी ने रुपया नहीं दिया। जब परीक्षा शुरू होने में कुल चौबीस घंटे रह गए, तब मैंने फिर कहा। वे बहुत खीझे मगर रुपया नहीं दिया। वे शायद समझते थे कि परीक्षा में बैठने से नहीं रोका जाएगा।

मैं घर से जाकर उस बागीचे में दिन-भर अकेला बैठा रहा जिसमें बैठकर मैं और मेरा एक दोस्त पढ़ा करते थे। मैं बहुत त्रास में था।

शाम को मैं लौटा। पिता जी से मैंने बहुत कठोरता से कहा, 'एक रुपए के कारण मैं परीक्षा में नहीं बैठ सकूँगा। मैं कल सुबह घर से भाग जाऊँगा और कभी नहीं लौटूँगा। आप जो आशाएँ मुझसे लगाए बैठे हैं, वे सब छोड़ दीजिए। मरिए और बच्चों को मारिए।'

वे उठकर बैठ गए। ऐसा मैं कभी नहीं बोला था। उन्होंने चुपचाप एक रुपया दे दिया। मैं सीधा स्कूल के दफ़्तर गया। पास ही क्लर्क रहता था। उसे बुलाया, और रात को आठ बजे एक रुपया देकर प्रवेश-पत्र लिया।

मुझे बड़ा दुख इस बात का था कि ये लोग कितने हृदयहीन हैं। ये किसी के भी प्राण बिना पछतावे के ले सकते हैं क्योंकि रजिस्टर में उसके नाम एक रुपया लिखा है। हेडमास्टर तक ने इस बात की जाँच नहीं की कि सारे प्रवेश-पत्र जारी हो गए या नहीं। उन्हें यह पता तक नहीं था कि अपने सबसे अच्छे छात्र का प्रवेश-पत्र पड़ा हुआ है और वह परीक्षा में नहीं बैठ रहा है।

मेरे मन पर, मेरे विचारों पर बहुत असर डाला इस घटना ने। लम्बे अरसे तक मैं इस घटना के असर में रहा। आगे मेरी जो दृष्टि बनी वह शायद इस घटना से ही बनना शुरू हुई।

गांधी जी रसोईघर में

जैसा मैंने पहले लिखा है, सारी घरू गर्दिशों के बावजूद मैं डटकर खाता था, खेलता था, पढ़ता था, और सामाजिक-राजनीतिक कार्यों में भाग लेता था। घर से बाहर होते ही बदल जाता था। घर लौटने में ज़रूर डर लगता था। वहाँ बीमार, दुखी और चिड़चिड़े पिता होते और उदास छोटे भाई-बहिनें होते। बुआ चौथे स्टेशन बनापुरा चली गई थी और वहाँ उसने छोटा-सा घर बना लिया था। हमारे लठैत दादा ज़रूर लगातार रहे और मेरे पिता की सेवा करते रहे। वे दोनों भाई सलाह करते रहते थे कि कोई छोटा धंधा कर लें, जिससे बच्चे पल जाएँ। किसी धंधे की योजना पक्की नहीं हुई और पास के पैसे खाए जा रहे थे। सारी बातचीत के बाद वे एक ही पंचवर्षीय, दसवर्षीय या स्थायी योजना पर पहुँचते थे, और उस योजना का नाम था—हरिशंकर! कहते थे—कुछ ही महीनों में शंकर मैट्रिक पास हो जाएगा। पहला दर्जा आएगा और नौकरी फौरन लग जाएगी।

मैं कांग्रेस के कार्यक्रमों में ख़ूब हिस्सा लेता था। हमारे स्थानीय नेता थे—नानासाहब गद्रे। वे सभा में हर सम्भावित वक्ता से कहते थे, 'कुछ तो भी बोलिए। दो शब्द।' वे ख़ुद 'कुछ तो भी' बोलते थे। मगर दो नहीं हज़ारों शब्द। पर आदमी सच्चे और कर्मठ थे। एक हमारे नेता हरदा के महेशदत्त मिश्र थे। छरहरे बदन के, गोरे, सुन्दर, तरुण! इलाहाबाद विश्वविद्यालय से पहले दर्जे में राजनीतिशास्त्र में एम.ए. किया था। वे

गांधी जी के सचिव रहे। फिर इलाहाबाद विश्वविद्यालय में अध्यापक हो गए और कुछ साल पहले जबलपुर विश्वविद्यालय के राजनीतिशास्त्र विभाग के अध्यक्ष पद से रिटायर हुए। वे सुभाषचन्द्र बोस के साथी भी रहे। वे विधानसभा और लोकसभा सदस्य रहे। ये 'महेश बाबू' हम किशोरों के 'हीरो' थे। पिछले कई सालों से हम उनके साथ विश्व शान्ति आन्दोलन, भारत-रूस मैत्री संघ आदि में काम कर रहे हैं।

हमारे होशंगाबाद ज़िले के वास्तविक जननेता लाला अर्जुनसिंह थे। वे सच्चे भूमिपुत्र थे। नेता की कोई बनावट उनमें नहीं थी। जनता की भाषा अर्द्ध बुंदेली या 'हुसंगाबादी' में बहुत प्रभावशाली भाषण देते थे। आशु कवि थे। दोहे और पद बनाकर बोलते जाते थे। दो पंक्तियाँ वे भाषण के अन्त में ज़रूर कहते थे :

बई द्वारे तें पूत हैं, बई द्वारे तें मूत
देशभक्त होय तो पूत है नहीं मूत को मूत

लाला अर्जुनसिंह विधानसभा के सदस्य चुने गए। वहाँ उन्होंने अपने भाषण में कहा, 'न हम पूँजीवाद समझें, न समाजवाद। हम समझें— हुसंगाबाद। हमारे हुसंगाबाद ज़िले की उन्नति होनी चाहिए।' वे इसका एक अर्थ और करते थे : होसंग-आबाद! संगठित हो जाओ।

मैं सुनता था अंग्रेज़-भक्त अफवाहें भी फैलाते थे। कहते थे, 'यह गांधी बड़ा धूर्त है। हरिजनों के नाम से चन्दा इकट्ठा करता है, और उस पैसे से अहमदाबाद में लड़कों के नाम से कपड़ा मिलें खोलता है।'

उस ज़माने की राजनीति त्याग की राजनीति थी, 1947 के बाद राजनीति प्राप्ति की हो गई। तब स्वाधीनता आन्दोलन में शामिल हर आदमी कोई सन्त था, ऐसा नहीं था। संगठन के भीतर होड़ थी। विचारधारा के विवाद भी थे और संगठन में पद-प्राप्ति की लड़ाई भी। कांग्रेसी एक-दूसरे को काटते भी थे। कांग्रेसी दुकानदार मुनाफ़ाखोरी भी करता था। पर आम भ्रष्टाचार नहीं था। जब एक जाति राष्ट्रीय स्वाधीनता जैसे महान संघर्ष में लगी हो, तब व्यक्तिगत और सामूहिक नैतिकता ऊँची होती ही है। गांधी तब सभा के मैदान में ही नहीं थे, वे घर-घर में घुसे थे। गांधी का प्रभाव रसोईघर तक में था। गांधी हर विषय में दखलन्दाजी करते थे। विश्व राजनीति और राष्ट्रीय स्वाधीनता संग्राम से लेकर रसोईघर और

पाखाना तक में। औरतें कहती थीं, 'गांधी जी कहते हैं कि सादगी से रहो। तो अपन ये तामझाम नहीं करते।' 'गांधी जी को सफ़ाई पसन्द है। तो पाखाने में सुबह-शाम एक बाल्टी पानी ऊपर डालते हैं हम।' जब गांधी जी किसी समस्या को लेकर उपवास पर बैठते थे, तब ग़ैर-कांग्रेसी घरों की कई औरतें भी एक दिन भोजन नहीं करती थीं। गांधी फ़िल्म में भी घुसे थे। 'अछूत कन्या' फ़िल्म गांधी के आन्दोलन से पैदा हुई थी। जो लोग समझते हैं कि गांधी के नेतृत्ववाला आन्दोलन कांग्रेसी ही चलाते थे और वह केवल राजनीतिक था, वे ग़लत हैं। गांधी का आन्दोलन रसोईघर और पाखाने में भी था, दाम्पत्य सम्बन्धों में भी था, परिवार की व्यवस्था में भी था। यह जीवनव्यापी आन्दोलन था। इसमें बहुत बड़ा योगदान उन असंख्य पुरुषों, स्त्रियों और बच्चों का था, जिनका नाम अख़बार में कभी नहीं छपा।

इन्हीं दिनों लखनऊ में मुस्लिम साम्प्रदायिक संगठन 'ख़ाकसार' बना, जिसका शस्त्र बेलचा था। इसने कुछ उपद्रव किए। मगर हैदराबाद में बहुत बड़ा फासिस्ट संगठन बन चुका था—'रज़ाकार'। इसके डिक्टेटर कासिम रिज़वी थे। हैदराबाद में हिन्दू-मुस्लिम फ़िसाद बहुत हो रहे थे। हिन्दुओं के नेता रामानन्द तीर्थ थे। आर्य समाज ने हिन्दुओं को जगाने और उनकी रक्षा करने के लिए उत्तर भारत से जत्थे भेजे। इनमें प्रवचन करनेवाले भी होते थे। ये हारमोनियम रखते थे। जोशीले भाषण देते थे। बीच-बीच में हारमोनियम पर भजन गाते थे। ये लोग पंजाब और पश्चिमी उत्तर प्रदेश के होते थे, इसलिए उर्दू इनकी मातृभाषा-जैसी थी। धाराप्रवाह भावुकतामय प्रवचन करते थे ये। एक शेर इनका मुझे अभी भी याद है :

तसव्वुर खींच वो तस्वीर आँखें हों रसाई हो,
उधर शमशीर खींची हो इधर गर्दन झुकाई हो।

हमारे क़स्बे में भी ये रुकते थे। बड़े जोशीले भाषण देते थे। रास्ते के क़स्बों, शहरों में ये रुकते, प्रवचन करते और किराया इकट्ठा करके हैदराबाद की तरफ़ आगे बढ़ जाते। आर्य समाजी प्रचारकों के बारे में भदंत आनन्द कौसल्यायन ने बड़ी दिलचस्प बात लिखी है। शहर में एक आर्य समाजी प्रचारक स्वामी जी के तीन भाषण हुए। हमने भाषण के बाद उनसे पूछा, 'स्वामी जी, और कितने दिन यहाँ मुकाम है?' स्वामी जी ने सहज

भाव से कहा, 'हम पाँच भाषणवाले हैं। तीन हो चुके। दो दिन दो भाषण और देकर चल देंगे।' स्वामी जी पाँच भाषणों के आधार पर छठवाँ भाषण नहीं बना सकते थे।

आर्य समाज का सुधारवादी आन्दोलन था। पर यह पुनरुत्थानवादी और कट्टर साम्प्रदायिक था। आर्य समाजियों का विश्वास कुछ इस तरह का होता है कि वैदिक साहित्य की रचना के बाद पाँच हज़ार सालों में पूरी मनुष्य जाति ने कुछ नहीं सोचा। इसी तरह का यह विश्वास है कि पैगंबर मुहम्मद के बाद तेरह शताब्दियों में पूरी मनुष्य जाति ने कुछ नहीं सोचा। ऐसा विश्वास जातियों को जड़ बनाता है। जवाहरलाल नेहरू ने ठीक ही कहा है—Religion gives static view of things.

मुझे पहला दर्जा नहीं मिला। कारण मेरा अहंकार कि पाठ्यक्रम में बेवकूफ़ उलझते हैं। मुझे यह सब मालूम है जो इन किताबों में लिखा है और जो ये अध्यापक बोलते हैं। पहले दर्जे के लिए योजना होती है। सम्भावित प्रश्न खोजने पड़ते हैं। उनके सधे हुए उत्तर तैयार करने पड़ते हैं। उन्हें घोंटना पड़ता है और सधे हुए उत्तर लिखने पड़ते हैं। मैं यों ही लापरवाह तरीके से परीक्षा में बैठ गया। बहुत कम नंबरों से पहला दर्जा छूट गया। 'डिस्टिंक्शन' मिला उस विषय में जिसमें मैं बहुत कच्चा था—गणित में।

एक-दो दिन दुखी रहा। फिर अख़बारों में सबसे लुभावनी सामग्री पढ़ने लगा—(WANTED) आवश्यकता है। नौकरी तत्काल और कोई भी मिलनी चाहिए, वरना परिवार भूखा मर जाएगा।

मैं ख़ुद क्या बनना चाहता था? मेरी क्या महत्त्वाकांक्षा थी? वास्तव में मेरी कोई महत्त्वाकांक्षा नहीं थी। सबसे प्रबल इच्छा अध्यापक होने की थी—बग्गा मास्साब की तरह। लोग अध्यापकी को 'पापड़ बेलना' कहते थे। मैं इसमें इतना इज़ाफ़ा और कर सकता था कि प्राइवेट एम.ए. करके कॉलेज में अध्यापक हो जाऊँ—तब चावल के पापड़ से आगे मूँग के पापड़ बेलता। मेरी एकमात्र इच्छा आदर्श अध्यापक होने की थी। लोग इसे महत्त्वाकांक्षा न तब मानते थे, न अब मानते हैं। इसे बेवकूफ़ी मानते हैं।

सही यह है कि मेरी कभी कोई महत्त्वाकांक्षा नहीं रही। अब भी कोई महत्त्वाकांक्षा नहीं है। जब पूरी तरह लेखन करने लगा, तब भी कोई

महत्त्वाकांक्षा नहीं रही। मेहनत से लिखता था। बस! यही चाहता था लेखन सार्थक हो और पाठक कहें कि यह सही है। मुझे मान-सम्मान बहुत मिल चुके हैं पिछले पाँच सालों में—मानद डाक्टरेट, साहित्य अकादमी पुरस्कार, शिखर सम्मान, दो और पुरस्कार—आगरा के साहित्य वाचस्पति वगैरह। मेरे पास 10 प्रशस्ति-पत्र हैं, पर वे सब अलमारी में रखे हैं। मेरे कमरे में सिर्फ़ एक चित्र टँगा है—गजानन माधव मुक्तिबोध का। भाऊ समर्थ मेरा पोर्ट्रेट बनाना चाहते हैं। मैंने यहाँ बैठे लोगों से कहा, 'अपने कमरे में अपना चित्र या 'पोर्ट्रेट' लगाना संस्कृतिहीनता है। मैं अपना 'पोर्ट्रेट कमरे में नहीं लगाऊँगा।'

कोई महत्त्वाकांक्षा नहीं रही तो हमेशा यह हाय-हाय, असन्तोष और बेचैनी किसलिए? इसका कारण है—मैं कभी भी वैसा नहीं लिख सका जैसा लिखना चाहता था। यही दुख रहा। यही दुख इस क्षण भी है, जब यह लिख रहा हूँ। वे कितने सुखी हैं जो अपने लिखे को श्रेष्ठ मानते हैं, खुश होते हैं, सन्तुष्ट होते हैं। बार-बार ख़ुद पढ़ते हैं और दूसरों को सुनाते हैं। 'छगन-मगन' हैं ये लेखक। कस्तूरी मृग हैं—अपनी नाभि को बार-बार सूँघते हैं और अपनी ही सुगंध से मस्त रहते हैं।

नौकरी की तलाश में ख़ूब खाक छानी। हर जगह आवेदन भेज देता। जिस-तिस से मिलता। अपमान सहता। कभी 'गर्दिश के दिन' लिखा था, एक लेख। उसके कुछ अंश यहाँ देता हूँ :

—फिर नौकरी की तलाश। एक विधा मुझे और आ गई थी : बिना टिकिट सफ़र करना। जबलपुर से इटारसी, टिमरनी, खंडवा, इन्दौर, देवास बार-बार चक्कर लगाने पड़ते। पैसे थे नहीं। मैं बिना टिकिट बे-खटके गाड़ी में बैठ जाता। तरकीबें बचने की बहुत आ गई थीं। पकड़ा जाता तो अच्छी अंग्रेज़ी में अपनी मुसीबत का बखान करता। अंग्रेज़ी के माध्यम से मुसीबत बाबुओं को प्रभावित कर देता और वे कहते—'लेट्स हेल्प दॅ पूअर ब्बॉय।'

दूसरी विधा सीखी : उधार माँगने की। मैं बिलकुल निःसंकोच भाव से किसी से भी उधार माँग लेता। अभी भी इस विधा में सिद्ध हूँ।

तीसरी चीज़ सीखी बेफ़िक्री। जो होना होगा होगा, क्या होगा? ठीक ही होगा। मेरी एक बुआ थी। ग़रीब, ज़िन्दगी गर्दिश भरी, मगर अपार

जीवन–शक्ति थी उसमें। खाना बनने लगता तो उनकी बहू कहती, 'बाई, न दाल ही है न तरकारी।' बुआ कहती, 'चल चिन्ता नहीं।' राह–मोहल्ले में निकलती और जहाँ उसे छप्पर पर सब्जी दिख जाती, वहीं अपनी हमउम्र मालकिन से कहती, 'ए कौशल्या, तेरी तोरई अच्छी आ गई है। ज़रा दो मुझे तोड़ के दे।' और ख़ुद तोड़ लेती। बहू से कहती, 'ले बना डाल, ज़रा पानी ज़्यादा डाल देना। मैं यहाँ–वहाँ से मारा हुआ उनके पास जाता तो वह कहती, 'चल, कोई चिन्ता नहीं। कुछ खा ले। नौकरी तो लग ही जाएगी।'

उनका यह वाक्य मेरे लिए ताकत बना—कोई चिन्ता नहीं। 'गर्दिश फिर गर्दिश'। होशंगाबाद शिक्षा अधिकारी से नौकरी माँगने गया। निराश हुआ। स्टेशन पर इटारसी के लिए गाड़ी पकड़ने के लिए बैठा था। पास में एक रुपया था, जो कहीं गिर गया था। इटारसी तो बिना टिकिट चला जाता। पर खाऊँ क्या? दूसरे महायुद्ध का ज़माना। गाड़ियाँ बहुत लेट होती थीं। पेट ख़ाली। पानी से बार–बार भरता। आख़िर बेंच पर लेट गया। 14 घंटे हो गए। एक किसान परिवार पास आ बैठा। टोकरे में उसके अपने खेत के खरबूजे थे, मैं उस वक़्त चोरी भी कर सकता था। किसान खरबूजा काटने लगा। मैंने कहा, 'तुम्हारे ही खेत के होंगे। बड़े अच्छे हैं।' किसान ने कहा, 'सब नर्मदा मैया की किरपा है भैया! शक्कर की तरह है। लो, खा के देखो।' उसने दो बड़ी फाँकें दीं। मैंने कम-से-कम छिलका छोड़कर खा लिया। पानी पिया, तभी गाड़ी आई और हम खिड़की से घुस गए।

नौकरी जल्दी ही मिल गई वन विभाग में। इटारसी के बाद नागपुर लाइन पर पहला रेलवे स्टेशन है—ताकू। यहाँ एक बड़ा सरकारी 'टिम्बर डिपो' है। यहाँ कुल आठ महीने के लिए मेरी नियुक्ति हुई पच्चीस रुपए महीने पर। मेरा पद था—'जमादार'। मेरे ऊपर डिपो आफिसर था। मेरे मातहत दो 'फारेस्ट गार्ड' थे। ये तीनों मुसलमान थे। डिपो आफिसर मेरी नियुक्ति से ही नाखुश था। मेरे पिता से उसकी पुरानी जान–पहचान थी। पर मेरे पिता ने उसके मुसलमान होने और अच्छा आदमी न होने की बात किसी से कह दी थी, जो उसे मालूम हो गई। उसने जाते ही मुझसे कहा, 'तुम्हारे वालिद ने फलाँ आदमी से कहा था कि मैं मुसलमान हूँ और तुम्हें तंग करूँगा।' और उसने तंग करना शुरू कर दिया। वह मेरी जगह किसी मुसलमान को चाहता था। मेरे मातहत दोनों फारेस्ट गार्ड मेरे ख़िलाफ़

षड्यंत्र करते थे। वे वहाँ 4-5 सालों से थे। इस माहौल में मैं घबड़ा गया और अक्सर काम में ग़लती कर बैठता।

मेरे साथ मेरे लठैत दादा गए थे। वे एकाध महीना रहे और पिता जी की तबीयत ज़्यादा खराब होने का समाचार पाकर घर लौट गए। मैं अकेला रह गया। ख़ुद खाना बनाता था। वहाँ दूध बहुत अच्छा और सस्ता मिलता था। मैं कुल सात रुपयों में अपना ख़र्च निकाल लेता था और अठारह रुपए घर भेज देता था। 1940 में इतने रुपए बहुत होते थे। डिपो से लगा रेलवे स्टेशन था। उससे लगभग डेढ़ किलोमीटर दूर बड़ी बस्ती थी। हर रेलगाड़ी वहाँ नहीं रुकती थी। सिर्फ़ पैसेंजर गाड़ियाँ रुकती थीं। रेल के आने की घंटी बजते ही, मैं दौड़कर स्टेशन पहुँच जाता। वहाँ मैं आदमी देखने जाता था। तो क्या हम डिपो के कर्मचारी आदमी नहीं थे? नहीं, हम चाबी से चलनेवाले गुड्डे थे। वही वही चेहरे, वही वही आवाज़ें, डिपो साहब की वही दाढ़ी। हमारी आपस में वही मुसकान और वही नफ़रत। हम छः आदमी एक-दूसरे से ऊबे हुए व्यक्ति थे। मैं वास्तविक मनुष्य देखने रेलगाड़ी पर जाता था। तरह-तरह के पुरुष, रंग-बिरंगी साड़ियाँ पहने स्त्रियाँ, प्यारे-प्यारे बच्चे। उन पाँच मिनटों में मेरी सारी उदासी चली जाती। मैं उत्फुल्ल हो जाता। मैं दुनिया से जुड़ जाता। आदमी को वास्तविक आदमी देखना कितना ज़रूरी है।

दूसरी चीज़ जिसने मुझे दुनिया से जोड़े रखा। वह थी अख़बार। मेरी अख़बार पढ़ने की आदत थी। मैं उस थोड़े वेतन में से भी अख़बार ख़रीदता था। नागपुर से निकलनेवाले दैनिक अख़बार 'हितवाद' को मैंने पैसे भेज दिए थे। यह पत्र मुझे डाक से मिल जाता था। मैं इसे ध्यान से पूरा पढ़ जाता था। दूसरे महायुद्ध के बारे में मैं जानकारी लेता था और घटनाओं को डायरी में लिखता जाता था। सारे मोर्चे और सारी लाइनें मुझे 1945 तक याद थीं। सिगफ्रिड लाइन, मेजिनाट लाइन, डंकर्क, पर्ल हार्बर। मैं युद्ध का एक कुशल संचालक हो गया था। अभी भी 1939 से 1945 तक युद्ध की रोज़ पढ़ी हुई बातें मुझे याद हैं। मुझे याद है म्यूनिख पैक्ट पर पंडित जवाहरलाल नेहरू ने तत्काल टिप्पणी की थी—The Munich Pact is directed against the Soviet Union. म्यूनिख समझौते में फ्रांस और ब्रिटेन ने हिटलर को समर्पण कर दिया था और काफ़ी पूर्वी यूरोप हिटलर

को दे दिया था। इस तरह फासिस्ट पूँजीवाद और लोकतांत्रिक पूँजीवाद रूसी साम्यवाद के ख़िलाफ़ एक हो गए थे। ब्रिटेन और फ्रांस समझे थे फासिस्ट हिटलर हमें छोड़ देगा, पर हिटलर ने दोनों पर हमला किया।

ताकू फारेस्ट डिपो के जीवन के बारे में मैंने 'गर्दिश के दिन' में लिखा है :

मैट्रिक हुआ, जंगल विभाग में नौकरी मिली। जंगल में सरकारी टपरे में रहता। ईंट रखकर, उन पर पटिए जमाकर बिस्तर लगाता। ज़मीन चूहों ने पोली कर दी थी। रात-भर नीचे चूहे धमा-चौकड़ी करते रहते और मैं सोता रहता। कभी चूहे ऊपर आ जाते तो नींद टूट जाती, पर मैं फिर सो जाता। छह महीने धमा-चौकड़ी करते चूहों पर मैं सोया।

बेचारा परसाई ?

नहीं, नहीं, मैं ख़ूब मस्त था। दिन-भर काम। शाम को जंगल में घुमाई। फिर हाथ से बनाकर खाया गया भरपेट भोजन—शुद्ध घी और दूध।

और चूहों ने बड़ा उपकार किया। ऐसी आदत डाली कि आगे की ज़िन्दगी में भी तरह-तरह के चूहे नीचे ऊधम करते रहे हैं, साँप तक सर्राते रहे हैं, मगर मैं पटिए बिछाकर उन पर सोता रहा हूँ। चूहों ने ही नहीं, मनुष्यनुमा बिच्छुओं और साँपों ने भी मुझे बहुत काटा है, पर, 'जहरमोहरा' मुझे शुरू में ही मिल गया। इसलिए 'बेचारा परसाई' का मौक़ा ही नहीं आने दिया। उसी उम्र से दिखाऊ सहानुभूति से मुझे बेहद नफ़रत है। अभी भी दिखाऊ सहानुभूति वाले को चाँटा मार देने की इच्छा होती है—ज़ब्त कर जाता हूँ, वरना कई शुभचिन्तक पिट जावें।

न्यू हाईस्कूल खंडवा

मैंने जंगल विभाग की नौकरी छोड़ दी। जो पैसा मेरे मार्फत घर में आता था, वह बन्द हो गया। मैं घर से बाहर रहता था, पर अकेला हो गया। मनोहर नागपुर चले गए थे। वहाँ उनका भाई शीतल था। मेरे एक और दोस्त राजेंद्र शुक्ल टाइपिंग सीखने खंडवा चले गए थे। दो और दोस्तों ने बाहर नौकरी कर ली थी। जिनकी दुकान थी या खेती थी, वे उसमें लग गए थे। जो मिलता वही पूछता, 'कोई दूसरी नौकरी नहीं लगी? कॉलेज में क्यों नहीं पढ़ते?' इन सवालों से मुझे बहुत तकलीफ़ होती। मैं पोस्ट ऑफिस में बैठता या पुस्तकालय में।

टिमरनी में मेरे स्कूल के मैनेजर बड़े ठेकेदार—पुल और इमारत-निर्माता और इंजीनियर थे। खंडवा में फौज़ की बैरकें उन्होंने ख़रीद ली थीं या किराए पर ले ली थीं। यहाँ उन्होंने एक 'न्यू हाई स्कूल' खोल दिया था। वे बग्गा मास्साब को साथ ले गए थे। मैंने बग्गा मास्साब को पत्र लिखा और उनका जवाब आया कि फौरन चले आओ। मैं फौरन बिस्तर-कपड़े बाँधकर खंडवा बग्गा मास्साब के पास पहुँच गया। वे बैरक में ही एक कमरे में रहते थे। मुझे पच्चीस रुपए महीने पर अध्यापक नियुक्त कर दिया गया। संभागीय शिक्षा अधिकारी ने अपनी जाँच रिपोर्ट में लिखा—'The Pay of one of the teachers is inordinately low.' इसके बाद भी मेरा वेतन नहीं बढ़ाया गया।

पर मैं खुश था। मैं अध्यापक होना चाहता था और अध्यापक हो गया। बड़ी बात यह थी कि बग्गा मास्साब का साथ था। मैंने दो रुपए महीने किराए पर एक कमरा ले लिया। दस रुपए में पूरा ख़र्च चलाता और पन्द्रह रुपए महीने घर टिमरनी भेजता रहा।

वेतन कठिनाई से मिलता था। हमारे तीसरे हेड मास्टर गुप्ता जी का चित्र अभी भी मुझे स्पष्ट है। भले आदमी थे। ढीला सूट पहनते और एक हाथ हमेशा कोट की जेब में होता। उस जेब में पैसा होता था। उनकी हमेशा एक ही चिन्ता होती थी—अध्यापकों के वेतन का इन्तज़ाम करना। कभी मैनेजर के दफ़्तर जाते, कभी कक्षा-कक्षा में जाकर जो फ़ीस आई हो उसे ले आते, बरामदे में परेशान घूमते रहते। किसी अध्यापक के पास जाते और बड़े दुख से कहते, 'भैया, पैसा अभी आया नहीं। अभी ऐसा करो, ये दस रुपए ले लो। अभी काम चला लो। जल्दी ही पूरे वेतन का इन्तज़ाम कर दूँगा।' वे किसी को दस, किसी को पन्द्रह, किसी को बीस रुपए देकर मनाते रहते थे। मैं बग्गा मास्साब से पन्द्रह रुपए लेकर पहिली तारीख को ही घर भेज देता था।

आगे मैं अध्यापकों का संगठन बनाने और चलाने के काम में सक्रिय रहा। मैंने देखा कि सब प्राइवेट स्कूलों में अध्यापकों को वेतन की वैसी ही तकलीफ़ है। तरह-तरह के हथकंडे करके, झूठा हिसाब बनाकर मैनेजमेंट के लोग पैसा खाते थे। सरकारी अनुदान आधा खा जाते थे। बेचारे अध्यापकों को बहुत कम वेतन देते, देर से देते और अक्सर क़िस्तों में देते। इसके ख़िलाफ़ मैंने ख़ूब लड़ाई लड़ी। आगे बताऊँगा।

मैं कुल सात महीने उस स्कूल में रहा। उन दिनों यह मध्यप्रदेश राज्य 'सेंट्रल प्राविंसेज एंड बरार' कहलाता था। राजधानी नागपुर थी। इतने बड़े प्रान्त में शिक्षकों को अध्यापन की शिक्षा देने के लिए कुल एक कॉलेज था—स्पेन्स ट्रेनिंग कॉलेज, जबलपुर। इसमें एक डिग्री कोर्स था बी.टी. यानी बेचलर ऑफ टीचिंग और एक डिप्लोमा कोर्स था डिप.टी. यानी डिप्लोमा इन टीचिंग। अध्यापक दस-दस, पन्द्रह-पन्द्रह साल की नौकरी के बाद कहीं इस कॉलेज में जा पाते थे। हर साल स्कूल से नाम भेजे जाते थे। ट्रेनिंग कॉलेज में प्रवेश पाना बड़ी नियामत थी। मुझे कुल सात महीनों का अनुभव था, पर मेरा नाम भेज दिया गया। क्यों भेज दिया गया? बात

यह थी कि स्कूल खुले एक साल से भी कम हुआ था। जो अनुभवी अध्यापक थे वे रिटायर्ड थे। जो नए थे, वे वहाँ रहनेवाले नहीं थे। मेरी भी सेवाएँ तीस अप्रैल को समाप्त कर दी गईं जिससे गर्मी की छुट्टियों का वेतन न देना पड़े। मैनेजमेंट को कोई नाम तो ट्रेनिंग के लिए भेजना था। वे जानते थे कि मेरा चुनाव तो होनेवाला नहीं है, मैनेजमेंट का ख़याल था मैं ही एक दीन-हीन ब्राह्मण-पुत्र हूँ जिसे कहीं और नहीं जाना है और लौटकर वहीं आना है। सो मेरा नाम भेज दिया गया। और सब आश्चर्यचकित थे, जब कॉलेज से पत्र आया कि हरिशंकर परसाई को डिप्लोमा कोर्स में प्रवेश दे दिया गया है।

मैंने सामान बाँधा और रेलगाड़ी में बैठकर जबलपुर तीस जून 1949 को पहुँच गया। सबसे प्रमुख सड़क के किनारे यह कॉलेज है, और होस्टल के दुमंज़िला दो ब्लाक सड़क से दिखते हैं। इनमें से एक ब्लाक में मेरा कमरा तय था। कमरे का एक साथी यानी 'रूममेट' भी था। इस कॉलेज का नाम अब प्रान्तीय शिक्षण महाविद्यालय है, पर लोग इसे पी.एस.एम. कहते हैं। रिक्शावाले से कहो, 'प्रान्तीय शिक्षण महाविद्यालय ले चलो।' वह कहेगा, 'यह कहाँ है साहब? मुझे नहीं मालूम।' आप कहेंगे, 'अरे, पी.एस.एम.।' रिक्शावाला कहेगा, 'ऐसा हिन्दी में बोलिए साहब! बैठिए, चलिए।' हिन्दी आन्दोलनकारियों को, जो भाषा की समस्या को सपाट समझते हैं, जानना चाहिए कि यह मामला बहुत जटिल है।

जबलपुर तब बड़ा शहर माना जाता था। कुछ भयावह भी। मशहूर था कि यहाँ साल में दो बार हिन्दू-मुस्लिम दंगे होते हैं—दशहरे पर और मुहर्रम पर। दोनों दंगे शहर पुलिस कोतवाली के पास शुरू होते हैं। यह ठगों और पिंडारियों का इलाक़ा रहा है। कर्नल स्लीमन ने इसी इलाक़े में ठगों, पिंडारियों का सफाया किया था। कर्नल स्लीमन के नाम पर जबलपुर से कुछ किलोमीटर दूर एक रेलवे स्टेशन है—सलीमनाबाद। यहाँ बड़ी बस्ती है।

जबलपुर की हेकड़ी मशहूर है। एक पुलिस सुपरिंटेंडेंट ने मुझसे कहा, 'जब तक यहाँ तमाचा न मारो, आदमी नाम नहीं बताता।' सही है कि यहाँ 'दादा', 'गुरु' और 'रंगदार' बहुत हैं। इनके चेले हैं। एक शब्द है—'अलसेट'। यह भारत में कहीं नहीं है। भाषाशास्त्री नहीं बता सकते। यह शब्द शुद्ध जबलपुरी है। प्रयोग यों होता है—'ज़ादा गड़बड़ करी तो

अलसेट दे दई जै है।' यानी बहुत गड़बड़ी की तो पिटाई हो जाएगी या मुसीबत में पड़ जाओगे। भाषा के बनने का भी कमाल है। जबलपुर के पास ही नरसिंहपुर ज़िला है। इस क्षेत्र में बोलते हैं—'आज मेरे लिए बुखार आ गया (मुझे नहीं)। मैं तेरे लिए तमाचा मार दूँगा (तुझे नहीं)।' भारतेन्दु हरिश्चन्द्र जबलपुर आए थे। तब एक सिक्का इकन्नी होता था, जिसमें चार पैसे होते थे। हरिश्चन्द्र ने लिखा है कि जबलपुर एक ऐसा शहर है जहाँ इकन्नी के पैसे माँगों तो जबलपुरिया तीन पैसे देता है और ख़ुद इकन्नी के पैसे माँगे तो पाँच चाहता है।

मगर जबलपुर सांस्कृतिक-साहित्यिक केन्द्र भी था। तब लगभग सवा लाख की आबादी होगी। अध्यापकों के सम्पर्क में मैं छात्र के रूप में और अध्यापक के रूप में भी रहा था। पर यहाँ होस्टल में उन्हीं-उन्हीं के साथ रहने का मौक़ा मिला था। अध्यापकों के कॉलेज को कॉलेज कहना ही ग़लत है। यहाँ कोई छात्र नहीं थे—सब दबे हुए, व्यक्तित्वहीन, डरे हुए, परेशान, हारे-थके गृहस्थ थे। मुझ-जैसे नवतरुण पूरे कॉलेज में सात-आठ होंगे। पर हम भी अधेड़ दब्बू हो गए थे। कॉलेज के छात्र का उत्साह, आशा, साहस, मस्ती, ख़तरा उठाने की इच्छा, संघर्ष की प्रवृत्ति क़तई नहीं थी। लोग बीबी-बच्चे, परिवार छोड़कर आए थे और चिन्ता की चिट्ठी का इन्तज़ार करते रहते थे। घर से दूर रहने से कुछ स्वतंत्रता और बेफिक्री ज़रूर महसूस करते थे। कभी-कभी लड़कपन भी कर बैठते थे। पर लड़कपन पसन्द नहीं करते थे। कॉलेज में एक घटना का ज़िक्र होता था। साल भर पहले एक अंग्रेज़ स्टैले प्रिंसिपल थे। वे बाहर घूम रहे थे। अहाते के भीतर ही स्थित प्रेक्टिसिंग स्कूल मॉडल हाईस्कूल के लड़के पेड़ों पर चढ़कर खेल रहे थे। दो अधेड़ अध्यापकों ने उन्हें डाँटा—'अरे पेड़ पर क्यों चढ़े हो? उतरो। फौरन उतरो।' स्टैले देख रहे थे। उन्होंने अध्यापकों से पूछा—'What is the matter?' अध्यापकों ने कहा—'Sir, the boys are climbing the trees.' स्टैले ने कहा—'So, What? What are trees for? They are for climbing on. If the boys do not climb the trees, will you and I climb them on?'

हमारे प्रिंसिपल गोवा के एंग्लो-इंडियन थे—डिसिल्वा। वे बड़े साहसी थे। बड़े अनुशासनप्रिय थे। उन्हें देखते ही हम डर जाते थे। वे

सुबह कुत्ते को लेकर होस्टल के कमरों में घुस जाते और हमें पी.टी. (व्यायाम) के लिए खदेड़ते। एक अध्यापक और एक अध्यापिका का प्रेम-सम्बन्ध था। वे एक दिन मदन महल की पहाड़ियों में चले गए। यह बात डिसिल्वा साहब को मालूम हो गई। उन्होंने अध्यापिका को कॉलेज से निकाल दिया। पर अध्यापक को नहीं निकाला। हम सब दुखी थे। निकालना था तो दोनों को निकालना था। पुरुष को छोड़ दिया और नारी की ज़िन्दगी बर्बाद कर दी। पर हमारी हिम्मत खुलकर कुछ कहने की नहीं थी। विरोध करने की नहीं थी। डिसिल्वा साहब ने एक भाषण में कहा, 'मेरी माँ विधवा हुई तो जवान थी। मैंने अपनी माँ के चरित्र की रक्षा भी की थी।'

हम लोग चपरासी से लेकर प्रिंसिपल तक से डरते थे। सबकी खुशामद करते थे।

कॉलेज की दिनचर्या क्या थी? बहुत सबेरे हम प्रार्थना के लिए एकत्र होते थे। प्रार्थना अंग्रेज़ी में करवाई जाती थी—'Almighty God, who brought us to this day.' इत्यादि। 2-3 महीने में कंसर्ट होता। हम सामूहिक गान करते थे—'Leaders of youth hard the calling of the land and mark the falling.'

पी.टी. होनी थी। कॉलेज में पढ़ाई और फिर माडल हाईस्कूल में शिक्षण की प्रेक्टिस।

हमें पच्चीस रुपए छात्रवृत्ति मिलती थी। मैं बहुत कम ख़र्च करके बारह-तेरह रुपए घर भेज देता था। कपड़े ग़रीबी के थे। चाय नहीं पीता था। वहाँ जो दूसरे अध्यापक आए थे, वे दस-पन्द्रह साल की नौकरी के बाद आए थे। उनके पास अच्छे कपड़े थे। कई स्टोव लाए थे और चाय-नाश्ता बनाते थे। मैं हाथ से कपड़े धोता था। सुखाकर, सलवटें मिटाकर, घरी करके तकिए के नीचे रखकर सोता। इस तरह इस्तरी होती। मेस में सात रुपयों में महीने-भर का खाना मिल जाता था।

मेरे पास के कमरे का अध्यापक मुझे बहुत तुच्छ प्राणी मानता था। उसके पास अच्छे कपड़े थे। सूट और टाई पहिनता था। चेहरे पर स्नो लगाता था। बी.टी. के दो महत्त्वपूर्ण छात्रों को बुलाकर उन्हें चाय पिलाता था, खुशामद करता था। मुझसे चाय के लिए औपचारिकता से पूछना तो

दूर, वह मेरी तरफ़ देखता भी नहीं था। वह जब कॉलेज जाता, तो इस ठाट से कि लड़कियाँ कलेजे लेकर हाज़िर हो जाएँगी। मगर पूरे कॉलेज में सिर्फ़ तीन लड़कियाँ थीं, जिन्हें देखा जा सकता था। एक सुन्दरी थी पर गम्भीर और सुस्त भी। वह बहुत सुसंस्कृत और कुशाग्र बुद्धि की थी।

मुझमें हीनता की भावना नहीं थी। इसके दो कारण थे—एक तो मेरे मूल्य दूसरे थे। दूसरे, जब मैं चार आदमियों में बैठता तो उन्हें अपने अध्ययन और बुद्धि के चमत्कार से प्रभावित कर देता। तीसरे, मुझे एक बहुत अच्छे मित्र मिले—रामचरण पाठक। वे पास ही सिवनी मालवा से लगे चतरखेड़ा गाँव के थे। कॉलेज में कवि भवानीप्रसाद मिश्र तथा भवानीप्रसाद तिवारी के साथ पढ़े थे और इनके दोस्त थे। एक ही अखाड़े के थे। वे बड़े भले आदमी हैं, बड़े स्नेही, बड़े सज्जन, बड़े उदार। वे तभी मुझे बहुत चाहने लगे थे। मुझसे उम्र में बड़े हैं। वे अभी भी एक माध्यमिक विद्यालय के प्रिंसिपल हैं। राष्ट्रपति पुरस्कार विजेता हैं। ऐसे अच्छे आदमी कम मिलते हैं। अभी भी मुझसे जब मिलते हैं, हम दोनों की आँखें छलछला आती हैं। बहुत कुशाग्र बुद्धि हैं, गजब की व्यंग्य प्रतिभा है। वे लिखते, तो मुझसे बड़े लेखक होते। इन रामचरण पाठक ने मुझे छोटा भाई बना लिया।

पाठक जी मुझे कई मामलों में सही समझ देते थे। एक महीना मैं मेस का सचिव था। हिसाब में मैं लापरवाह हूँ। पैसा ख़र्च करता गया और हिसाब लिखा नहीं। महीने के अन्त में जब हिसाब देकर दूसरे को चार्ज सौंपना था, मेरी आफत हो गई। पाठक जी ने दो रात मेरे साथ जागकर हिसाब बनवाया।

हिसाब की एक घटना और है। मैं जब मॉडल हाईस्कूल में था, तब प्रौढ़ शिक्षा शिविर चलाने के लिए एक गाँव भेजा गया। मातहत सात शिक्षक-शिक्षिकाएँ। इनके रहने-खाने का प्रबन्ध करना था। मुझे एक हज़ार रुपए दे दिए गए। मैं ख़र्च करता गया और थोक गेहूँ, चावल, दाल, घी के सिवा कोई हिसाब नहीं था। हिसाब बनाने बैठा तो सबसे ज़्यादा रोज़ गुंजाइश सब्जी ख़र्च की थी। मैं रोज़ आलू हिसाब में डालता गया। एकाउंटेंट मेरा दोस्त था। उसने जाँचकर कहा—हिसाब पैसा-पैसा ठीक है। अचरज यह है कि हर अध्यापक ने चार सेर आलू रोज़ खाए।

पाठ्यक्रम के बारे में मैं वैसा ही लापरवाह था, जैसा हाईस्कूल में। स्मृति मेरी बहुत अच्छी है और बहुत जल्दी पढ़ता हूँ। पन्ने पलटाता जाता हूँ। डिप. टी. में भी मुझे पहला दर्जा नहीं मिला। पर मैं पुस्तकालय में बहुत बैठता था। ख़ूब पढ़ता था। लाइब्रेरियन परांजपे समझ गए थे। मैं पुस्तकालय पहुँचता तो वे कभी-कभी कहते—'परसाई, हीअर इज ए गुड बुक फार यू!' शाम को मैं वालीबॉल खेलता और फिर ज़िला पुस्तकालय और वाचनालय चला जाता। दूसरे महायुद्ध का ज़माना था। मैं बहुत ध्यान से अख़बार पढ़ता। दूसरे महीने में ही कॉलेज में भाषण आयोजित हुए। विषय था—War Aims. मैं भी बोला और बहुत अच्छा बोला। डिप. टी. का मैं एकमात्र वक़्ता था। इस भाषण से मेरी प्रतिष्ठा बढ़ी। दूसरे दिन हमारे अंग्रेज़ी के प्रोफ़ेसर वह निबन्ध जाँच कर लाए, जो कुछ दिन पहले लिखा था। मुझे 43 नम्बर मिले और मुझे तुच्छ समझनेवाले उस साथी को 11। अब वह अनुकूल हो गया। मुझसे चाय की पूछने लगा। वह जिन लोगों का भक्त था, वे अब मुझसे बातें करने लगे। वे अपेक्षाकृत अच्छी आर्थिक स्थिति के, अच्छा सूट पहननेवाले, दिखाऊ बौड़म आदमी थे।

मैं तभी समझ गया था कि आदमी को अपनी क्षमताओं को पहचानना चाहिए और उनका पूरा उपयोग करना चाहिए। इसके साथ ही धीरज रखना चाहिए। मुझमें अपार धीरज है। जो धीरज रख सके, वह जीतता है। उसकी बाक़ी मजबूरियाँ दब जाती हैं, उसे परास्त नहीं कर सकतीं। व्यक्तित्व को कोई भी सहारा देकर टूटने से बचाना चाहिए। अपने को साधारण आदमी मानना भी एक ताक़त है। ऐसा आदमी असाधारणता के कोई फालतू सपने नहीं देखता और निराश नहीं होता, टूटता नहीं। मैंने हमेशा अपने को साधारण आदमी समझा। अब कुछ प्रतिष्ठा मुझे मिल गई है। मुझसे मिलने आनेवाले न जाने क्या मेरे बारे में सोचकर आते हैं। डरते हुए भी आते हैं। असाधारणता के आतंक का सामना करने की तैयारी से आते हैं। मैं साधारण छोटे आदमी की तरह सरल बातें उनसे करता हूँ। कई बाद में कहते हैं, 'हम जो सोचकर आए थे, उसके ठीक उल्टे आप निकले।' मैं मिलने आए बूढ़े हो रहे आदमी से पूछता हूँ, 'आपकी पारिवारिक ज़िम्मेदारियाँ कितनी पूरी हुईं ? लड़के काम से लगे ? लड़कियों की शादी हो गई ?' वे चकित होते हैं और प्रसन्न भी कि यह लेखक ज्ञान और अहंकार न बघारकर हमारी घरू

ज़िन्दगी में रुचि लेता है। वे आश्वस्त होते हैं। ऐसा व्यवहार मैं किसी योजना के तहत नहीं करता। यह मेरा स्वभाव है। असाधारणता को साधारणता से भी अच्छा निभाया जा सकता है।

मैं कुछ महीने सागर विश्वविद्यालय में मुक्तिबोध पीठ पर रहा। दुनिया में रहने के लिए यदि सबसे खराब जगह है, तो वह है विश्वविद्यालय कैंपस। गुट होते हैं। सुबह से ही निन्दा अनुष्ठान चालू हो जाता है और शाम से षड्यंत्र। कोई भी विद्या की बात नहीं करता। सब्जी बेचनेवाली के पास सिर्फ़ कुम्हड़ा बचा है और ज़रूरतमन्द रीडर-पत्नी उसे ख़रीद ले तो शाम तक यह कलंक-कथा सब जगह फैल जाती है। अध्यापक और उनकी पत्नियाँ यही चर्चा मज़ा ले-लेकर करते हैं, 'अमुक की पत्नी ने आज कुम्हड़ा ख़रीद लिया। कद्दू! क्या स्टेंडर्ड है इन लोगों का।' मेरे पास भी जो आते, निन्दा से ही बात शुरू करते। मैं तुरन्त घर-गिरस्ती के बारे में पूछने लगता। तीसरे दिन एक रीडर ने मुझसे कहा, 'आप यह बहुत अच्छा करते हैं कि बाल-बच्चों की बात करने लगते हैं। हम लोग किस कीचड़ में रहने के आदी हो गए हैं।'

मैंने डिप. टी. पास किया। इस बीच मेरे पिता इतने बीमार हो गए कि मेरे दादा और छोटे भाई गौरीशंकर इलाज कराने इन्दौर देवास ले गए। टिमरनी में मेरी दो छोटी बहनें थीं, सीता और मोहनी। समस्या थी कि इन्हें कहाँ रखा जाए। मेरी सबसे बड़ी बहन की शादी हो गई थी। वह भोपाल राज्य में छिदगाँव में रहती थी। वह दोनों छोटी बहनों को अपने साथ ले गई और उनकी शादियाँ होने तक वे वहीं रहीं। छोटे भाई गौरीशंकर की पढ़ाई छूट गई। वह पिता जी की सेवा में लगा था। उसने जीवन-भर पढ़ाई छूटने का नतीजा भोगा। अभी भी तकलीफ़ से ज़िन्दगी गुज़ारता है।

टिमरनी के घर का सामान पड़ोसियों के यहाँ रखकर मकान में ताला डाल दिया गया। अब मेरा कोई घर नहीं था। नौकरी की तलाश में मैं भाग-दौड़ करता रहता और पिट-पिटाकर दुखी होकर बुआ के घर सिवनी मालवा आ जाता। बुआ बहुत दमदार थी, वह कहती, 'तू कोई चिन्ता मत कर। तेरी नौकरी लग जाएगी। चल पहले खाना खा ले।' इसी तरह इटारसी में बुआ की बड़ी लड़की के घर चला जाता। उनका लड़का मेरी ही उम्र का था। वह भी मुझे बहुत प्रेम से रखती और मेरी हिम्मत बाँधती रहती।

हम इक उम्र से वाक़िफ़ हैं

खंडवा के स्कूल से मुझे पत्र मिला कि तुम्हारी नियुक्ति 35 रुपए महीने पर की जाती है। मैंने तुरन्त कोई जवाब नहीं दिया। मैं सरकारी स्कूल में नौकरी करना चाहता था। होशंगाबाद में संभागीय शिक्षा अधीक्षक डॉ. वेणीशंकर झा थे, मैं उनके पास गया। उन्होंने कहा कि आप उसी स्कूल में क्यों नहीं जाते जिसने आपको ट्रेनिंग के लिए भेजा था। आप उसी सीढ़ी को लात मारना चाहते हैं, जिससे आप ऊपर चढ़े। उन्होंने मुझे नौकरी नहीं दी।

मुझे एक जुलाई को खंडवा के स्कूल में नौकरी में पहुँचना था। अब कोई एक हफ्ता बचा था। मुझे याद आया कि ट्रेनिंग कॉलेज के प्रिंसिपल वाई.पी. रानाडे मुझसे बहुत खुश थे। जब मैं जबलपुर से पढ़ाई ख़त्म करके लौटने लगा, तब उन्होंने मुझसे कहा था कि परसाई, तुम अब किस स्कूल में जाओगे? मैंने कहा कि एक तो वही खंडवा का स्कूल है जहाँ से मैं आया हूँ। रानाडे साहब ने मुझसे कहा कि कहीं भी जाने के पहले तुम मुझसे पूछ लेना। यहाँ माडल हाईस्कूल में शायद एक जगह ख़ाली होगी। मैं तुम्हें उसमें ले लूँगा।

मुझे रानाडे साहब की यह बात याद आई। मैंने बिस्तर बाँधा और 28 जून को बिना टिकिट जबलपुर के लिए रेलगाड़ी में बैठ गया। उस दौर में तीन सालों तक मैंने बिना टिकिट रेलयात्रा की और कभी पकड़ा नहीं गया। मैं चाहूँ तो बिना टिकिट यात्रा करने की एक किताब लिख सकता हूँ। मैंने एक पैंट, एक शर्ट अच्छे बनवा लिए थे। इन्हीं को पहनकर रेलयात्रा करता था। किसी स्टेशन पर गाड़ी रुकी होती और प्लेटफार्म पर टिकिट चेकर होता तो मैं उसके पास बहुत हिम्मत से जाता और कहता, 'I think the train is running late.' वह जवाब देता, 'It will make up.' अब जब वह डिब्बे में टिकिट चेक करने आता तो सबसे टिकिट देखता, मगर मुझे देखकर मुस्कराता और कहता—'हैलो।'

जबलपुर के पहले का दूसरा स्टेशन भेड़ाघाट आया तो मैं घबराने लगा। मेरे साथ जो आदमी बैठा था वह मुझसे बातचीत करता था। मैं शिक्षक हूँ तो मेरा सम्मान करता था। उसने मुझसे कहा कि आप कुछ घबड़ाए मालूम होते हैं। पहले तो मैंने टाला, फिर बताया कि मेरे पास टिकिट नहीं है। उसने कहा, 'कोई बात नहीं। मैं कलेक्टर का खानसामा

हूँ। मैं आपको स्टेशन के बाहर निकाल लूँगा। उसे सब बाबू जानते थे और वह मुझे बाहर निकाल लाया। मैं रानाडे के पास पहुँचा। वे खुश हुए और बोले, 'आर्डर मिल गया था न!' मैंने कहा कि मुझे कोई आर्डर नहीं मिला, क्योंकि मैं दो माह से टिमरनी से बाहर हूँ। उन्होंने कहा कि तुम्हारी नियुक्ति मैंने माडल हाईस्कूल में कर दी है। आर्डर की नकल दफ़्तर से ले लो। माडल हाईस्कूल की प्रतिष्ठा पूरे प्रदेश में थी। यहाँ के शिक्षक को एक तरह से देवता माना जाता था। सारे प्रदेश के शिक्षक, माडल हाईस्कूल के शिक्षकों द्वारा सिखाए गए होते थे।

अब रहने की समस्या थी। मैं पहुँचा जैन बोर्डिंग हाउस के मैनेजर मदन गोपाल पुरोहित के पास। इनसे मेरे बहुत अच्छे सम्बन्ध थे। यह इमारत गोल बाज़ार में है और इसमें अब डी.एन. जैन कॉलेज और डी.एन. जैन हाईस्कूल लगते हैं। तब 1943 में यहाँ ऊपर जैन मन्दिर था और नीचे होस्टल। पुरोहित जी से मैंने अपनी समस्या बताई, उन्होंने कहा, 'रहने की क्या समस्या है! इतने कमरे पड़े हैं। किसी में भी डेरा जमा लो।' मैं एक कमरे के पलंग पर आसीन हो गया। मेस वहाँ था ही। वहाँ खाना खाता था। जुलाई 1943 को मैंने माडल हाईस्कूल में शिक्षक की नौकरी शुरू कर दी।

जबलपुर में शिक्षक

सन् 1943 जुलाई में मैंने माडल हाईस्कूल में नौकरी शुरू की। सब अध्यापक तथा हेडमास्टर पहले से पहचान के थे। स्कूल का यश बाहर भी फैला था। लेकिन हम जानते थे कि इसमें कुछ भी 'माडल' (आदर्श) नहीं है। मामूली एकमंज़िला इमारत जिसमें बिजली भी नहीं थी, बीच में खेल का मैदान और उससे लगा हुआ जबलपुर का सबसे बड़ा हॉल। हॉल के पीछे होस्टल।

इसी अहाते में टीचर्स ट्रेनिंग कॉलेज की इमारतें तथा होस्टल थे। ये सब इमारतें तथा माडल हाईस्कूल के होस्टल की इमारतें फौज़ ने ले ली थीं। दूसरा महायुद्ध पूरे ज़ोर पर था और हिटलर की फौज़ें रूस में घुसी हुई थीं। हमारे पूरे अहाते में सिपाही अधिक, छात्र कम दिखते थे। स्कूल के अहाते में रंगरूट ही रंगरूट थे। ये दिन में चाहे जब ड्रिल और परेड करते रहते। दिनभर शोर होता था। इन्हें पढ़ाने का काम मुझे दे दिया गया था, जिसका अलग से वेतन मिलता था।

जबलपुर बहुत पुराना और महत्त्वपूर्ण केंटोनमेंट है। यह एरिया आर्मी कमांड रहा है, और है। युद्ध के उन दिनों में पुरानी गन गैरिज फैक्टरी का विस्तार हुआ। सेंट्रल आर्डिनेंस डिपो खुला और हथियारों की खमरिया आर्डिनेंस फैक्टरी भी खुली! कई हज़ार आदमी बाहर से यहाँ नौकरी करने आए और बढ़ते ही गए और यह शहर फैलने लगा। सिविल

लाइंस और केंटोनमेंट में बहुत रौनक थी। ख़ूब चमक-दमक थी। कारण यह था कि बहुत बड़ी संख्या में बहुत ऊँचे क़द के अमेरिकी सैनिक आ गए थे। अंग्रेज़ कम थे। अमेरिकी और अंग्रेज़ में फ़र्क़ होता है। अंग्रेज़ कम बोलनेवाला, कम हँसनेवाला, कंजूस और बन्द दिल का होता है। अमेरिकी मस्त, खुले दिल का, हँसनेवाला, ख़र्च करनेवाला और मौज़ करनेवाला होता है। सदर बाज़ार में अमेरिकी सिपाही चाहे जिस दुकान पर शौक का सामान ख़रीदता था।

जहाँ न केंटोनमेंट होता है वहाँ सेक्स का धंधा भी चलता है। आसपास के क्षेत्र की बदचलन औरतों के दिन चमक उठते हैं। कई सामान्य स्त्रियाँ भी 'सेक्स' का धंधा करने लगती हैं। ऐसे क्षेत्र की नैतिकता गिर जाती है। घरुआँ वेश्यालय खुल जाते हैं। मैंने यह भी देखा कि सिपाही सड़क के किनारे की ज़मीन को ही 'बेडरूम' बना लेते थे। उस ज़माने में जाने कितने बच्चे पैदा हुए होंगे जिनके बाप का पता नहीं है। एंग्लो-इंडियन जाति में तब बहुत वृद्धि हुई।

शहर के कांग्रेसी नेता जेल में थे। सुभद्राकुमारी चौहान और उनके पति लक्ष्मणसिंह चौहान अपने तीन बच्चों को छोड़कर जेल चले गए थे। 'झाँसी की रानी' कविता लिखनेवाली सुभद्राकुमारी चौहान एक दीपशिखा की तरह थी। दूसरे बहुत प्रभावशाली नेता कवि भवानीप्रसाद तिवारी भी जेल में थे। 1942 में सोलह साल का एक लड़का गुलाबसिंह कांग्रेस का झंडा लेकर निकला और चौराहे पर वन्देमातरम् भारत माता की जय और अंग्रेज़ो भारत छोड़ो के नारे लगाए। उसे पुलिस ने गोली मारी और वह मर गया। उसकी शहादत के चर्चे शहर में थे।

कुछ बचे हुए कांग्रेसी तथा दूसरे राष्ट्रीय भावना के लोग छिपकर मिलते थे और आन्दोलन की योजना बनाते थे। शहर के बीच में एक तिलकभूमि तलैया थी जो बहुत पहले से सार्वजनिक सभाओं की जगह है। यहीं एक मामूली और सिर्फ़ चाय का होटल था, जिसे लोग मिस्त्री का होटल कहते थे। यहाँ गुपचुप मीटिंग होती। अभी कुछ साल पहले तक यह मिस्त्री का होटल था, जहाँ राजनेता, कवि, लेखक, पत्रकार और रंगदार सब बैठते थे। यह एक क्लब-जैसा था। मैं भी कई साल शाम को बैठा।

हम इक उम्र से वाक़िफ़ हैं

मेरा वेतन मिलते ही देवास से तार मिला कि पिता जी की हालत बहुत खराब है। मैं गया। पिता जी मौत के पास पहुँच गए थे। डाक्टर ने उन्हें घर ले जाने का कह दिया था। पर हमारा तब कोई घर नहीं था। पिता को मरने के लिए कहाँ ले जाएँ? सिवनी मालवा बुआ को तार किया कि पिता को लेकर आ रहे हैं। हम लोगों ने उन्हें उठाकर रेलगाड़ी में डाला और बनापुरा स्टेशन पर दो फुफेरे भाइयों की मदद से उतारा। खाट पर डालकर घर ले गए।

अब कुछ नहीं था, सिर्फ़ मौत का इन्तज़ार था। दवाएँ बन्द थीं। दर्द वगैरह की दवाएँ कुछ ज़रूर थीं। वह वातावरण अभी भी मेरी स्मृति में है। कुछ घंटे ही मैं वहाँ रुका। हम सब लोग सिर लटकाए बिना कुछ बोले अलग-अलग-से बैठे थे, उनकी खाट के आसपास। बुआ खाट पर उनके सिरहाने बैठकर उनके सिर पर हाथ फेर रही थी और कह रही थी कि तू कोई चिन्ता मत कर। पिता जी बार-बार कहते, 'बच्चों का क्या होगा?' बुआ समझाती, 'तेरा यह बेटा है। हम सब हैं। भगवान हैं। बच्चे सँभल जाएँगे।' मैं जबलपुर के लिए रवाना होने लगा तो पिता जी ने मेरे सिर पर हाथ रखकर कहा, 'बेटा, तेरे माथे पर मैं बहुत बोझ रखे जा रहा हूँ।'

मैं कुछ नहीं समझ पा रहा था। क्या होगा और कैसे होगा। दो छोटी बहनें बड़ी बहन के पास गाँव में थीं। दादा और छोटा भाई पिता जी के पास थे और मैं जबलपुर में एक होस्टल में। मेरा वेतन कुल 50 रुपए था। एक तरह से विचारहीनता की स्थिति में जबलपुर पहुँचा। अशुभ समाचार का इन्तज़ार करता रहा। अगले महीने मुझे तार नहीं बल्कि बुआ के बड़े लड़के का कार्ड मिला कि पिता जी की मृत्यु हो गई और उनका दाह-संस्कार कर दिया गया और अमुक तारीख को तेरहवीं का श्राद्ध है। मैं तेरहवीं के सुबह ही पहुँचा। नई नौकरी थी, सात-आठ दिन की छुट्टी लेकर वहाँ क्या करता। कोई मतलब नहीं था। वहाँ रिश्तेदार सब आ गए, तीनों बहनें थीं, बहनोई थे। मेरा मुंडन हुआ और मैंने श्राद्ध किया। अब सवाल था कि परिवार का किया क्या जाए। सब लोग एक साथ कहीं नहीं रह सकते थे। जबलपुर में तो मैं ख़ुद होस्टल में था। बुआ ख़ुद बहुत ग़रीब थी। दादा यहाँ-वहाँ कुछ करके अपना पेट भर सकते थे लेकिन दूसरे का नहीं। छोटा भाई नौवीं कक्षा पास हुआ था। आख़िर बड़ी बहन छोटी बहनों को गाँव ले

गई। दादा और छोटा भाई कुछ दिन बनापुरा में ही रह गए। थोड़े से रुपए जो बचे थे, उन्हें मैंने वहीं छोड़ा और जबलपुर आ गया।

आगे सन् 1946 में दूसरी बहन सीता की शादी इटारसी से की और 1951 में सबसे छोटी बहन मोहनी की शादी जबलपुर से हुई। जबलपुर में मैं दो-तीन अध्यापक मित्रों के साथ कमरे में रहने लगा और छोटे भाई को पढ़ने के लिए बुला लिया। पर पढ़ाई से उसका मन हट चुका था। उसने पढ़ाई छोड़ दी और सेंट्रल आर्डिनेंस डिपो में नौकरी कर ली। मैंने अब तीन कमरों का ठीक-ठाक मकान किराए पर ले लिया। 15 अगस्त, 1947 को स्कूल में बड़ी रैली और सभा हुई। अंग्रेज़ सरकार का झंडा यूनियन जैक उतारा गया और उसकी जगह तिरंगा झंडा फहराया गया। मैं पहले से खादी की काली शेरवानी और पायजामा पहनता था। मैंने स्वाधीनता पर्व के बारे में भाषण भी दिया।

अब बहुत लोग जानना चाहेंगे कि मैंने लिखना कैसे चालू किया। पढ़ता तो मैं ख़ूब था, पुस्तकें और पत्रिकाएँ पढ़ता था। जबलपुर में मैं कवि सम्मेलनों में जाता रहता था। सुभद्राकुमारी चौहान, भवानीप्रसाद तिवारी, नर्मदाप्रसाद खरे आदि की कविताएँ सुनता था, पर इनके पास नहीं जाता था। बहुत पहले से जबलपुर में एक साप्ताहिक 'शुभचिन्तक' निकलता था। उसमें मेरे एक-दो परिचितों की रचनाएँ छपती थीं और मेरे मन में आता कि मेरी रचनाएँ भी छपें। अभिव्यक्ति की इच्छा मुझमें तीव्र थी। पर मैं इसे बातचीत से ही सन्तुष्ट कर लेता था।

सन् 1947 में कांग्रेस के भीतर के समाजवादी जयप्रकाश नारायण के नेतृत्व में बाहर आ गए और अलग समाजवादी दल बनाया, जिसके अध्यक्ष आचार्य नरेंद्रदेव थे। नरेंद्रदेव प्रकांड पंडित थे। अनेक भाषाओं पर उनका अधिकार था। वे लखनऊ और बनारस हिन्दू विश्वविद्यालय के कुलपति भी रहे। आचार्य जी स्पष्ट घोषणा करते थे कि मैं मार्क्सवादी हूँ। पर वे चिन्तक थे और यूरोप में प्रचलित मूल मार्क्सवादी सिद्धान्त एवं कार्यप्रणाली को भारतीय संस्कृति, भारतीय जनमानस और भारतीय परिस्थितियों में जैसा-का-तैसा स्वीकार नहीं करना चाहते थे। वे भारतीयता पर आधारित मार्क्सवाद को स्वीकार करते थे और उस पर उन्होंने सैद्धांतिक पुस्तकें भी लिखीं। वे बौद्ध धर्म के विद्वान थे और उससे प्रभावित थे।

हम इक उम्र से वाक़िफ़ हैं

ये तरुण समाजवादी जिनके नेता जयप्रकाश नारायण, राममनोहर लोहिया, अशोक मेहता, अरुणा आसफ अली थे, 1942 के 'अंग्रेज़ो भारत छोड़ो' आन्दोलन के हीरो थे। स्थानीय से अखिल भारतीय स्तर तक इनके प्रति युवकों का खास आकर्षण था। ये बड़े क्रान्तिकारी माने जाते थे। इनका बोलना और लिखना उग्र हो गया था। ऐसा लगता था, जैसे ये देश को उलट-पलटकर रख देंगे। जबलपुर में उनके नेता भवानीप्रसाद तिवारी थे। मैं उन्हें सभाओं और कवि सम्मेलनों में सुनता था। 1945 में आर्मी सिगनल कोर के सिपाहियों के जत्थे तिलक भूमि आए और वहाँ सभा हुई, तब उस समय के नगर कांग्रेस के अध्यक्ष भवानीप्रसाद तिवारी का भाषण मैंने पहली बार सुना था। वे नगर के ही नहीं पूरे मध्यप्रदेश के बहुत लोकप्रिय और प्रखर नेता थे। तिवारी जी ने रामेश्वर गुरु के साथ मिलकर 1947 में एक साप्ताहिक पत्र 'प्रहरी' निकाला, जिसके व्यवस्थापक सवाईमल जैन थे। ये सब 35 की उम्र के आसपास के थे। रामेश्वर गुरु सक्रिय राजनीति में नहीं थे। वे क्राइस्ट चर्च ब्वॉयज हाईस्कूल में अध्यापक थे। वे लेखक और पत्रकार तथा 'प्रहरी' के सम्पादक थे। यह पत्र इतना प्रखर व ओजस्वी होता था तथा सामग्री इतनी सनसनीखेज होती थी कि शनिवार की शाम को इसके निकलते ही, चौराहों पर चर्चा होने लगती थी। सब जगह 'प्रहरी' की चर्चा। तरुणों के लिए तो यह बहुत प्रेरक था। इस पत्र ने और समाजवादियों ने कांग्रेस की हालत पतली कर दी। मैं इसे पढ़ता था, इससे सहमत होता था और इसमें लिखना भी चाहता था। पर मुझमें संकोच बहुत था।

दीवाली की जगमग रातों में मैं फुहारे की सड़क से निकल रहा था। यह शहर का केन्द्रीय बाज़ार है। यहाँ एक बड़ी दुकान पर लक्ष्मी की पूजा हो रही थी और सड़क पर चमचमाती हुई नई कार खड़ी थी। कुछ बच्चे कार को प्रशंसा से देख रहे थे। दो बहुत ग़रीब बच्चे लोभ को नहीं रोक पाए और कार पर हाथ फेरने लगे। ड्राइवर आया और दोनों को तमाचे मारे? वे रोने लगे। मैं खड़ा-खड़ा यह दृश्य देख रहा था। उसने मुझे झकझोर दिया और मेरी वर्ग-चेतना को भी जगाया।

मैंने इस घटना को अपनी कल्पनाशीलता और भाषा की सामर्थ्य के साथ लिख दिया। लेखक की जगह अपना नाम न देकर उपनाम 'उदार'

लिखा। रचना को लेकर 'प्रहरी' दफ़्तर में सम्पादकों के पास जाने का मुझमें साहस नहीं था। मैंने डाक से उसे भेज दिया। दूसरे हफ्ते वह छप गई। मेरा लिखना इस तरह शुरू हुआ। मैंने अपने दोस्तों से रचना की तारीफ़ सुनी। तब दूसरी रचना भी मैंने उसी उपनाम से लिखी, फिर तीसरी, फिर चौथी और सभी छपीं।

अब तलाश शुरू हुई कि यह 'उदार' उपनाम का आदमी कौन है। सबसे ज़्यादा तलाश सम्पादकों को थी। मेरे नजदीकी दोस्तों को ही पता नहीं था कि इस रचना का लेखक मैं हूँ। रामेश्वर गुरु को पहले मेरा पता चला, इसमें मतभेद है कि पता कैसे चला। गुरु जी का कहना है कि मैं फोटोग्राफर पाठक के स्टुडियो में बैठता था। पाठक ने उन्हें बताया कि मैं लेखक हरिशंकर परसाई हूँ और माडल हाईस्कूल में अध्यापक हूँ, मुझे जो याद है वो यह है कि मेरे एक मित्र अध्यापक अवधेश प्रसाद गौतम थे, उन्हें किसी तरह यह रहस्य मालूम हो गया था। वे एक दिन मुझे किसी बहाने रामेश्वर गुरु के घर ले गए और परिचय करा दिया कि यही आपके नए लेखक हैं। गुरु जी ने मुझे बहुत आत्मीयता से ग्रहण किया और भवानी प्रसाद तिवारी के पास दफ़्तर ले गए। उन्होंने मेरे कंधे पर हाथ रखा और कहा, 'तुम्हारी कलम में बहुत तेज है।' नतीजा यह हुआ कि मैं समाजवादियों की मंडली में शामिल हो गया और सरकारी नौकरी में होते हुए भी 'प्रहरी' के दफ़्तर में बैठने और लिखने लगा। मैंने पहला स्तंभ 'नर्मदा के तट से' 'प्रहरी' में ही लिखा। इसे कभी तिवारी जी लिखते थे और कभी मैं। लगभग आधा अंक तो रामेश्वर गुरु विभिन्न शैलियों और रूपों में लिखते थे। अब मैंने उपनाम छोड़ दिया और अपने नाम से ही लगातार लिखता चला गया। मेरे ऊपर अभी ज़िम्मेदारी थी, सबसे छोटी बहन की शादी अभी मुझे करनी थी, पर मैं लिखने में पूरी तरह डूब गया। 'प्रहरी' के सिवा दूसरे पत्र-पत्रिकाओं में भी लिखने लगा और 1950 तक राष्ट्रीय पत्रों के माध्यम से मैं एक लेखक के रूप में कुछ प्रतिष्ठा पा गया।

जो लोग कहते हैं कि मेरा लेखन बहुत अधिक राजनीतिक है, उन्हें बताना चाहता हूँ कि मैं समाजवादी आन्दोलनकारी पहले था और लेखक बाद में हुआ। लेखन के क्षेत्र में मैं राजनीति के मार्फत ही आया। मैं इसीलिए बार-बार यह कहता हूँ कि कोई लेखक अराजनीतिक नहीं हो

सकता। जो लेखक कहते हैं कि लेखक को राजनीति से कोई मतलब नहीं, वे ख़ुद बहुत घृणित दक्षिणपन्थी, प्रतिक्रियावादी, यथास्थितिवादी राजनीति के प्रचारक हैं।

मैं इन समाजवादियों के साथ पूरी तरह जुड़ गया। इनके राष्ट्रीय नेताओं में आचार्य नरेंद्रदेव, जैसा कि मैं पहले ही कह चुका हूँ, मार्क्सवादी थे और सिद्धान्तशास्त्री भी थे। अशोक मेहता अर्थशास्त्री थे। डॉ. लोहिया बहुत प्रखर, उग्र और अतिवादी थे, उनका निशाना हमेशा जवाहरलाल नेहरू हुआ करते थे। युवकों में सबसे अधिक आकर्षण उन्हीं के प्रति था, क्योंकि वे नाटकीय और दुस्साहसिक थे। जयप्रकाश नारायण आरम्भ में मार्क्सवादी थे। फिर वे गांधी के सम्पर्क में आए और कांग्रेस के अन्दर कांग्रेस समाजवादी दल बनाया, लेकिन आगे चलकर साम्यवाद विरोधी हो गए। अरुणा आसफ अली प्रखर ज्योति की तरह थीं। उन दिनों जब उनकी जवानी थी, वे दीप-शिखा की तरह थीं। जवाहरलाल नेहरू से वे प्रभावित थीं लेकिन मतभेद भी रखती थीं। उनके मूल बौद्धिक संस्कार मार्क्सवादी थे और वे इन लोगों को छोड़कर साम्यवादी पार्टी में चली भी गई थीं जहाँ कुछ दिन रहीं भी। अशोक मेहता अर्थशास्त्री थे, परन्तु मार्क्सवादी नहीं थे। वे लोकतांत्रिक समाजवाद में विश्वास करते थे, पर बाद में कांग्रेस मैं चले गए। वे भारत के अर्थ मंत्री तथा योजना आयोग के उपाध्यक्ष रहे। विदेशी पूँजी निवेश के वे प्रबल समर्थक थे। तब उनका एक वाक्य बहुत प्रचलित था—'India should open her womb to foreign capital.'

वास्तव में ये लोग सोशलिस्ट इंटरनेशनल से सम्बद्ध लोग थे। नरेंद्रदेव और अरुणा आसफ अली इससे सम्बद्ध नहीं थे। सोशलिस्ट इंटरनेशनल के लोकतांत्रिक समाजवादियों की मुख्य लड़ाई साम्यवादियों से होती है। इसके लिए वे फासिस्टों से भी समझौता कर लेते थे। जर्मनी में हिटलर को सत्ता में लाने में इन समाजवादियों ने सहयोग किया।

जबलपुर के समाजवादी नेताओं में कोई विशेष बौद्धिक नहीं था। वैज्ञानिक समाजवाद की समझ इनमें से किसी में नहीं थी। इन्हें यह जानकारी नहीं थी कि हमारे नेता सोशलिस्ट इंटरनेशनल से सम्बद्ध हैं। इनमें सबसे प्रखर भवानीप्रसाद तिवारी थे, परन्तु उनका भी राजनीति तथा अर्थशास्त्र का अध्ययन नहीं था। वे ग़रीबों के पक्षधर थे, मोटे रूप में वर्ग-

भेद भी मानते थे, परन्तु भावुक रूप में गांधीवादी भी थे। कुल मिलाकर सब साम्यवाद विरोधी थे। तब राजनीति की मेरी समझ भी कच्ची थी और मैं इन लोगों के नारों में शामिल हो गया। मुझे 4–5 साल लगे समझने में और मैं इनसे दूर हो गया।

मैं 'प्रहरी' दफ़्तर में नियमित बैठता था और मुझे लिखने की पूरी छूट थी। तब 'प्रहरी' मुख्य रूप से कांग्रेसी नेता सेठ गोविन्ददास और जबलपुर के ही निवासी प्रदेश के गृहमंत्री द्वारिकाप्रसाद मिश्र पर हमलों से भरा रहता था। यह हमला बहुत कटु भी होता था और उपहास करनेवाला भी। अनगिनती पृष्ठ इन दोनों के ख़िलाफ़ लिखे हुए हैं। बाद में द्वारिकाप्रसाद मिश्र सत्ता से पूरी तरह बाहर हो गए। तब उन्होंने मुझसे कहा भी कि आपने मेरे ख़िलाफ़ बहुत व्यंग्य लिखा, पर उसमें साहित्यिक गुण होते थे।

'प्रहरी' में ही मेरे व्यंग्य लेखन का आरम्भ हुआ। यह आकस्मिक नहीं है कि मैं व्यंग्य लेखक हो गया। वास्तव में मैं साहित्यिक से अधिक सामाजिक मनुष्य रहा हूँ। जीवन की वास्तविकता की मेरी निकट की जानकारी रही है। मेरी समझ और संवेदना का दायरा भी स्थानीय से बढ़कर अन्तर्राष्ट्रीय हो गया। स्वभाव से मैं बहुत संवेदनशील हूँ। आरम्भ में मैंने अपने ही दुख लिखे। पर जल्दी ही इस आत्म–मोह से बाहर आ गया। मैं समाज में व्याप्त अन्तर्विरोध समझ गया। मूल्यों की लगातार गिरावट मेरी समझ में आने लगी। भ्रष्टाचार, पाखंड, दोमुँहापन, व्यक्तिगत और सामाजिक जीवन में बढ़ती हुई अनैतिकता—इनका असर मुझ पर पड़ा, फिर मार्क्सवाद ने गहरे जाकर इनके कारण विश्लेषण में मेरी मदद की। इस तरह मेरी समझ बढ़ गई।

मेरे लेखन में गहरी करुणा और गहरा व्यंग्य दोनों एक साथ हैं। इसे कुछ लोग अन्तर्विरोध कहते हैं और समझ नहीं पाते। हिन्दी में तो एक परम्परा रही है कि इस प्रकार के सब लेखन को विनोद और हास्य कह दिया जाता है। ऐसी बात लिखी जाए, जिसे पढ़कर पाठक हँस पड़े तो इस तरह के समस्त लेखन को 'हास्य' की कोटि में रख दिया जाता है। रसों में एक रस हास्यरस भी है। हँसना अच्छी बात है, परन्तु साहित्य का जीवन से सरोकार केवल उपहास का नहीं है। लेखक का सरोकार गहरा है। ऐसा

नहीं है कि संवेदनशील लेखक जो भी है जीवन में जो भी जैसा है, उस पर जहाँ–तहाँ हँसें और उसे खारिज कर दें। ऐसा नहीं है कि जो पीट रहा है, उस पर भी हँसा जाए और जो पिट रहा है, उस पर भी हँसा जाए। यह निहायत ग़ैर–ज़िम्मेदाराना है और अमानवीय भी। लेखक को पीटनेवालों पर क्रोध आना चाहिए और पिटनेवाले पर करुणा। साथ ही उसे विचार करना चाहिए कि क्या ये कारण हैं, जिनसे यह स्थिति बनीं। जीवन जटिल है, सरल नहीं। जीवन को हँसने और रोने के दो खातों में नहीं बाँटना चाहिए।

मुख्य बात है कि लेखक का सरोकार जीवन से है किस तरह। वह जीवन से सम्पृक्त है या केवल उसका पर्यवेक्षक। मैं जीवन का मात्र सर्वे करनेवाले लेखक को लेखक नहीं मानता। सर्वे विभाग की तरह नक्शे बनाना लेखक का काम नहीं है। लेखक समाज का एक अंग है और उस समाज पर जो गुज़रती है उसमें समभागी है। समाज के उत्थान और पतन, संघर्ष, सुख–दुख, आशा–निराशा, अन्याय–उत्पीड़न आदि में वह दूसरों का सहभोक्ता है। इस रिश्ते से यह निष्कर्ष सहज ही निकलता है कि वह सामाजिक जीवन के प्रति संवेदित हो समाज के उत्थान की चेष्टा करे, पतनशीलता से लड़े। लेखक इसीलिए संवेदित होने के साथ–साथ एक आलोचक की तरह जीवन का अन्वेषण और विश्लेषण करे, अन्तर्विरोधों को समझे, पतनशील प्रवृत्तियों को जाने और सबके साथ संघर्ष में शामिल हो। यह बहुत गम्भीर कार्य है, सतही उपहास नहीं, इसीलिए जब व्यंग्य–लेखक अन्तर्विरोधों को उजागर करता है। पतनशील प्रवृत्तियों से साक्षात्कार करता है तो इस कारण कि जीवन में जो कुछ बुरा है उससे वह दुखी है, उसमें करुणा भाव है। जैसा है, उससे अच्छा वह चाहता है। इसीलिए व्यंग्य में करुणा की अन्तर्धारा होती है।

एक और आरोप जो उन वर्षों में मुझ पर लगाया जाता था वह यह कि इन्हें बुरा ही बुरा दिखता है और इनकी दृष्टि नकारात्मक है। यह कहना उसी तरह हुआ जैसे डाक्टर के बारे में कहा जाए कि उसे आदमी में रोग ही रोग दिखता है। अगर डाक्टर के पास रोगी आए और वह उसे रोगी न बताकर स्वस्थ कह दे और हँसने लगे तो डाक्टर ग़ैर–ज़िम्मेदार है और हत्यारा है। कला के नाम पर बीमार समाज पर रंग पोतकर जो उसे ख़ूबसूरत बनाकर पेश

कर दे, वह लेखक ग़ैर-ज़िम्मेदार है। ज़िम्मेदार लेखक बुराई बताएगा ही, क्योंकि वह उसे दूर करके बेहतर जीवन चाहता है। मुक्तिबोध ने कहा है :

"जैसा जीवन है उससे बेहतर जीवन चाहिए।
सारा कचरा साफ़ करने को मेहतर चाहिए।"

इस मेहतर को न निराशावादी कह सकते हैं, न ही बुराई का प्रेमी और न नकारात्मक। वह जीवन की वास्तविकता का सामना करता है और उसे साफ़ करता है। यह दृष्टिकोण आशावादी है और सकारात्मक है। लगभग यही स्थिति व्यंग्य-लेखक की है। यह सब विस्तार से इसलिए समझाना पड़ रहा है क्योंकि मेरे लेखन को लेकर कई प्रश्न उठ रहे हैं और उसका मर्म समझने में कठिनाई हुई है। धीरे-धीरे समाज के सचेत लोगों ने, जो मात्र कलावादी नहीं हैं, इस लेखन को समझने-समझाने की कोशिश की है।

एक आरोप मुझ पर तात्कालिकता का भी लगाया जाता है। सारा साहित्य तात्कालिक जीवन के अनुभवों से लिखा जाता है। यदि उसमें संवेदना की गहराई और दूरगामी अर्थ होते हैं तो वह टिकाऊ होता है। इस तरह तात्कालिकता में से ही शाश्वतता पैदा होती है।

अध्यापकों का संगठन

मैं सरकारी नौकरी में था और 'प्रहरी' उग्र समाजवादियों का पत्र था। उसमें मुझे लिखने की पूरी छूट थी। मुझे इस बात का ध्यान रखना चाहिए था कि मैं राजनीतिक आलोचना करता हूँ और सत्ता कांग्रेस की है, पर मैंने यह सावधानी नहीं बरती। सम्पादकों को भी मुझे सलाह देनी चाहिए थी कि बचाकर लिखूँ। पर उन्होंने भी ऐसा नहीं किया। मुझमें लिखने का आवेग बहुत था और विद्रोह भावना थी। मैं एक स्वतंत्र राजनीतिक व्यक्ति की तरह लिखता। इसकी रिपोर्ट हुई, ट्रेनिंग कॉलेज के प्रिंसिपल को अक्सर कैफियत देनी पड़ती। लिखने की धुन में मुझसे स्कूल के काम में भी भूलें होने लगीं। अब मैं अपने अफ़सरों और सरकार की नज़रों में बहुत खटकने लगा। जबलपुर में मैं अध्यापक और नए लेखक के रूप में कम जाना जाता था और सक्रिय समाजवादी कार्यकर्ता के रूप में अधिक।

मैंने बी.ए. कर लिया था और उच्च श्रेणी अध्यापक के पद के योग्य हो गया था। मैं चाहता था कि इसी स्कूल में मेरी पदोन्नति हो जाए। मैंने इसके लिए आवेदन भी दिया। हेडमास्टर शिवशंकर मिश्र साहित्यप्रेमी थे। वे संस्कृत और अंग्रेज़ी के विद्वान थे। वे मुझे चाहते थे। उन्होंने कहा, 'यहाँ तो जगह नहीं है। तुम पदोन्नति पर ज़ोर दोगे, कहीं तबादला हो जाएगा। एक-दो साल रुको। Take a philosophical view of things.'

मैंने आवेदन वापस ले लिया। पर सरकार को शायद मुझे जबलपुर से बाहर भेजना ही था। तो जून के अन्त में मुझे शिक्षा विभाग के निदेशक का आदेश मिला कि मेरा तबादला उच्च श्रेणी अध्यापक के पद पर हरसूद कर दिया गया। हरसूद खंडवा के पास एक क़स्बा है। अब एक समस्या खड़ी हो गई। यह तो स्पष्ट हो गया कि सरकार मुझे जबलपुर से हटाना चाहती है। पर मुझमें लिखने की इतनी उत्कट आग थी और इतनी तीव्र अभिव्यक्ति-ऊर्जा थी कि मुझे और मेरे मित्रों को लगा कि हरसूद गया तो लिखना हो नहीं सकेगा।

तब 'प्रहरी' समाज की मंडली बैठी। पंडित भवानीप्रसाद तिवारी ने कहा, 'तुम तय कर लो। लेखक रहना है, तो हरसूद मत जाओ। तुममें प्रतिभा बहुत है। हेडमास्टर बनना है तो हरसूद चले जाओ। जीविका का ऐसा है कि प्राइवेट स्कूल में नौकरी कर लो या पत्रकारिता करो।' मैंने अन्ततः सरकारी नौकरी से इस्तीफा दे दिया।

एक अध्यापक किशोरीलाल पांडे थे। बहुत सुन्दर, आकर्षक और भरा व्यक्तित्व। महत्त्वाकांक्षी और अथक परिश्रमी। उनका व्यवहार इतना मधुर था और व्यक्तित्व इतना प्रभावशाली कि शहर के एक प्रमुख व्यक्ति बन गए थे। बहुत लोकप्रिय। वे हितकारिणी हाईस्कूल में अध्यापक थे। वहाँ उनकी पटी नहीं। उन्होंने इस्तीफा दिया और एक 'न्यू एजुकेशन सोसाइटी' बनाई। वे ख़ुद स्कूल खोलना चाहते थे।

किशोरीलाल पांडे चन्दा करने के उस्ताद थे। वैसे तो कोई उनसे इनकार ही नहीं करता था। करे भी तो वे पीछे पड़कर चन्दा लिए बिना छोड़ते नहीं थे। एक धनवान आदमी के घर हर एकादशी को सत्यनारायण की कथा होती थी। पांडे जी 6 महीने तक हर एकादशी को उनके घर सत्यनारायण की कथा सुनते रहे और ढाई हज़ार रुपए चन्दा ले आए।

किशोरीलाल पांडे ने 'नवीन विद्या भवन' हाईस्कूल खोला और मैं वहाँ अध्यापक हो गया। मेरी लोकप्रियता का वे काफ़ी फायदा उठाते थे और हम दोनों संस्था के लिए साथ काम करते थे। पांडे जी को पैसा ख़र्च करने का अनुपात नहीं आता था। वे ऊँचे स्तर की ख़र्चीली कल्पना में मगन रहते थे। नतीजा यह होता कि जो पैसा आता उसे वे ग़ैर-ज़रूरी दिखावटी चीज़ों में ख़र्च कर देते और फिर हाय-हाय करते। पैसा लेनेवाले

सामने के दरवाज़े पर होते तो वे पीछे के दरवाज़े से खिसक जाते। पर वे पैसा कहीं-न-कहीं से ले आते थे। बड़े विकट कार्यकर्ता थे।

तब हमारी तरफ़ महाकौशल क्षेत्र में अध्यापकों का कोई संगठन नहीं था। प्राइमरी स्कूलों के अध्यापकों का संगठन था, जिसके अध्यक्ष 'प्रहरी' के सम्पादक समाजवादी नेता भवानीप्रसाद तिवारी थे। माध्यमिक विद्यालयों के अध्यापकों का कोई संगठन नहीं था। नागपुर और विदर्भ में संगठन ज़रूर था। उधर एक डी.एच. सहस्त्रबुद्धे विकट संगठक थे। यह बात सन् 1952-53 की होगी। सहस्त्रबुद्धे हमारे प्रधानाध्यापक तथा गवर्निंग कमेटी के सचिव किशोरीलाल पांडे के मित्र थे। पांडे जी शिक्षकों के संगठन में रुचि लेते थे। उन्होंने मेरा परिचय सहस्त्रबुद्धे से कराया और मैं उनका सहयोगी हो गया। पांडे जी नहीं जानते थे कि मेरा शिक्षक संगठन में लाया जाना उन्हीं के लिए सिरदर्द होगा। पांडे जी अब शिक्षक नहीं रहे थे, स्कूल के मालिक हो गए थे। मेरी और उनकी टकराहट आगे चलकर हुई।

अब तो मैं देखता हूँ कि कॉलेजों और विश्वविद्यालयों के प्रोफ़ेसर जुलूस निकाल लेते हैं, रैली कर लेते हैं, विधानसभा का घेराव तक कर डालते हैं। मैं इनके संगठन में शुरू से सहयोगी रहा हूँ। पर 30-35 साल पहले माध्यमिक विद्यालयों के अध्यापकों का संगठन करना, मेंढकों को तौलने जैसा दुष्कर कार्य था। शिक्षक अपने को श्रमिक मानने को तैयार नहीं थे। अपने को ऋषियों की परम्परा के मानते थे। ऋषियों की ट्रेड यूनियन कहाँ होती थी? गुरु क्या कोई मज़दूर है, जो तनख़्वाह बढ़ाने के लिए कहेगा! गुरु गुरु है। तब अध्यापक का आदर आज से अधिक था। अध्यापक बाहर निकलता तो लोग उसके चरण छूते थे। वह सोचता—मैं, जिसे इतनी श्रद्धा समाज देता है, क्या रोजी-रोटी के लिए नारेबाजी करूँगा। लड़के क्या कहेंगे? इनके माता-पिता क्या सोचेंगे? मुझे शर्म आएगी। मैं इनकी नज़रों से गिर जाऊँगा।

तब प्राइवेट स्कूल के अध्यापकों की नौकरी की कोई सुरक्षा नहीं थी। मनमानी करता था मैनेजमेंट। बहुत कम वेतन और वह भी समय पर नहीं। ये विद्यालय शिक्षा की दुकानें थे। अब भी हैं, पर अब ऐसे नियम-क़ानून बन गए हैं कि अपेक्षाकृत अधिक सुरक्षा हो गई है। 35 साल पहले तो अध्यापक दैनिक वेतन-भोगी-जैसा था। उससे कह दिया जाता कि

कल से काम पर मत आना, तो वह नहीं आता था। नौकरी बचाने का उसके पास कोई उपाय नहीं था। यह अधपेटा ऋषि रोजी-रोटी की लड़ाई को प्रतिष्ठा के विरुद्ध मानता था।

मैं नागपुर प्रान्तीय अधिवेशन में गया। विदर्भ के अध्यापक बड़े लड़ाकू और उग्र थे। एक पाँच-फुटे मरियल गुरु जी ने खड़े होकर कहा, 'अरे, प्रस्तावों से कुछ नहीं होगा। स्कूल के मैनेजरों को पकड़कर जब तक लड़कों के सामने जूते नहीं मारोगे, कुछ नहीं होगा।'

इसी अधिवेशन के समय मेरी भेंट कवि श्रीकान्त वर्मा से हुई। वे बिलासपुर के माध्यमिक विद्यालय में अध्यापक थे।

इस अधिवेशन में सहस्रबुद्धे महासचिव हुए और मैं सहायक सचिव हुआ। इसके बाद ही जबलपुर माध्यमिक शिक्षक संघ का मैं अध्यक्ष चुना गया। मुझे अध्यक्ष बनवाया मेरे हेडमास्टर किशोरीलाल पांडे ने ही। उन्होंने सोचा होगा कि मेरा मातहत है तो जैसा चाहूँगा वैसा इससे करवाऊँगा। एक तरह से संगठन मेरे हाथ में रहेगा। पर उनका सोचना ग़लत निकला। पहला 'काम बन्द' मैंने अपने ही स्कूल में पांडे जी के सामने करवाया।

मैं पूरी तरह अध्यापकों के संगठन में लग गया। अध्यापक बहुत संकोच करते थे। कहते थे—'हम लोग कोई मज़दूर हैं क्या? लोग क्या कहेंगे? मज़दूर की तरह तनख़्वाह बढ़ाने की माँग करना क्या गुरुओं को शोभा देता है?' मैं उन्हें समझाता—'हम श्रम करते हैं, तो श्रमिक हैं ही। हमारी हालत तो देखिए। जो हमारे साथ किया जाता है, वह दैनिक मज़दूर के साथ भी नहीं किया जा सकता। हम तो गुलाम सरीखे हैं। संगठित हो जाएँगे तो ताकतवर हो जाएँगे और न्याय पा सकेंगे।' अध्यापक डरते भी थे कि शिक्षक संघ में शामिल हुए तो हेडमास्टर और मैनेजर नाराज़ हो जाएँगे।

बड़ी मुश्किल से अध्यापकों को हम संगठन में लाते। एक गुरु जी तो इतने डरे हुए थे कि मैं जब भी उनके घर जाता, लड़का कह देता कि बाज़ार गए हैं। एक दूसरे गुरु जी का लड़का तो मुझे देखते ही कह देता—'पिता जी बाथरूम में हैं। शाम को आइए।' एक गुरु दिन-भर बाज़ार में रहते और दूसरे दिन-भर बाथरूम में। पर मैं पीछे पड़ा ही रहता। कुछ तरुण अध्यापक मेरे साथ उत्साह से काम करते थे। पाठक नाम के एक

बुज़ुर्ग शिक्षक बहुत दमदार थे। वे कहते—'अरे परसाई, ये ज़िन्दा मुर्दे हैं। मारे जाओ कोड़े। कभी जाग जाएँगे।'

हमने एक जुलूस निकालकर तिलकभूमि में सभा करने का प्रयोग किया। प्रान्तीय सरकार के किसी नए आदेश का विरोध हमें करना था। करीब सौ अध्यापक लेकर हम महाकौशल स्कूल से जुलूस की शक्ल में चले। तिलकभूमि पहुँचे तो कुल साठ बचे थे। बाक़ी चालीस ग़ायब। अवस्थी ने कहा, 'यार, रास्ते में सड़क से लगी जो गली पड़ती उसी में कुछ अध्यापक पेशाब करने बैठ जाते और जुलूस दूर निकल जाता, तब उठकर घर खिसक जाते।'

अब उस विरोध सभा का यह हाल रहा। हम कई अध्यापक उस सरकारी आदेश के ख़िलाफ़ गरमागरम बोले। माँग की कि आदेश तुरन्त वापस लिया जाए। सभा की अध्यक्षता कर रहे थे बाबूराव ओक। ये भी चन्दा-उस्ताद थे। 'ओक चेरिटी ट्रस्ट' बना रखा था और लाखों रुपए दान में लेते थे। दो स्कूल चलाते थे। ट्रस्ट की 3-4 और इमारतें भी थीं। ट्रस्ट की घपलेबाज़ी सब जानते थे। बाबूराव ओक हेड मास्टर भी थे और प्रबन्ध समिति के सदस्य भी। सबको खुश रखते थे। वे बोलने को खड़े हुए तो हमें आशा थी कि बुज़ुर्ग ज़ोरदार विरोध करेंगे, पर वे बोले, 'जैसे भगवान के राज में देर है, पर अँधेर नहीं है, वैसे ही मुख्यमंत्री पंडित रविशंकर शुक्ल के राज में देर हो सकती है, पर अँधेर नहीं होगा। उनकी कृपा-दृष्टि हम दीन अध्यापकों पर पड़ेगी। सियावर रामचन्द्र की जय! पंडित रविशंकर शुक्ल की जय!' हमने माथा ठोका और सभा ख़त्म कर दी।

उन दिनों प्रदेश के गृहमंत्री पंडित द्वारिकाप्रसाद मिश्र थे। विद्वान थे। विद्याव्यसनी थे। साहित्यिक थे। मगर शासक के रूप में वे कठोर माने जाते रहे। वे 'लौह पुरुष' कहलाते थे। उन्होंने विधानसभा में पेश करने के लिए एक 'स्कूल कोड बिल' तैयार किया। यह अध्यापक-विरोधी था। शिक्षकों के अधिकार और स्वाधीनताएँ छीन ली गई थीं। हमने इसके विरुद्ध प्रान्तव्यापी आन्दोलन किया और अन्ततः सरकार को यह बिल वापस लेना पड़ा।

आरम्भ में मेरे-जैसे नेता को मज़दूर-आन्दोलन का कोई अनुभव तो था नहीं। अध्यापक भी कोई ठोस औद्योगिक मज़दूर नहीं थे। संगठन था ढीला-ढाला। मैं तो तब श्रम क़ानून भी नहीं जानता था। मैं जो सीखता था,

वह प्राथमिक शिक्षक संघ के अध्यक्ष पंडित भवानीप्रसाद तिवारी से। तिवारी जी मूल रूप से कवि थे। वे सुरक्षा सामग्री के यानी तोप, बारूद, राइफल बनानेवाले कारखानों की यूनियन के भी अध्यक्ष थे। तब की इनके राष्ट्रीय नेता एस.एम. बनर्जी थे। मैं ढीले शिक्षक संगठन को लेकर उग्र आन्दोलन चलाना चाहता था, जो हो नहीं सकता था। मैनेजर की एक भृकुटी पर शिक्षक हमसे कट जाता था। हम अपीलें निकालते, प्रतिनिधि मंडल लेकर मैनेजमेंट से मिलते, निवेदन करते, कभी अदालत जाने की हल्की-सी धमकी दे देते। पर धीरे-धीरे दम आया। दम आने का बड़ा कारण तो यह था कि मैं कोई भी ख़तरा उठा सकता था। मेरे पारिवारिक दायित्व ख़त्म हो चुके थे। मैं अकेला रह गया था। मेरा छोटा भाई किताबें बेचने का धंधा करता था।

मैंने पहली लड़ाई अपने ही स्कूल में कराई और उन्हीं किशोरीलाल पांडे के ख़िलाफ़ जिन्होंने मुझे नेता बनाया था। पांडे जी की सबसे बड़ी शक्ति थी उनका मोहक व्यक्तित्व, तरल मुस्कान और वाणी की अतिशय मिठास। वे कुछ माँगते तो कोई 'न' नहीं कर सकता था। मगर वे अब हेडमास्टर तथा प्रबन्ध समिति के सचिव हो गए थे। यानी कार्यकर्ता से मालिक हो गए थे। उनमें अहंकार भी आ गया था। उन्होंने अपने कमरे के दरवाज़े पर मोटा पर्दा लगा लिया था और भीतर टाइपराइटर लिए बैठे रहते थे। मोहक आदमी चला गया था, काला टाइपराइटर आ गया था। वेतन बहुत कम देते और वह भी क़िस्तों में। चाहे जिस अध्यापक को चपरासी टाइप किया काग़ज़ दे जाता, जिसमें कैफियत तलब की जाती। वे जब बात भी करते तो डाँटते और शिक्षक का अपमान करते। सब परेशान थे। क्या किया जाए? मैंने पांडे जी से कहा, 'देखिए, वेतन कम और क़िस्तों में। किसी के घर में ज़रूरत के लायक आटा-दाल नहीं होता। भुखमरी की स्थिति है। इधर आपने अपनी सबसे बड़ी ताकत—व्यक्तित्व की मोहकता, वाणी की मिठास, मुस्कान त्याग दी है। यह होती तो लोग तकलीफ़ भी भोग लेते और शिकायत नहीं करते। तनख़्वाह आप देते नहीं हैं, मगर डाँटते और कैफियत तलब करते हैं। आप पहले जैसे हो जाइए और आर्थिक मामले थोड़े सुधार लीजिए।' इस पर पांडे जी का जवाब था, 'परसाई जी, संस्था अभी बन रही है। तकलीफ़ सबको सहनी पड़ेगी। जो नहीं सह

सकते, वे छोड़कर चले जाएँ। अनुशासन-भंग मैं किसी भी तरह बर्दाश्त नहीं करूँगा।'

आख़िर मैंने शिक्षकों की 2-3 मीटिंगें लीं। कुछ करना ही पड़ेगा। लोग तंग थे, पर डरते भी थे। बाकायदा नोटिस देकर दीर्घकालीन हड़ताल करने की हमारी ताकत नहीं थी। हम प्रतीकात्मक रूप से सामूहिक असन्तोष ज़ाहिर करना चाहते थे। दो पीरियड के बाद दस मिनिट की छुट्टी होती थी। हमने तय किया कि छुट्टी ख़त्म की घंटी पर हम कक्षा में न जाएँ। तीसरे पीरियड में कोई शिक्षक कक्षा में नहीं आया। हम सब टीचर्स-रूम में बैठे रहे। मैं दरवाज़े के बाहर खड़ा था। पांडे जी आए। ग़ुस्से में थे। उन्होंने मुझे देखा। मैंने उन्हें देखा। कोई कुछ नहीं बोला। पांडे जी वापस लौटे और चपरासी से कहा कि पूरी छुट्टी की घंटी बजा दो।

डॉ. बराट प्रबन्ध समिति के अध्यक्ष थे। दूसरे दिन उन्होंने हमें बुलाया। पांडे जी थे, मैं था, दूसरे सदस्य थे। मैंने सारी बातें समझाईं। यह भी कहा कि हमने हड़ताल की ही नहीं। मगर आप लोगों को वेतन का इन्तज़ाम तो करना चाहिए। डॉ. बराट बड़े संवेदनशील हैं। उन्होंने तीन सदस्यों की एक अर्थ समिति बिठाई और अगले महीने से वेतन में काफ़ी सुधार हुआ। इसकी ख़बर सब जगह फैली और यह हमारी बड़ी जीत मानी गई। मैनेजमेंटों ने मुझसे नफ़रत करना चालू कर दिया।

एक नाटकीय भूख हड़ताल मैंने और कराई। स्कूलों में पढ़ाई 31 मार्च तक होती है। फिर अप्रैल में परीक्षाएँ होती हैं। फिर मई-जून की छुट्टी। तब आम बात थी, अब कम है कि पाँच-पाँच साल तक नए अध्यापक को 31 मार्च को नौकरी से अलग कर दिया और जुलाई में फिर नियुक्त कर लिया। इस तरह मैनेजमेंट तीन महीने की फीस बचा लेता था। जब छात्र ही नहीं हैं, तो अध्यापक को वेतन क्यों देना। जब ढोर ही नहीं हैं तो चरवाहे को मज़दूरी क्यों देना। अध्यापक विवश थे। साल में नौ महीने का वेतन पाते थे। फिर यह भी पक्का नहीं था कि जुलाई में फिर नियुक्ति हो ही जाएगी।

महाराष्ट्र स्कूल में एक अध्यापक था जवाहरलाल नाम का। उसका चौथा साल था और उसे फिर नोटिस मिल गया कि 31 मार्च से सेवाएँ समाप्त। मैं उस स्कूल में गया। छुट्टी में अध्यापकों की मीटिंग ली। सबने

कहा कि यह बेईमानी यहाँ आम है। मैंने कहा, 'कुछ किए बिना तो कुछ नहीं सुधरेगा। आप लोग हड़ताल को तो तैयार होंगे नहीं। ऐसा करें—ये जवाहरलाल परसों स्कूल खुलते ही अध्यापक-कक्ष में आमरण अनशन पर बैठ जाएँ। आप लोग माला-वाला डाल दीजिए इन्हें। बाक़ी मैं देख लूँगा। इन्हें कुछ घंटे ही बैठना पड़ेगा। इस मैनेजमेंट की तीन रिपोर्टें तो मैंने ही शिक्षा मंत्री को की हैं। यह डरता है।'

जवाहरलाल अनशन पर बैठ गए। थोड़ी देर में भीड़ लग गई। हेडमास्टर और प्रबन्ध समिति के सबसे प्रभावशाली सदस्य बाबूराम ओक आए। बोले, 'हे काय आहे?' इससे आगे वे नहीं बोले। जवाहरलाल ने अपना माँग-पत्र उनके हाथ में दिया। उन्होंने पढ़ा। मैंने पूछा, 'ओक साहब, ऐसा आप क्यों करते हैं।' ओक ने सफाई दी, 'मैं तो इनको अलग नहीं कर रहा था। पर लेले मास्टर अड़ गए।' मैं लेले साहब के पास गया। वे बोले, 'वह शिक्षक अनुशासनहीन है।' मैंने कहा, 'अगर वह अनुशासनहीन हैं, तो चार सालों से आप उसे बार-बार नियुक्त क्यों कर रहे हैं?' लेले मास्टर ने कहा, 'कमेटी के सेक्रेटरी भाऊ साहब मुले हैं। उन्हीं से पूछिए।' मैं मुले के पास गया। वे किराने की दुकान करते थे। उन्होंने कहा, 'सारी गड़बड़ी ये बाबूराम ओक और नीलकंठ लेले करते हैं। हमको तो दुकानदारी से ही फुरसत नहीं है।'

मैं जब दुबारा स्कूल पहुँचा तो वहाँ लेले, ओक और मुले तीनों व समिति के 5-6 सदस्य और थे। मैंने कहा, 'बड़ा अन्याय करते हैं आप लोग। आगे हम बर्दाश्त नहीं करेंगे। हम आप लोगों से नहीं डरते अब। ये जवाहरलाल अनंत काल तक अनशन करते रहेंगे। आप लोग अपना फैसला बदलिए और इनकी नौकरी जारी रखिए। अभी मैं समझौता कराने में लगा हूँ। रात के बारह बजे के बाद यानी कल मैं इन जवाहरलाल का पक्ष ले लूँगा और जबलपुर के सारे स्कूलों के अध्यापकों की 'जनरल स्ट्राइक' का आह्वान कर दूँगा। तब आप सँभालिए।'

वे डरे। ओक साहब ने कहा, 'अब शाम हो गई है। प्रबन्ध समिति की बैठक बुलानी पड़ेगी। इतनी जल्दी कैसे सम्भव होगा?'

मैंने कहा, 'आपके सारे सदस्य राइट टाउन और नेपियर टाउन में रहते हैं। एक घंटे में सबको नोटिस मिल जाएगा। आधी रात के पहले फैसला कर लीजिए वरना कल जो हो, वह भुगतिए।'

तीनों ने अलग जाकर सलाह की।

रात को दस बजे प्रबन्ध समिति ने तय किया कि पहले का आदेश निरस्त किया जाता है। जवाहरलाल की नौकरी जारी रहेगी। तब तक वहाँ दूसरे स्कूलों के भी सौ-डेढ़ सौ अध्यापक इकट्ठे हो गए थे। ख़ूब जय-जयकार हुआ। अब अनशन तुड़वाना था। मुसम्मी का रस बुलवाने की बात उठी। मेरे कर-कमलों से गिलास जवाहरलाल को देना था। उतनी रात को कहाँ से मुसम्मी लाई जाए। मैंने कहा, 'देखिए, यह जवाहर सुबह साढ़े दस बजे ख़ूब भरपेट खाकर यहाँ बैठा था। अभी कुल बारह-तेरह घंटे तो हुए ही हैं। इसे मुसम्मी के रस की क्या ज़रूरत? वह सिनेमा के पास का होटल अभी खुला है। वहाँ से समोसे ले आओ और इन्हें खिला दो।' मैंने अपने कर-कमल से समोसा जवाहर के मुँह में दिया और तालियाँ बजने लगीं।

क्रिश्चियन स्कूल में भी कुछ संघर्ष हुआ। मैं हर स्कूल के मामले में दखलन्दाजी करता था। जहाँ से कोई ऐसी-वैसी ख़बर मिलती, मैं मैनेजर और हेडमास्टर के सिर पर सवार हो जाता।

ये मालिक लोग तंग आ गए। मुझसे पिंड छुड़ाना ज़रूरी था। इन्होंने अध्यापकों पर दबाव डाला। डराया। आगामी चुनाव में अपना आदमी खड़ा किया।

चुनाव हुआ और मैं बुरी तरह हार गया। मैनेजमेंट का आदमी अध्यक्ष हो गया। थोड़ी देर बाद मैदान में अध्यापकों ने मुझे घेर लिया और कहा, 'हम बहुत शर्मिंदा हैं। पर हम मजबूर थे। पेट का डर सबको है। आप हारने के बाद भी हमारे नेता हैं।' मैं प्रादेशिक संगठन का उपसचिव फिर भी रहा।

तब जबलपुर के कुछ व्यक्तित्व

तब शहर में बहुत प्रतिभाएँ थीं। पंडित केशवप्रसाद पाठक थे। हिन्दी, उर्दू, अंग्रेज़ी के विद्वान। यूरोप की रोमांटिक कविता उनके बराबर कोई नहीं जानता था। वे कवि थे। रहस्यवादी थे। भाषा के मास्टर थे। उनके कई गीत हैं। रहस्यवादी काव्य में वे महादेवी से बराबर पड़ते हैं। लिखा बहुत कम है। उमर खय्याम की रुबाइयों का हिन्दी अनुवाद उनका सबसे अच्छा है। मगर ज़िन्दगी को वे रूमानी चश्मे से देखते थे और बेहद शराब पीने लगे थे। अच्छा पैतृक छापाखाना था, पर उसे नहीं चलाया और टाइप बेच-बेचकर पीते गए। फर्नीचर की दुकान खोली। उसे भी पी गए। इस सब पर उनकी जय-जयकार होती थी। अरे, वह केशव पाठक है। बादशाह है कविता का। वाह पाठक जी! वे कवि-सम्मेलन के मंच पर नशे में लड़खड़ाते हुए आते तो दूसरे कवि, भवानीप्रसाद तिवारी तक, चिल्लाते—'अरे बादशाह आ रहा है।' बादशाह को मैंने दस-बारह साल बहुत पास से देखा। सुबह से लेकर शाम तक वे एक ही काम करते थे—शाम को एक पौआ शराब के लिए पैसे का इन्तज़ाम। इससे माँगा, उससे माँगा। कुल दस-बारह साल रचना-काल रहा। पढ़ना भी बन्द कर दिया था। इस सामन्ती भावुक शहर ने जय-जयकार करके, कमज़ोरियों को महिमा देकर कवि को असमय मार डाला। वे लगभग 55 साल की उम्र में क्षय से मरे। छिंदवाड़ा सेनेटोरियम में मैं ही उन्हें भरती करा आया था। सामन्ती संस्कार के क़स्बे ने उन्हें मार डाला।

हम इक उम्र से वाक़िफ़ हैं

पंडित भवानीप्रसाद तिवारी प्रखर व्यक्तित्व के आदमी थे। बड़े दबंग नेता थे। बहुत प्रभावी वक्ता थे। श्रोताओं को चाहे जैसा हिलाते-डुलाते थे। साहसी थे, संघर्षशील थे। उनमें बेपरवाही और मस्ती थी। वे इलाके के 'हीरो' थे। उनका कुछ भी प्राइवेट नहीं था। सब खुला जीवन था। उनमें अपार धीरज था, असीम सहनशीलता थी, अथाह गम्भीरता थी। मैंने थोड़े उनसे ये गुण सीखे। वे विचलित नहीं होते थे। परिवार के प्रति ग़ैर-ज़िम्मेदार और पूरी तरह जनता को समर्पित। अपनी सफलता, हीरो होना, शहर पर राज करना—एक तरह के नशे में रहते थे। बहुत छोटी उम्र में, 35 साल के आसपास वे 'पंडित जी' कहलाने लगे थे। जिस रास्ते से निकल जाते, दोनों तरफ़ से लोग आकर चरण छूते थे। कवि अच्छे थे। 'गीतांजलि' का बहुत अच्छा अनुवाद किया था। इतनी छोटी उम्र में जय-जयकार से घिर गए, पूजा होने लगी। प्रकृति से रूमानी थे ही। बस आलसी हो गए, पूरी तरह अलाल। अब कुछ करने की ज़रूरत ही नहीं थी। परिवार है, आगे क्या होगा, वे सोचते ही नहीं थे। ज़िन्दगी रूमान-ही-रूमान थी। सुबह से मुँह में तमाखू डालकर बैठ जाते। अख़बार पलट लेते। भक्त-मंडली आ जाती। गप्पें होतीं। ठहाके लगते। दोपहर को पंडित जी पेट में दाल-भात भरकर जो सोते, तो शाम को उठते। शाम को किसी अड्डे पर पहुँच जाते तो दो बजे रात को घर लौटते। भाँग का गोला शाम को ही कोई भक्त दे जाता। पंडितानी कटोरे-भर दूध में दो रोटियाँ डालकर रख देती थीं। पंडित जी दूध-रोटी खाकर सो जाते।

कारण क्या था? बहुत छोटी उम्र में चारों तरफ़ से जय-जयकार, श्रद्धा और भक्ति। इस शहर ने एक और उद्‌भट व्यक्तित्व को असमय मार डाला। पंडित जी में अद्‌भुत गुण थे। वे द्वेष-ईर्ष्या से परे थे। अपना नुकसान करनेवालों से भी स्नेह करते थे। किसी की निन्दा नहीं करते थे और न सुनते थे। कोई किसी की निन्दा करे तो वे कहते, 'अरे छोड़ो भाई, मनुष्य ऐसा ही होता है।' वे शालीनता नहीं छोड़ते थे। बर्नार्ड शा ने कहा है—'Courage is grace under pressure.' यह तिवारी जी पर लागू होता था। मेरा-उनका रिश्ता बड़े और छोटे भाई का था। मैंने उनसे बहुत सीखा। काश, यह शहर उन्हें अकर्मण्य न बनाता। वे बहुत लिखते, बहुत ऊँची पत्रकारिता करते और बहुत बड़े नेता होते। राजनीति में ऐसे ईमानदार आदमी दुर्लभ हैं।

तब जबलपुर के कुछ व्यक्तित्व

'प्रहरी' के दूसरे सम्पादक रामेश्वर गुरु बहुत सुदर्शन पुरुष थे। 'क्राइस्ट चर्च ब्वॉयज़ हाईस्कूल' में गणित के अध्यापक और बड़े पत्रकार थे। जीवन-भर वे 'अमृत बाज़ार पत्रिका' के प्रतिनिधि रहे। वे साहित्य के अध्येता थे और अद्भुत गद्य लिखते थे। ऐसा मार्मिक सशक्त गद्य मैंने बहुत कम पढ़ा है। दूसरे, वे अकेले एक 'एनसाइक्लोपीडिया' हैं। कितने विषयों का कितना ज्ञान है उन्हें। अभी भी मैं उनसे पचास साल पहले का कोई राजनीतिक-साहित्यिक सन्दर्भ पूछ लेता हूँ और वे तत्काल बता देते हैं।

हँसमुख, मिठ-बोले, विराट परिचय और व्यापक सम्बन्धों के आदमी। हर सड़क और गली में उनके कक्का जी, बुआ जी, भौजाई और मौसी होती थी। उनमें दो कमज़ोरियाँ हैं—एक तो सबके प्यारे बनने की कोशिश करना और दूसरे, किसी को 'नहीं' कहने का साहस न होना।

गुरु जी अत्यन्त स्नेही आदमी हैं। पहले परिचय के बाद उन्होंने मुझे इतवार को भोजन के लिए निमंत्रित कर दिया। मैं 11 बजे पहुँचा तो वे घर पर नहीं थे। मैं इन्तज़ार करता रहा। बारह बज गए, एक बज गया, दो बज गए। घर में मैं किसी और सदस्य को जानता नहीं था। एक लड़का पूछ जाता, 'कोई ज़रूरी काम है क्या?' मैं कैसे कहता कि मुझे उन्होंने भोजन के लिए बुलाया था। भीतर स्त्रियों की 'ठिल-ठिल' मुझे सुनाई देती, 'कैसा आदमी है। बैठा है तो बैठा ही है। कुछ बताता ही नहीं है।' इतने में अध्यापक अवधेशप्रसाद गौतम आ गए। उनसे मैंने कहा तो वे ख़ूब हँसे। बोले, 'तुम भी गुरु जी के चक्कर में आ गए। अरे, वे ख़ुद किसी दूसरे के यहाँ खाना खा चुके होंगे।' वे सचमुच नारद जी के घर खाना खाकर लेटे थे और मैं उनका मेहमान भूखा बैठा था। गौतम पास में ही अपने घर ले गए मुझे भोजन कराया।

गुरु जी के दो शौक थे—नमकीन चटपटी चीज़ें खाना और पत्र लिखना। न जाने कितने पत्र वे रोज़ लिखते थे। आगे चलकर मैंने उनके साथ मिलकर 'वसुधा' मासिक पत्रिका निकाली। यह विस्तार से आगे लिखूँगा।

गुरु जी नए लेखकों को बहुत प्रोत्साहन देते थे। घर बुलाते। उनकी रचना सुनते। सुधारते। मिठाई खिलाते। फिर रचना छापते। वे ख़ुद कई तरह की कविता और गद्य रूप लिखते थे। मैं तो चमत्कृत था, सवैया से

लेकर दादरा और प्रगतिशील काव्य तक लिखते थे। लोकगीतों को यों ही बोल देते। गद्य में नाटक, कहानी, रेखाचित्र, चुटकुले, सब लिखते।

तब जबलपुर के बौद्धिक जगत में सबसे प्रबुद्ध रामेश्वर गुरु ही थे। उनमें और भवानीप्रसाद तिवारी में बारीक स्पर्धा थी। तिवारी जी मंच के हीरो थे, गुरु जी टेबिल टॉक के उस्ताद थे। महत्त्वाकांक्षी गुरु जी भी थे, पर संकोची स्वभाव के कारण 'नहीं' में से 'हाँ' निकलवाते थे। एक बार मेयर के पद के लिए उनमें और तिवारी जी में मतदान हो गया। गुरु जी जीत गए। तिवारी जी हार गए। बाहर बरामदे में निकले तो दोनों रोने लगे और लिपट गए। दूसरी तरफ़ इस पूरे कांड के रचयिता, मित्रों को लड़ानेवाले उस्ताद गुलाबचन्द गुप्त मुँह में अँगुली डालकर उलटी कर रहे थे और रो रहे थे, 'हाय, मेरे कलेजे का एक टुकड़ा भवानी और दूसरा गुरु। आज दोनों लड़ लिए। मुझे मौत आ जाए तो अच्छा है।'—और लड़वाया इन्हीं ने था। लेकिन तिवारी जी और गुरु जी में मैत्री बनी रही।

गुरु जी के बारे में बड़े भ्रम हैं! एक तो यह कि वे बालक की तरह भोले हैं जबकि सच यह हैं कि वे चतुर, चालाक, योजना से काम करनेवाले आदमी हैं। दूसरा भ्रम है कि वे लापरवाह हैं। लेकिन वास्तव में वे बहुत सावधान, सधे हुए, मेहनती और अनुशासित व्यक्ति हैं। वे फाइलिंग के उस्ताद हैं। किसी सन्दर्भ की चार लाइनों के अख़बारी समाचार की कटिंग भी उनकी फाइल में मिल जाएगी। एक भ्रम यह कि कोई भी उन्हें बुद्धू बनाकर काम करा सकता है, यह भी भ्रम ही है। वे योजना से बुद्धू बनते हैं। उन्हें बेवक़ूफ़ नहीं बनाया जा सकता। एक भ्रम यह कि इतने उदार हैं कि अपनी लँगोटी भी उतारकर दे देते हैं। पर मैंने उन्हें कई की लँगोटी उतरवाते देखा है। मित्रों पर पैसा दिल खोलकर ख़र्च करते हैं, पर उड़ाऊ नहीं हैं।

ये न समझो कि फकत ठूँठ हूँ मैं
मये-मंसूर के दो घूँट हूँ मैं
जिसपे लैला हुई सौ बार सवार
हल्फ़िया कहता हूँ वो 'ऊँट' हूँ मैं।

ये हजरत 'ऊँट' शहर की सबसे अजीम हस्तियों में थे। शहर की कला-चेतना, संस्कृति, साहित्य-साधना, तहजीब जिन पर टिकी थी, उनमें

वे सबसे आगे की पंक्ति में थे। वे वास्तव में 'ऊँट' जैसे थे, जो व्यंग्य लिखने का उनका तखल्लुस था। 'प्रहरी' में उन्होंने धारावाहिक 'जज़्बाते-ऊँट' लिखा। उसके बाद उसी नियमितता से धारावाहिक रूप से हिन्दी-भाषियों को 'ग़ालिब' की शायरी अद्‌भुत सहजता से समझाई। दोनों पुस्तक रूप में बाद में छपे। वे बहुत गम्भीर काव्य भी लिखते थे। नगर निगम प्रांगण में सुभद्राकुमारी चौहान की प्रतिमा पर उनकी ये पंक्तियाँ अंकित हैं :

जानते हैं सब तुम्हें उद्धाम हो, उद्‌दंडिका हो
आग हो, तूफान हो, भूचाल हो, रणचंडिका हो

और रूमानी गीतों की लड़ी : 'उनींदी रातें'

पिछले पहर नींद की बेला
तुम आ पहुँची नेह जताने।

कहानियाँ भी लिखते थे। एक संग्रह है—'हम इश्क के बन्दे हैं।' अनुवाद करते थे। चेखव की कहानियों का सबसे पहले अनुवाद उन्हीं ने 'सरस्वती' में किया था।

'अनीस' के मरसिए 'करबला' पर टिप्पणियों सहित बड़ी किताब लिखी। इसके लिए कठिन शोध कार्य किया।

'प्रेमा' मासिक पत्रिका निकाली, जिसके कुछ ही अंक निकले। प्रकांड विद्वान थे। गम्भीर अध्येता थे। हिन्दी, अंग्रेज़ी, उर्दू, फ़ारसी के परम विद्वान थे। बहुपठित थे। विद्याव्यसनी थे।

साढ़े-छ: फीट से अधिक ऊँचे, दुबले बाबू रामानुजलाल श्रीवास्तव इंडियन प्रेस की शाखा के मैनेजर थे। एक बड़े बँगले में डिपो और दफ़्तर था। ऊपर रहते थे। तब हमारे यहाँ इंडियन प्रेस की ही पाठ्य-पुस्तकें चलती थीं। रामानुज बाबू ख़ूब वेतन और कमीशन पाते थे। नवाब की तरह रहते थे। उनके मिज़ाज में लखनऊ की सामन्ती शान तथा आधुनिक जीवन पद्धति और चेतना मिले हुए थे।

इतने ऊँचे व दुबले आदमी सब तरह के कपड़ों का शौक करते थे—शेरवानी और चूड़ीदार पाजामा, छींट की अचकन, कुरता-पायजामा, सूट और टाई। यही नहीं, यह आदमी हाफ पेंट और हाफ शर्ट भी पहनता था।

रामानुज बाबू खिलाड़ी भी थे। 'जबलपुर क्लब' जिनके दम पर चलता था, उनमें वे प्रमुख थे। टेनिस के उस्ताद। रोज़ शाम को टेनिस

खेलते। ब्रिज खेलने में भी माहिर थे। 'बार' उनकी दम पर आबाद रहता। वे हर महफिल की शान थे। बहुत गम्भीर, साथ ही बहुत विनोदशील भी। अपने सम्मान के जवाब में उन्होंने भरी सभा में कहा, 'मैं गद्य में, पद्य में और मद्य में तीनों में पारंगत हूँ।' एक समारोह में वे ठीक वक़्त पर पहुँचे। हॉल ख़ाली था। पीछे-पीछे मैं चला आ रहा था। मुझे देखा तो बोले, 'The tragedy of being punctual is that there is no one to appreciate it.' सैकड़ों लतीफ़े और मज़ाक़ उनके खाते में जमा हैं।

वे अकेले एक साहित्यिक आन्दोलन थे। मध्ययुगीन भक्त कवियों-जैसी श्रद्धा उनमें साहित्य के प्रति थी। वे साहित्य के मामले में कोई समझौता नहीं करते थे। धंधे में नुकसान उठाकर भी साहसी और स्पष्टवादी थे। पंडित द्वारिकाप्रसाद मिश्र से उनकी व्यक्तिगत मित्रता थी। मिश्र जी मध्यप्रदेश के गृहमंत्री हो गए। सब जानते हैं कि मिश्र जी कठोर शासक थे। तभी उनका महाकाव्य 'कृष्णायन' प्रकाशित हुआ। एक साहित्य सभा में मिश्र जी की उपस्थिति में दो सरकारी कॉलेजों के आचार्यों ने 'कृष्णायन' की बेहद भटैती की। रामानुजलाल श्रीवास्तव बर्दाश्त न कर सके। वे खड़े हो गए, बोले और आचार्यों को बहुत लताड़ा।

अत्यन्त उदार दिल के रामानुज बाबू साहित्यिक गतिविधियाँ चलाते रहते थे। वे अच्छे संगठक भी थे। मेरे प्रति उनका विशेष स्नेह था। 'प्रगतिवाद' से चिढ़ते थे, पर मेरे यथार्थवादी लेखन के प्रशंसक थे।

उनकी शव-यात्रा में उन्हीं का लिखा गीत गाया गया, जिसके कुछ शब्द हैं :

ये मस्त चला इस बस्ती से थोड़ी-थोड़ी मस्ती ले लो।
इसने तो पाई सब कुछ खोकर तुम इससे सस्ती ले लो।

यह निरभिमानी, विनम्र पर गरिमामय व्यक्तित्व हमें बहुत कुछ सिखा गया।

उर्दू-फ़ारसी के प्रकांड विद्वान महादेव प्रसाद श्रीवास्तव 'सामी' यहीं रहते थे। वे फ़ारसी के काव्य-सिद्धान्तकार और समीक्षक थे। गोल काली टोपी पहनते और बीड़ी फूँकते। अंग्रेज़ी क्लासिकल तथा रोमांटिक काव्य के मर्मज्ञ। हम लोग उन्हें नहीं समझते थे। केशव पाठक और रामानुज बाबू

उन्हें कुछ-कुछ समझते थे। वे अवहेलित मनीषी थे। अन्तिम वर्ष बड़े कष्ट में बीते। उनकी शवयात्रा में कुल 15-20 आदमी थे।

मेरे हमउम्रों में श्री बाल पांडे थे। वे प्रखर वर्ग-चेतना के कवि थे और बहुत प्यारे गीत भी लिखते थे। मेरा-उनका 1950 से साथ है। 'वसुधा' निकालने में उनका विशेष सहयोग रहा। वे प्रबन्ध सम्पादक थे और दिन-भर सुरक्षा कारखाने की नौकरी करके रात एक बजे तक वसुधा का काम करते थे। कवि-सम्मेलनों में श्री बाल बहुत जमते थे।

गोविन्दप्रसाद तिवारी हमसे कुछ बड़े थे। अध्यापक थे। अत्यन्त भावुक और भोले आदमी। कवि बहुत अच्छे थे। स्वाधीनता आन्दोलन में जेल भी गए थे। वे हम नवतरुणों को बहुत प्यार करते और बहुत प्रोत्साहित करते थे।

प्रभातकुमार तिवारी 'प्रभात' सबसे कम उम्र के, उन्माद की हद को पहुँचे हुए उग्र कवि थे। वे मेधावान छात्र थे, तब से मैं उन्हें जानता था। वे व्यक्तिगत रूप से मुझसे जुड़े थे। उन्होंने उर्दू सीख ली थी। कैफ़ी आज़मी, अली सरदार जाफ़री, मखदूम मुहिउद्दीन की लाइन पर चल रहे थे। तब जवाहरलाल नेहरू इन कम्युनिस्ट शायरों की नज़र में 'साम्राज्यवाद का कुत्ता' थे। पार्टी का यही विश्लेषण और मूल्यांकन था दूसरे तब इन्हें और पार्टी को कल ही क्रान्ति होती नज़र आती थी। साम्यवादी आन्दोलन में वह रणदिवे काल था। ये सारे बहिर्मुख शायर गाली-गलौज की हद तक शायरी को ले जाते थे।

'प्रभात' भावुक थे, अव्यावहारिक थे, उग्र थे, जल्दबाज़ थे और मार्क्सवाद का उनका अध्ययन बहुत कम था। बी.ए. हो गए वे, पर काफ़ी साल बेकार रहे। घरू हालत ठीक नहीं थी। वे क्रान्तिकारी काव्य के पीछे रात-दिन पागल थे। कुछ कमाते नहीं थे, बदहवास रहते और रात-रात-भर जागते, घोर बहिर्मुख उनकी अभिव्यक्ति थी। लम्बी-लम्बी नज़्में लिखते और सुनाते थे। विनोद-क्षमता बिलकुल नहीं थी, इसलिए चिढ़ जाते थे, कटु हो जाते थे। घर में दबाव था कि कमाओ, उनका भीतरी दबाव था कि लिखो, क्रान्तिकारी लिखो। वे असामान्य हो गए।

एक हाईस्कूल में उनकी नौकरी लग गई। फिर वे अध्यापक की ट्रेनिंग के लिए भेजे गए। सिगरेट और चाय की लत थी। लगातार तनाव में

रहते। उन्होंने अपना सबकुछ एक ही दाँव पर लगा दिया था—भावहीन उग्र क्रान्तिकारी कविता पर। वे निराश हुए। उन्होंने आत्महत्या कर ली। परिवार में अपनी स्थिति से पीड़ित थे। वे कुंठाग्रस्त हो गए—अपने को अन्याय का शिकार मानने लगे। अपने काव्य पर फिर भी उनकी अटल आस्था थी।

उनके घनिष्ठ सम्बन्ध कला निकेतन के कला गुरु अमृतलाल बेगड़ से थे, मुझसे थे और प्रखर कवि रामकृष्ण श्रीवास्तव से थे, जो नागपुर चले गए थे।

हमें बाद में मालूम हुआ कि वे बाकायदा आत्महत्या की योजना बना रहे थे। आत्महत्या आदमी आवेग में करता है, पर वे विधिवत् योजना बना रहे थे। उन्होंने अपनी पुस्तक की पांडुलिपि तैयार की, उसकी प्रस्तावना लिखी, हिसाब लिखा कि किससे कितना लेना है और किसका कितना देना है और फिर आत्महत्या पर एक नज़्म लिखकर स्थानीय अख़बारों को भेजी। एकदम निरुद्वेग।

मैं उस दिन सुबह भोपाल होता हुआ हैदराबाद से लौटा था। मेरी बहन भी उसी सुबह आई थी। 'प्रभात' मेरे घर अक्सर ही आते थे। अक्सर भोजन कर लेते थे। उस दिन वे लगभग दो घंटे बैठे। बहन ने भोजन का बहुत आग्रह किया पर उन्होंने नहीं माना। उनके जाने के बड़ी देर बाद बहन ने कहा कि 'प्रभात' की हालत आज गड़बड़ है। मैं बस स्टैंड गया जहाँ वे रहते थे। वे वहाँ और घर पर नहीं मिले।

अमृतलाल बेगड़ ने बाद में बताया कि शाम को वे उनके घर गए थे। बेगड़ के साथ उन्होंने पूड़ी-सब्ज़ी खाई। फिर यह कहकर चल दिए कि मुझे एक ज़रूरी काम है। बेगड़ भी नहीं समझ पाए कि कुछ गड़बड़ है। रात को आठ बजे के लगभग ख़बर मिली कि 'प्रभात' ने रेल से कटकर आत्महत्या कर ली।

जो आख़िरी नज़्म लिखकर वे अख़बारों को भेज गए थे, उसमें ये शब्द थे—इनसान तो मक़तल में यहाँ कौन जिए। 'प्रभात' ने अपना व्यक्तित्व, स्वास्थ्य, पूरी चेतना, पूरा समय, पारिवारिक स्थिति, आर्थिक मामले, सब जुए के एक ही दाँव पर लगा दिए थे, एक ही 'स्टेक' पर—बहिर्मुखी कच्ची, उग्र, आक्रोशभरी, क्रान्तिकारी शायरी। यह दाँव वे हार

गए क्योंकि काव्य युग बदल गया था और वे वहीं अड़े थे। ज़िन्दगी में हारे हुए वे पहले से ही थे।

एक और प्रतिभावान कवि इन्द्र बहादुर खरे थे। वे धर्मवीर भारती से प्रभावित थे और उन्होंने 'परिमल' की शाखा भी खोली थी। उनकी युवावस्था में ही मृत्यु हो गई।

नगर का स्नायु केन्द्र था तिलकभूमि स्थित मिस्त्री का होटल। पुरानी दोमंज़िला इमारत। बरामदा। भीतर बहुत लम्बा-चौड़ा हॉलनुमा कमरा, जिसमें बहुत लम्बी-चौड़ी शताब्दी पुरानी टेबिल। इसके आसपास टूटी हुई 15-20 कुर्सियाँ। बाहर दो सिगड़ियों पर पानी उबालते हुए मिस्त्री जी। जब मैं पहली बार उनसे मिला, वे लगभग 45 साल के होंगे। चाँद निकल चुकी थी। शरीर तगड़ा था। चेहरे पर रोब था। मिस्त्री बहुत लोगों के विश्वासभाजन थे। स्वाधीनता संग्राम की गुप्त योजनाएँ मिस्त्री के होटल में ही बनती थीं। सामने ही सभास्थल तिलकभूमि है।

दो सीढ़ियाँ चढ़ने पर बाएँ मोटे खम्भे से टिका लकड़ी की एक मज़बूत टूटी सन्दूक रखी रहती थी। साबुन का कोई बड़ा बक्सा था यह। इस पर विराजमान रहते थे कांग्रेसी नेता, कवि और युवकों के प्रेरक प्रखर व्यक्ति पंडित भवानीप्रसाद तिवारी। वे अपने को 'टूटी सन्दूक का राजा' कहते थे। वे हमेशा उसी टूटी सन्दूक पर बैठे मिलते। सड़क लगी हुई थी। सैकड़ों लोग वहाँ उनसे मिलते थे। वह टूटी सन्दूक नगर का स्पन्दन था। तिवारी जी ने ख़ुद एक बढ़िया आत्म-लेख लिखा है—'टूटी सन्दूक का राजा।'

मिस्त्री लगभग मौन रहते, सबकी सुनते जाते, गुनते जाते। समझते जाते और चाय के कप देते जाते थे। रोबदार समझदार आदमी थे। कभी स्पष्ट बोल देते, 'तिवारी जी, जैसा आप समझ रहे हैं, वैसा नहीं है।' सही बात यह है कि मिस्त्री की बात सच होती थी। कभी कोई चायप्रेमी घुसते ही कहता, 'एक 'स्पेशल' चाय।' मिस्त्री चिड़ जाते।' कहते, 'उठो और सामनेवाले उस होटल में 'स्पेशल' चाय पीओ। इधर 'आर्डनरी' ही मिलेगी। इस देश में कोई 'स्पेशल' नहीं। एक थे मिस्त्री के सहायक नेता जी नारायण वर्मा। वे कहते, 'भैया, इधर आदमी स्पेशल मिलते हैं, चाय नहीं।'

ऊपर की मंज़िल में एक और विभूति का मुकाम था—पंडित महादेव प्रसाद मिश्र 'मनीषी' का। पत्रकार, वैद्य, राजनेता आदि। खादी की मिरजई, घुटनों तक धोती, सुनहरे फ्रेम का चश्मा, लम्बे घुँघराले बाल, गौर वर्ण सुन्दर मुख—कई बार वे कांग्रेस नेत्री समझ लिए गए। एक बार तो उनका स्वागत रेलवे स्टेशन पर श्रमिक नेता आर.एस. रुईक़र की पत्नी के रूप में कर दिया गया था।

मैंने 'मनीषी' पर पूरा रेखाचित्र लिखा है, जो छपा तो मनीषी ने पढ़कर ख़ुद मुझसे उसकी तारीफ़ की। मनीषी अद्‌भुत व्यक्ति थे। वे साहित्य मनीषी, साहित्याचार्य, आयुर्वेदाचार्य—न जाने क्या-क्या थे। गाली-गलौज का एक, हाथ से छपा हुआ, साप्ताहिक पत्र—'हिमाचल' निकाल चुके थे और पिट चुके थे। व्यक्तित्व अत्यन्त मोहक। पर पेट भरने का जरिया कोई नहीं जानते थे। उन पर लिखे रेखाचित्र के कुछ अंश :

'मनीषी इसी होटल के ऊपरी हिस्से में न जाने कब से रह रहे हैं और इस इमारत के गिरने तक शायद यहाँ रहेंगे। उनका धंधा कुछ भी नहीं है। भोजन आने का क्या जरिया है, किसी को नहीं मालूम। कपड़े कहाँ से मिल जाते हैं, और हमेशा इतने उजले कैसे रहते हैं, यह भी एक रहस्य है, परन्तु इस व्यक्ति के मुख पर मैंने कभी चिन्तारेखा नहीं देखी। कभी परेशानी की छाया नहीं देखी, कभी दुख की मलिनता नहीं देखी। जिसके खाने का ठिकाना नहीं है, जो दो दिन भूखा पड़ा रहता है, एक फटा टाट जिसकी शैया है, वर्षों पहले का ईंट का चूल्हा, जिस पर अभी तक मिट्‌टी नहीं चढ़ पाई, एक मिट्‌टी का घड़ा, एक टिन का गिलास, एक तवा और डेगची जिसकी समस्त सम्पत्ति है, शरीर पर पहने हुए कपड़ों के सिवा जिसके पास एक अँगोछा और एक फटा कंबल मात्र है—वह चिर यौवन से कैसे लदा है? वार्धक्य इससे क्यों डरता है? केश किस भय से श्वेत नहीं होते? झुर्रियाँ चेहरे को क्यों नहीं छूतीं? चिन्ताओं के दैत्य इससे क्यों दूर रहते हैं? दुख इसके पास क्यों नहीं फटकता? यह किस स्रोत से जीवन-रस खींचता है कि सदा हरा-भरा रहता है? किस अमृत-घट से इसने घूँट पी लिया है कि संसार का ज़हर इस पर चढ़ता ही नहीं?'

एक दिन मैं होटल में बैठा था। ऊपर से बाँसुरी की आवाज़ आई। मैंने होटल मालिक से पूछा, 'बाँसुरी कौन बजा रहा है?' उन्होंने कहा, 'वही

होगा मनीषी। खाना नहीं मिला होगा। तो बाँसुरी बजा रहा है।' उन्होंने उसे पुकारा और पूछा, 'अरे खाना खाया कि नहीं?' भूखे मनीषी के मुख पर मुस्कान आई, जैसी भरे पेटवाले के मुख पर भी दुर्लभ है। वह बोला, 'खाया था लेकिन परसों।' होटल मालिक ने उसे कुछ पैसे देकर कहा, 'जा कुछ खा ले और यह गाना-बजाना बन्द कर दे।' बाद में मुझे मालूम हुआ कि अगर मनीषी बाँसुरी बजाता हो तो इसका यह अर्थ है कि वह भूखा है। भरपेट वह कभी बाँसुरी नहीं बजाता। एक-दो रोज़ का भूखा होता है तब टाट पर पड़ा-पड़ा बाँसुरी बजाया करता है। आगामी कल की जिसे त्रिन्ता न हो ऐसा आदमी दुर्लभ है, पर मनीषी को आज की भी चिन्ता नहीं है। कल कहीं से रोटी मिल गई थी, तो आज भी कहीं से मिल जाएगी। आज न आई तो झक मारकर कल आएगी, ऐसा उनका विश्वास है।

उनके कमरे में एक मिट्टी का घड़ा है, जिसमें ज्वार, बाजरा, गेहूँ, किसी का भी या सबका मिला हुआ आटा कभी-कभी रखा रहता है। एक छोटे से बर्तन में नमक और मिर्च हैं। जब कहीं से खाना नहीं मिलता और घड़े में आटा हुआ तो मनीषी एक-दो रोटी सेंककर नमक-मिर्च से खा लेता है। यदि आटा नहीं हुआ तो पड़ा-पड़ा बाँसुरी बजाता है। भूख को इस प्रकार संगीत बनाकर आसपास बिखेरता है। कोई सुन लेता है और भोजन करा देता है।

उनके चिकित्सा ज्ञान पर जब किसी ने आक्षेप किया तो उन्होंने समझाया—'देखो भाई, ग़रीब आदमी न तो ऐलोपैथी से अच्छा होता है और न होमियोपैथी से, उसे तो सिम्पैथी (सहानुभूति) चाहिए। मैं 'सिम्पैथी' की सहस्त्रपुटी मात्रा देता हूँ, रोगी अच्छा होता जाता है।' अपनी चिकित्सा की सफलता के सम्बन्ध में उन्होंने एक बार कहा, 'सौ में पचास रोगी अपने आप अच्छे हो जाते हैं—दस डाक्टर की दवा से अच्छे होते हैं। जो चालीस मरते हैं, उनमें पन्द्रह तो जीवन शक्ति की समाप्ति के कारण मरते हैं और पच्चीस को डाक्टर की दवा मार डालती है। मैं इन पच्चीस लोगों को साफ़ बचा लेता हूँ क्योंकि मेरी पुड़िया न अच्छा असर करती है, न बुरा। पन्द्रह तो धन्वन्तरि के इलाज में भी मरेंगे ही। शेष को मैं अपनी 'सिम्पैथी' की डोज से बचा लेता हूँ। इस तरह मेरे इलाज में पचासी फीसदी रोगी अच्छे हो जाते हैं।'

अपने खाने का ठिकाना नहीं है पर उदारता में कर्ण हैं। बड़े शरणागतवत्सल हैं। कोई भी आफ़त का मारा आ जाए, मनीषी के एक गज टाट पर और मक्के की दो रोटी पर उसका अधिकार है। जब तक घड़े में आटा है तब तक दो रोटी खिलाएगा और आप खाएगा। जब आटा चुक जाएगा तब मनीषी बाँसुरी बजाएगा और अतिथि कुढ़ता हुआ सुनेगा। जिसे कहीं जगह नहीं मिलती, उसे मनीषी के यहाँ ज़रूर आश्रय मिल जाएगा। जिसे सब तिरस्कृत करें, वह अगर मनीषी के यहाँ पहुँच गया तो मनीषी उसे अपना भाई बना लेंगे। कितने ही लोग उनका आश्रय पाते हैं। घर से निकले हुए लड़के, बेकार आदमी, तिरस्कृत नारियाँ। लेकिन मनुष्य—सब उनके औदार्य की छाया में आ बैठते हैं। कोई-कोई कृतघ्न जिस वृक्ष की छाया में बैठते हैं उसे एक-दो कुल्हाड़ी मार जाते हैं या कुछ शाखाएँ ही नोच जाते हैं। सुनते हैं ये आश्रयहीन लोग जाते वक़्त उनका फटा कंबल या लोटा ही ले भागते हैं।

एक बार अनाथालय से भागी हुई तीन-चार तिरस्कृत और लांछित लड़कियाँ मनीषी के आश्रम में आईं। मनीषी ने उन्हें धर्म-पुत्री मान लिया। दो-चार दिनों में उनके यहाँ धर्म-पुत्र भी आने लगे और जब इन धर्म-पुत्रों ने धर्म-पुत्रियों को धर्म-पत्नियाँ बनाने का उपक्रम किया तो मुहल्लेवालों ने बड़ा हल्ला-गुल्ला मचाया। वे लड़कियाँ धर्म-पिता को छोड़कर भागीं। अभी भी मनीषी जी बड़े दर्द से धर्म-पुत्रियों को याद करते हैं। कहते हैं—'न जाने बेटियाँ कहाँ हैं? किस हालत में हैं?'

फिर मनीषी ने राजनीति का व्यवसाय अपनाया। नेता हो जाना बड़ा अच्छा धंधा है। पर वे किसी भी दल के प्रति पक्षपात नहीं करते थे। वे एक साथ ही कांग्रेस, समाजवादी दल, साम्यवादी दल, जनसंघ, राम राज्य परिषद् आदि सब में थे। हर मंच से भाषण देते। घंटों बोलते और लोग ऊबते नहीं, क्योंकि वे कुछ बोलते ही नहीं हैं। एक बार वे एक सभा में बोलने खड़े हो गाए। बड़े जोश में बोले, 'कांग्रेसी चोर हैं। समाजवादी उचक्के हैं, साम्यवादी लुच्चे हैं आदि-आदि।' आधा घंटे तक सब दलों को गाली देते रहे। श्रोताओं ने हल्ला मचाया, 'अपने शब्द वापस लो।' मनीषी ने हँसते हुए कहा, 'तुम शब्द वापस लेने की कहते हो, मैं अपना पूरा भाषण वापस लेता हूँ और फिर नया भाषण आरम्भ करता हूँ। सुनो भाइयो और बहनो...' फिर आधा घंटे तक भाषण देते रहे।

सब काम कर देखे और जब कोई नहीं बना तब मनीषी ने सोचा कि कोई काम नहीं करना ही अच्छा है।

पर हौसले उनके बहुत ऊँचे हैं। मुझसे कभी-कभी बड़ी गम्भीरता में कहते हैं—'मैं शीघ्र ही अन्तर्राष्ट्रीय पत्रकार संघ खोलनेवाला हूँ।' एक फ़िल्म कम्पनी खोलने की भी उनकी योजना चल रही है, जिसमें मुझे नायक का काम देने का वादा वे कर चुके हैं।

नीचे वे मुझसे फ़िल्म कम्पनी की योजना पर चर्चा करते रहे। थोड़ी देर बाद ऊपर उठकर गए तो बाँसुरी बजाने लगे। भूखे थे।

थोड़ी देर बाद नीचे उतरे तो चेहरे पर वही मस्ती, वही हँसी थी। मैं सोचता हूँ, क्या यह हँसी विक्षिप्त की हँसी है? क्या यह निरपेक्ष जीवन का हास्य है? क्या यह उस चरम विफलता की हँसी है, जब आदमी सोच लेता है कि हमसे अब कुछ नहीं बनेगा? क्या यह उस उदासीन वृत्ति का हास्य है कि हमारे बनने या बिगड़ने में कोई मतलब नहीं अथवा दर्द को कलेजे की भट्ठी में गलाकर इसने हँसी के रूप में प्रवाहित कर दिया है?'

मिस्त्री का होटल एक विश्वविद्यालय था। पास ही 20-25 क़दम पर 'प्रहरी' का दफ़्तर था। यह दूसरा विश्वविद्यालय था। शहर के इन दो विश्वविद्यालयों में पढ़ना लेखक, नेता, समाजसेवी आदि के लिए ज़रूरी था।

पहली किताब का छपना और एक चुनाव लड़ना

मुझे लिखते कुछ साल हो गए थे। मेरी बहुत-सी रचनाएँ छप चुकी थीं। मध्यप्रदेश के पत्रों में तो छपी ही थीं। इस प्रदेश से तीन मासिक पत्रिकाएँ भी निकलीं, जिनका प्रसार सीमित था। बाहर इलाहाबाद के साप्ताहिक 'संगम' में कुछ कहानियाँ छप गई थीं। प्रयागराज तब कई कारणों से प्रसिद्ध था। अमरूद इनमें सर्वोत्तम चीज़ थी। फिर संगम का तीर्थ-स्थान, पिंडदान, पंडे। इसके बाद साहित्य का नंबर आता था। प्रयाग साहित्य का तीर्थ था। जितने पंडे पिंडदान करानेवाले थे, उससे कम लेखक-कवि नहीं थे। अधिकतर गाँवों से आटा-दाल लाकर इलाहाबाद और वाराणसी में पढ़े लड़के, सब तरुण साहित्यकार हो गए थे। इनके दो प्रकार के नेता थे—एक तबके के नेता धर्मवीर भारती थे और दूसरे के कमलेश्वर व मार्कंडेय। फिर प्रौढ़ मठाधीश थे। रामकुमार वर्मा की पीढ़ी के। उपेन्द्रनाथ 'अश्क' का वर्गीकरण मैं अब तक नहीं कर सका। शंकराचार्य थे इधर ज़्यादातर विवाद से परे श्रद्धेय किस्म के महादेवी, पंत, निराला। निराला को 'महाप्राण महाप्राण!' चिल्लाकर मिडिलचियों ने विक्षिप्त कर दिया और जल्दी मार डाला। जब दिल्ली और लखनऊ में साहित्यिकों के योग्य अच्छी नौकरियाँ खुलीं और औद्योगिक घरानों ने

पत्र-पत्रिकाएँ प्रकाशित कीं, तब ये संगम के गंगाजली पंछी इन महानगरों में जाकर बस गए और चार-पाँच सालों तक एकाकीपन और निर्वासन की कविताएँ लिखते रहे। यह स्वाभाविक था। गाँव से आए थे, जहाँ क़दम-क़दम पर लोग 'जैरामजी' की और 'पालागी' करते थे। इलाहाबाद रहे तो हर सड़क और मुहल्ले में परिचित और 'नमस्ते' वाले मिल जाते थे। दिल्ली गए। कनाट प्लेस में रेलिंग के सहारे चार घंटे से खड़े हैं। सामने से लगातार भीड़ निकल रही है, अपार भीड़। एक लाख आदमी सामने से निकल गए, मगर 'नमस्ते' एक से भी नहीं हुई। एकाकीपन, निर्वासन तो महसूस होगा ही।

अधिकतर लेखक महानगर उड़ गए। 'परिमल' वाले ज़्यादातर चले गए। उनके स्वामी करपात्री 'अज्ञेय' भी दिल्ली जा बसे। महादेवी जी की तो विद्यापीठ थी। पंत इस प्रकार के 'केरियरिस्ट' नहीं थे। निराला फक्कड़ थे ही। 'अश्क' भी कापालिक की तरह जमकर वहीं साधना तय किए बैठे थे। युवकों में वे रह गए जिन्हें विश्वविद्यालय या प्रकाशन गृह में नौकरी मिल गई। कुछ पत्रकार हो गए। प्रयाग सूना हो गया। मैं कई बार प्रयाग हो आया था, पर मिलता था सिर्फ़ अमृतराय से। वे हमारे बहनोई हैं, सुभद्राकुमारी चौहान के दामाद। और ठहरता हमारे स्कूल के दिनों के प्रखर नेता महेशदत्त मिश्र के यहाँ, जो अब विश्वविद्यालय में अध्यापक थे। किसी लेखक से मैं नहीं मिलता था। एक बार जब 'अंचल' के पास धर्मवीर भारती आए थे, तब मेरा उनसे परिचय कराया गया था। महानगरों और प्रयाग में बसनेवाले लेखक हम-जैसे लेखकों को 'प्राविंशल' कहते हैं—यानी देहाती। बस 'अश्क' ही हैं जो बलिया के गाँव के ढोलकिया को भी वाशिंगटन का नागरिक मानते हैं और उससे कहते हैं—'आप-जैसे महान लेखक के पास मेरी किताबों का सेट होना चाहिए। ख़रीद लीजिए।' बाक़ी लेखक 'प्राविंशल' की उपेक्षा-उपहास करते हैं।

हम 'प्राविंशल' लेखकों की बड़ी इच्छा होती है अपनी पहली पुस्तक छपवाने की। मेरी इच्छा भी जाग गई थी। मिस्त्री के होटल की मंडली में अक्सर यह कहा जाता—'भई, अब तो परसाई जी की पुस्तक छप ही जानी चाहिए। कहते सब थे, सच्चे मन से कहते थे, पर कैसे छपेगी, कौन छापेगा, कौन बेचेगा? यह कोई नहीं बताता था। जानते भी नहीं थे।'

जबलपुर में सिर्फ़ पाठ्य-पुस्तकों के प्रकाशक थे। मैंने तय किया कि पुस्तक ख़ुद छपाऊँगा और ख़ुद बेचूँगा। पैसे कहाँ से आएँगे? इस पर मैंने विचार नहीं किया। एक तर्कहीन विश्वास में हमेशा फँसा रहा हूँ—जब अब तक काम होता आया है, तो आगे भी हो जाएगा। इससे कठिनाइयाँ तो आईं, मगर बहुत-से अच्छे काम भी हो गए, जो तर्क और हिसाब से चलने पर नहीं होते। जबलपुर में सेठ गोविन्ददास का 'जयहिन्द' प्रेस था। उनका 'जयहिन्द' दैनिक पत्र भी निकलता था। इसमें बाबू गोविन्ददास का प्रचार होता था। जो भाषण वे नहीं देते थे, वह भी छप जाता था। प्रेस अच्छा था। सिर्फ़ इसी प्रेस में मोनोटाइप थे। मैनेजर थे गुलाब प्रसन्न 'शाखाल'। कवि थे। इस कमज़ोरी का लाभ मुझे यह मिला कि बिना पेशगी लिए, बिना रेट तय किए, उन्होंने गद्गद रूमानी अन्दाज़ में मेरी पांडुलिपि ले ली। इसमें कुछ अत्यन्त करुण कहानियाँ थीं, कुछ सामाजिक कहानियाँ और कुछ व्यंग्य कथाएँ। पुस्तक का नाम रखा—'हँसते हैं रोते हैं'। महीने-भर में किताब तैयार। लगभग सवा सौ पृष्ठों की अच्छी छपी पुस्तक का बिल आया लगभग साढ़े तीन सौ रुपए। मैंने एक प्रति का दाम रखा कुल डेढ़ रुपया। समर्पण किया ऐसे आदमी को जिसे किताब ख़रीदने की आदत हो और जिसकी जेब में डेढ़ रुपए हों।

'शाखाल' जी ने कहा, 'हज़ार प्रतियाँ हैं। साढ़े तीन सौ रुपए का बिल चुकाकर उठा लीजिए।' पर रुपए आएँ कहाँ से? मिस्त्री के होटल में किताब की चर्चा रोज़ होती, मगर बिल चुकाने की बात नहीं होती। मैंने रामेश्वर गुरु, भवानीप्रसाद तिवारी, सवाईमल जैन वगैरह से नहीं कहा। कहता, तो ये बिल चुकवा देते। मेरी कठिनाई की चर्चा गोरखपुर मुहल्ले के मेरे तीन स्नेहियों में हुई। ये थे—भोला प्रसाद पाठक, ठाकुर पूरनसिंह और अर्जुन मनजी राठौर। राठौर ठेकेदार थे। उन्होंने चुपचाप साढ़े तीन सौ रुपए चुका दिए और मैंने पुस्तकें उठा लीं। मैं शान्तिनिकेतनी झोले में पुस्तकें रखता और डेढ़ रुपए लेकर पुस्तक बेचता फिरता।

अद्भुत आह्लादकारी अनुभव होता है वह, जब लेखक अपनी पहली पुस्तक किसी को देता है और उसकी तारीफ़ सुनता है। नोबेल पुरस्कार पाने पर भी वैसा उल्लास नहीं होता। मैं अपने स्नेहीजन को झोले से किताब निकालकर देता तो वह प्रसन्न और चमत्कृत होकर कहता, 'वाह!

किताब आ गई। तबीयत खुश हो गई।' मैं डेढ़ रुपया ले लेता। एक मित्र मायाराम सुरजन ने कहा, 'यह क्या सूखी किताब दे रहे हो। अरे, कुछ 'सस्नेह' 'सप्रेम' तो लिखकर दो।' मैंने लिख दिया, 'भाई मायाराम सुरजन को सस्नेह दो रुपए में।' मायाराम ने कहा, 'डेढ़ रुपए की किताब है। दो रुपए क्यों?' मैंने कहा, 'आधा रुपया स्नेह चार्ज।'

सुषमा साहित्य मन्दिर पुस्तक के वितरक हो गए। किताब बाहर भी गई। कुछ मित्रों ने किताबें बेचने का काम ले लिया। नाथूलाल सराफ तो झोले में मेरी किताबें भरे ही रखते थे। बहुत किताबें बेचीं।

मैं खुश और चकित हुआ, जब मैंने 'सरस्वती' के ताज़ा अंक में अपनी पुस्तक पर सम्पादक पदुमलाल पुन्नालाल बख्शी की लम्बी-सी टिप्पणी पढ़ी। उन्होंने मेरी समाज-संलग्नता को सराहा था, व्यंग्य-क्षमता को पहचाना था, मगर मेरे नकारात्मक नज़रिए की आलोचना की थी।

मेरी किताब का डिपो, शोरूम, सेल्स सेंटर, विज्ञापन केन्द्र मिस्त्री का होटल था। मिस्त्री ख़ुद मेरे सबसे बड़े प्रचारक थे। वे चाय का कप देते हुए कहते, 'तुमने परसाई जी की किताब देखी कि नहीं?' ग्राहक अनभिज्ञता प्रगट करता तो मिस्त्री कहते, 'अरे, तो फिर कैसे पढ़े-लिखे आदमी हो।' खोके में से किताब निकालकर देते और कहते, 'ये लो। निकालो डेढ़ रुपया।' मिस्त्री का यही ठाट था।

पहली पुस्तक 'हँसते हैं रोते हैं' सब बिक गई। पसन्द बहुत की गई। इसमें मेरे लेखन के दो प्रकार थे। कुछ अत्यन्त करुण प्रसंग थे, मेरे और परिवार के भोगे हुए दुख के। लोग कहते थे कि एक-दो कहानियाँ तो बिना रोए पढ़ी ही नहीं जा सकतीं। इनके सिवा कुछ व्यंग्य कथाएँ थीं। ये कहावत और सुभाषित की तरह लोगों की जबान पर आ गईं। दुख को लिख लेने से मैं हल्का हो गया, मुक्त हो गया। मैंने अपने 'मैं' को विस्तार दे दिया। दूसरे, अभिव्यक्ति का मेरा प्रधान माध्यम व्यंग्य हो गया।

इस पुस्तक का दूसरा संस्करण नहीं हुआ। पर कुछ दूरदर्शी पुस्तक विक्रेताओं ने कुछ किताबें रख ली होंगी। 25-30 साल बाद शोध के लिए इस पुस्तक की ज़रूरत महसूस होने लगी। विश्वविद्यालयों के हिन्दी-विभाग तथा शोध-छात्रों के लिए यह दुर्लभ ग्रन्थ हो गया। मेरी

जानकारी में तब यह डेढ़ रुपए की पुस्तिका अलभ्य साहित्य की हैसियत से पच्चीस-तीस रुपयों में बिकती है। मुझमें अगर तब समझ होती कि कुछ साल बाद मैं 'दुर्लभ' और 'अलभ्य' लेखक होनेवाला हूँ, तो मैं ही सौ प्रतियाँ रखे रहता। वह पुस्तिका अब 'अलभ्य ग्रन्थ' कहलाती और बीस-तीस गुनी कीमत में बिकती। पर मैं उन भाग्यवान लेखकों में नहीं हूँ, जिनमें एक साथ दो प्रतिभाएँ होती हैं—रचना की और व्यापार की।

इसी के आगे की घटना जो मुझे याद है, वह है पहले आम चुनाव। 1952 में जी-तोड़ काम करना। मैं समाजवादियों के साथ था। विधिवत ये समाजवादी 1948 में कांग्रेस से बाहर आए और समाजवादी दल बनाया। अध्यक्ष थे आचार्य नरेंद्रदेव। वास्तव में पार्टी चलाते थे जयप्रकाश नारायण, राममनोहर लोहिया और अशोक मेहता। जयप्रकाश नारायण ने आगे चलकर समाजवादियों के लिए लाल टोपी पहनने का नियम बना दिया। डॉ. लोहिया ने इसका उपहास किया और कभी लाल टोपी नहीं लगाई। अशोक मेहता अपनी दाढ़ी में क्रान्तिकारी की छवि रखते थे। मैंने उनका भाषण पहली बार सुना। वे अर्थशास्त्री थे। वे आँकड़े-ही-आँकड़े बोलते थे। लोहिया उग्र थे। व्यंग्य में बोलते थे। घातक प्रहार करते थे। जवाहरलाल नेहरू पर व्यक्तिगत हमले करते थे। पूरी मुद्रा एक क्रान्तिकारी की थी—फक्कड़ क्रान्तिकारी की। लोहिया का समाजवादी आन्दोलन में चाहे जो योग हो—मेरा ख्याल है नकारात्मक और 'सिनिकल' था। एक नई हिन्दी—तेज़, मुहावरेवाली, ओजस्वी, शक्तिशाली, नई अदा की भाषा का श्रेय उन्हें है। बहुत लेखकों ने, विशेषकर 'परिमल' गुटवालों ने यह जानदार भाषा उनसे सीखी। 'दिनमान' में आरम्भ से ही लोहिया से प्रभावित लेखक सम्पादक मंडल में थे। 'दिनमान' की भाषा लोहिया से सीखी हुई भाषा थी। लोहिया का सकारात्मक मूल्यवान योग भाषा में था, राजनीति में नहीं।

जयप्रकाश नारायण साधु-जैसे थे।

1952 तक समाजवादियों से मेरा काफ़ी मोह-भंग हो गया था। ये कांग्रेसी ही थे। वही संस्कार थे। अदा क्रान्तिकारी थी। भाषा तीखी सीख ली थी। पर अधिकांश को कोई समझ नहीं थी समाजवाद की। ये भावुक लोग थे। ग़रीबों से सहानुभूति थी। इनका समाजवाद यह था—'हाय, एक

तरफ़ ग़रीब की झोपड़ी और उसी से लगा अमीर का बँगला। हाय, यह अन्याय है।' ग़रीबी-अमीरी का भेद मिटाना चाहिए। ये न इतिहास जानते थे, न अर्थशास्त्र, न समाजशास्त्र। पहले महात्मा गांधी की जय बोलते थे, अब जयप्रकाश नारायण की जय बोलने लगे।

इनके नेता ज़रूर पढ़े-लिखे थे। अधिकांश 'सोशलिस्ट इंटरनेशनल' से जुड़े थे। ये बड़े महत्त्वाकांक्षी थे।

पर मैंने चुनाव में भवानीप्रसाद तिवारी का काम डटकर किया। इसका कारण समाजवाद से मोह नहीं, तिवारी जी से व्यक्तिगत सम्बन्ध थे।

जहाँ तक समाजवादी पार्टी का सवाल है, इसके नेता स्वप्नलोक नें थे। चुनाव के पहले अशोक मेहता ने गर्वोक्ति की थी—'We will sweep the polls.' (हम सारे मत ले लेंगे) चुनाव में जब पार्टी बुरी तरह हारी, तब एक कार्टून मैंने देखा था—अशोक मेहता झाड़ू से मतदान केन्द्र की सफ़ाई कर रहे हैं। कार्टून का शीर्षक था—'We will sweep the polls.' आख़िर अशोक मेहता कांग्रेस में चले गए। योजना आयोग के उपाध्यक्ष और फिर अर्थ-मंत्री हुए। जब वे कांग्रेस में जा रहे थे, तब एक कार्टून 'शंकर्स वीकली' में देखा था। साँप के बिल में अशोक मेहता घुस रहे हैं। आचार्य कृपलानी और राममनोहर लोहिया देख रहे हैं। लोहिया कृपलानी से कहते हैं—'Dada, Can't you save him.' कृपलानी जवाब देते हैं : 'You Can't save a man who wants a state funeral.'

तिवारी जी के मित्रों, असंख्य प्रशंसक और भक्तों का विराट समूह था। उनके विरोध में जो कांग्रेसी उम्मीदवार थे, वे आज़ादी मिलने पर कांग्रेस में आए थे। उनका कोई काम नहीं था। हम तिवारी जी की जीत के प्रति पूरे आश्वस्त थे। उनका चुनाव पोस्टर बहुत सादा और प्रभावकारी था। उस पर उनका रेखाचित्र था, जिसके नीचे लिखा था—'सुख-दुख के साथी।' बस!

लोग अपने आप चुनाव प्रचार में लग गए। पैसा भी आया। दिन-भर का काम करके हम लोग तिवारी जी की बैठक में पहुँचते। पंडित जी राजनीति भी कविता की तरह करते थे। मस्ती में रहते। शाम को हम लोग भाँग की गोली भी ग्रहण करते।

मगर कांग्रेस ने आज़ादी के बाद शहरी और ग्रामीण निहित स्वार्थों से साँठगाँठ कर ली थी। ये ही मत दिलानेवाले थे। दूसरे जवाहरलाल नेहरू का जादू पूरे ज़ोर पर था।

मतगणना हो रही थी। हम कुछ लोग तिवारी जी के घर उनके साथ बैठे थे। लगातार पहले तो 'लीड' की ख़बरें आती रहीं। मतगणना का आख़िरी दौर शुरू होने तक वे काफ़ी आगे थे। जीत पक्की थी। मिठाई और मालाएँ आ गईं। मगर आख़िरी दौर की पेटियों की मतगणना में कांग्रेस बढ़ती गई और ख़बर आई कि लगभग तीन सौ मतों से तिवारी जी हार गए।

अब जो दृश्य उपस्थित हुआ वह अभी भी मेरी दृष्टि में जैसे-का-तैसा है। कमरे में हम लगभग 15 मित्र थे। बाहर बरामदे में लगभग सौ-डेढ़ सौ लोग होंगे।

जीते हुए और हारे हुए राजनेता मैंने बहुत देखे हैं। पर तिवारी जी की प्रतिक्रिया निराली थी। आघात उन्हें विकट लगा था, यह सही है। थोड़ी देर वे मौन रहे। तभी उनमें अपने उस व्यक्तित्व की चेतना जागी, जो उन्होंने इतने सालों में बनाया था—औघड़, मस्त, फक्कड़ अजेय और हार-जीत से ऊपर। वे खड़े होकर चिल्लाए—'यारो, क्या मातम मना रहे हो। अरे, मिठाई बाँटो। और रात को लुकमान की कव्वाली होगी।'

मिठाई बँटी। तिवारी जी मस्ती में आ गए थे, पर भीतरी संघर्ष मैं समझ रहा था। रात को लुकमान की कव्वाली हुई। जब कव्वाली होती थी, तिवारी जी मस्ती से डोलते थे, ताल देते थे, कभी तबला बजाते थे। आज वे कुछ अतिरिक्त मस्ती बता रहे थे। पर मेरे लिए यह मस्ती अत्यन्त कारुणिक थी। उनके भीतरी रोदन को मैं समझ रहा था, जिसे दबाकर वे मस्ती निकाल रहे थे। मेरा मन उस मस्ती से बहुत खिन्न था। अपने एक खास तरह के व्यक्तित्व का प्रक्षेपण आदमी कर दे, तो उस रूप की रक्षा के लिए कितना आन्तरिक और बाहरी संघर्ष करना पड़ता है!

इसके बाद मैंने तरह-तरह के खेल देखे। आम समाजवादी कांग्रेसी ही था। नेता लोग ज़रूर वही रोल अदा करना चाहते थे, जो यूरोप के समाजवादियों, विशेषकर जर्मन समाजवादियों ने किया। साम्यवाद विरोध और फासिस्टों से समझौता। भारत में नेहरू का विरोध इसलिए कि वे रूस

से गहरे सम्बन्ध स्थापित कर रहे थे, अमेरिका से दूर होते जा रहे थे और एक तीसरे शक्ति-गुट निरपेक्ष संगठन के नेता थे, जिसे रूसी साम्यवादी गुट का समर्थन था। पर 1954 में नेहरू और जयप्रकाश नारायण में समझौता हो गया था और समाजवादी पार्टी का कांग्रेस में विलय करने पर सहमति हो गई थी। उन समाजवादी नेताओं के नाम भी तय हो गए थे, जिन्हें मंत्रिमंडल में जाना था। पर कार्यकारिणी में डॉ. लोहिया ने इस समझौते को नामंजूर करवा दिया। इसके बाद जयप्रकाश नारायण की निराशा और पथभ्रम का दौर शुरू हुआ। अन्ततः उन्होंने 1975 में फासिस्टों से समझौता किया। 'सम्पूर्ण क्रान्ति' आन्दोलन का नेतृत्व किया जो पूरी तरह राष्ट्रीय स्वयंसेवक संघ द्वारा संचालित था।

आचार्य कृपलानी गांधीवादी थे। वे महँगाई, भ्रष्टाचार आदि की शिकायत लगातार करते थे, पर विद्वान होते हुए भी इनके कारण नैतिक मानते थे। किसी बुनियादी आर्थिक परिवर्तन के पक्ष में वे नहीं थे। नेहरू के समाजवादी रुझान और साम्यवादी रूस से मित्रता के वे विरोधी थे। वे दक्षिणपन्थी थे। उन्होंने भी 'किसान-मज़दूर प्रजा पार्टी' बना ली थी। इस पार्टी को 1952 के चुनाव में समाजवादी दल से अधिक सीटें मिलीं। दोनों पार्टियाँ मिल गईं और नया नाम दिया 'प्रजा समाजवादी पार्टी'। केरल में इस पार्टी की सरकार भी बनी। मुख्यमंत्री थे पट्टम भानु पिल्लई। किसी जगह पुलिस ने गोली चलाई और कुछ लोग मारे गए। डॉ. लोहिया ने पिल्लई की बहुत खिंचाई की। इस्तीफा माँगा। आन्तरिक कलह हुई। लालबहादुर शास्त्री मौक़ा देखकर पट्टम थानु पिल्लई को दिल्ली उड़ा लाए और काश्मीर का राज्यपाल बना दिया।

कृपलानी अविश्वसनीय और झूठे गांधीवादी थे। संसद में उन्होंने कहा था—'गांधी के इस देश को सेना और हथियारों की क्या ज़रूरत है? हम क्यों इतना पैसा इन पर ख़र्च करते हैं? हमने अहिंसा की शक्ति से एक साम्राज्य को पराजित किया है।' मगर जब चीनी हमला 1962 में हुआ, तब इन्हीं कृपलानी ने सबसे तीखा हमला रक्षा मंत्री कृष्ण मेनन पर किया कि उन्होंने देश को रक्षा के लिए तैयार नहीं किया। कैसे गांधीवादी होते हैं। पहले कहते थे कि इस रक्षा मंत्री को पैसा मत दो। बाद में आरोप लगाते हैं कि इस रक्षा मंत्री ने सुरक्षा की तैयारी नहीं की।

प्रजा समाजवादी पार्टी से कांग्रेस में लौटने का सिलसिला शुरू हुआ। अशोक मेहता गए। हमारे इधर के नेता हमारे मित्र प्रो. महेशदत्त मिश्र गए। तिलकभूमि की एक सभा में आचार्य कृपलानी ने कहा, 'अब यह तुम्हारा महेश है। कहता है कि दादा, विचारों से हम आपके साथ हैं, पर आप हमें कांग्रेस में जाने की इजाज़त दीजिए—जैसे मेरी बीवी सुचेता कहे कि दिल से तो मैं तुम्हारी धर्मपत्नी हूँ, पर मुझे आप जवाहरलाल नेहरू के 'बेडरूम' तक भेज आइए।'

आगे डॉ. लोहिया पार्टी से निकाले गए। उन्होंने 'संयुक्त समाजवादी दल' बनाया। उनके जीवनकाल में ही पार्टी टूटने लगी थी। उनके बाद तो भारत में कोई समाजवादी दल रहा ही नहीं।

कुछ लेखकों से रिश्ते

अपने से ऊपर की पीढ़ी के बहुत कम लेखकों से मैं मिला हूँ। आम रिवाज यह है कि सामान्यत: लेखक बड़े, नामधारी, श्रद्धास्पद लेखकों से मिलना एक ज़रूरी साहित्यिक कर्म मानता है। मैंने यह किया नहीं। कारण कई हैं। एक तो गरिमा के सामने लघुता को लेकर जाने में मेरा संकोच—अहंकार नहीं। दूसरे, मुझमें यह उत्सुकता ही नहीं रही कि बड़ों-बड़ों से मिलूँ। लेकिन सबसे बड़ा कारण मेरा यह डर कि ये सिर्फ़ साहित्य की ही बात करेंगे और हम दोनों नाटक करेंगे और सहज नहीं होंगे। मुझे इस बात पर चिढ़ होती है कि लेखक मिलते हैं तो सिर्फ़ साहित्य की बात करते हैं। मैं ख़ुद साहित्य की बात सबसे कम करता हूँ। मैं दूसरे विषयों की बात करता हूँ—किसी वर्तमान सामाजिक, राजनीतिक, आर्थिक समस्या पर बात करता हूँ। मैं रोनाल्ड रेगन और मिखाइल गोर्बाचेव पर बात शुरू करता हूँ और वहाँ बैठे लेखक अड़चन महसूस करते हैं। मैं इतिहास, राजनीति, संस्कृति, यहाँ तक कि रसायन शास्त्र पर भी बात करता हूँ।

इस कारण मैं बहुत कम बड़े लेखकों से मिला। मैं उन अभागों में हूँ, जिसने 'अज्ञेय' से भेंट नहीं की। दो बार देखा ज़रूर है। एक दिन श्रीकान्त वर्मा के पास 'दिनमान' के दफ़्तर में बैठा था। 'अज्ञेय' लिफ़्ट से उतरकर फुर्ती से बिना किसी को देखे सीधे सम्पादक के केबिन में घुस गए।

श्रीकान्त ने कहा, 'चलिए, आपको मिलवा दूँ।' मैंने कहा, 'रहने दो।' मेरा अहंकार नहीं था। मन ही नहीं हुआ। जो आसपास बैठे अपने मित्रों-सहकर्मियों की तरफ़ नज़र न डालकर सीधा अपने केबिन में घुस जाए, वह आदमी मुझे अच्छा नहीं लगा। दूसरी बार देखा 'दिनमान' में काम करनेवाले श्यामलाल शर्मा के पुत्र की शादी में। पुरानी दिल्ली में पास ही लड़कीवालों का घर था। वहाँ बरात में श्रीकान्त, सर्वेश्वर और मैं पहुँचे। श्रीकान्त ने छोटे-से मैदान के उस पार संकेत किया, और कहा, 'वे खड़े हैं अज्ञेय और कपिला जी।' बस, दो बार दर्शन किए।

सुमित्रानन्दन पंत से एक बार छोटी-सी भेंट हुई। मुक्तिबोध का पुत्र दिल्ली से पिता की अस्थियाँ लेकर प्रयाग आया। साथ शमशेर बहादुर सिंह और मैं थे। शाम को बेसेंट हॉल में शोकसभा हुई। सभा ख़त्म होने पर पंत जी मेरे पास आए और बोले, 'मैं भी आपका प्रशंसक हूँ। 'कल्पना' में आपका कालम ज़रूर पढ़ता हूँ।' मैं तब 'कल्पना' में 'और अन्त में' स्तंभ नियमित लिखता था। यह पत्रिका के अन्त के पृष्ठों में होता था। धर्मवीर भारती ने कहा था, 'आपके कारण 'कल्पना' को शुरू से नहीं, अन्त से पढ़ना आरम्भ करते हैं। जिसकी 'खिंचाई' हो गई हो, वह फिर पत्रिका पढ़ता ही नहीं।' पन्त जी से मैंने कुछ औपचारिक विनम्रता निबाही होगी। दूसरी भेंट कभी नहीं हुई।

महादेवी जी को कुल तीन बार देखा। सुभद्राकुमारी चौहान की प्रतिमा का अनावरण करने वे आई थीं। सुभद्रा जी के घर बड़ी देर उन्हें देखा। बात नहीं हुई। सुभद्रा जी के सन्दर्भ में उनके भाषण के अंश मुझे अभी भी याद हैं। कहा था, 'नदियों के जय स्तंभ नहीं बनते। दीपक की लौ को सोने से नहीं मढ़ा जाता।'

एक और छोटी-सी मीटिंग में महादेवी जी के साथ एक घंटा बैठा था। चर्चा और चिन्ता का विषय था : लेखकों की आर्थिक समस्या। भदंत आनन्द कौसल्यायन ने कुछ कहा तो महादेवी जी ने रिमार्क किया, 'आप तो संन्यासी हैं। आपको रोटी की क्या चिन्ता?' भदंत ने जवाब दिया, 'रोटी की सबसे ज़्यादह चिन्ता संन्यासी को ही होती है, देवी जी!' तीसरी बार महादेवी जी को 'लोकभारती' प्रकाशन में यशपाल की किताब 'मेरी तेरी उनकी बात' के विमोचन समारोह में देखा था।

भदंत आनन्द कौसल्यायन बहुत प्रभावी वक्ता थे। उनके भाषण मैंने सुने हैं। एक समारोह में वे काफ़ी बोल चुके, तो कहा, 'अब मुझे ख़त्म करना चाहिए क्योंकि यहाँ कवि-सम्मेलन होगा।' इस पर लोग चिल्लाए, 'बोलते जाइए! बोलते जाइए!' मंच पर कवियों में 'नीरज' जैसे मुग्ध करनेवाले गीतकार बैठे थे। जो कवि-सम्मेलन को काट दे, वह बहुत सिद्ध वक्ता होता है। भदंत के साथ 4-5 बार की मुलाकात है। दो बार एक ही मंच से हम दोनों बोले। दोनों आयोजन 'आल इंडिया शिड्यूल्ड कास्ट्स फेडरेशन' के थे। भदंत से मेरी अच्छी बातें होती थीं। नागार्जुन 1975 में जयप्रकाश नारायण के 'सम्पूर्ण क्रान्ति' आन्दोलन में शामिल हो गए। मैंने इसकी आलोचना 'जनयुग' में की थी। भदंत ने कहा, 'ऐसी समझ के कारण ही नागार्जुन का चीवर बहुत पहले उतर गया।' नागार्जुन बौद्ध भिक्खु रहे हैं।

माखनलाल चतुर्वेदी से मेरी भेंट सिर्फ़ दो ही बार की है। मैं तुलसी जयंती पर भाषण देने खंडवा गया था। वहाँ विपिन जोशी तथा दो और कवियों के साथ मैं उनसे मिलने गया। वे बिस्तर पर लेटे थे। बहुत अशक्त थे। क़रीब आधा घंटा बैठे। वही बोलते रहे। बातचीत में कविता बोलते थे वे। ऐसी प्रतिभा का दूसरा लेखक नहीं हुआ। वे जैसा लिखते थे, वैसा ही बोलते। उनमें समर्पण और विद्रोह, लालित्य और कठोरता, प्रेम और क्रोध, मनुहार और फटकार एक साथ थे। उनके लेखन की रचनावली नौ खंडों में छप गई है। वे जेल जानेवाले प्रथम सत्याग्रहियों में थे। सत्ता राजनीति में वे मात खा गए। इन नौ खंडों में अद्‌भुत काव्य और गद्य है। वे 'कर्मवीर' साप्ताहिक के सम्पादक थे। छोटी-छोटी सम्पादकीय टिप्पणियाँ भी कवित्वमय होती थीं। लम्बे लेख भी लिखते थे। किसान समस्या की बहुत अच्छी समझ थी। साम्राज्यवादी शोषण के तरीके वे समझते थे। उनकी विश्व-दृष्टि थी। माखनलाल चतुर्वेदी के साहित्य का पुनर्मूल्यांकन होना चाहिए। वे उससे कहीं बड़े थे जितने माने गए। ऐसे निर्भीक पत्रकार भी कम होते हैं। उनके सम्बन्ध में एक घटना मैंने कहीं पढ़ी थी। शब्दशः मुझे याद नहीं। स्मृति से बताता हूँ।

'कर्मवीर' जबलपुर से निकलता था। गोरे कलेक्टर ने उन्हें एक दिन बुलाया। तब जो बातचीत हुई वह कुछ इस तरह थी :

कलेक्टर : आपके अख़बार में काबिले-एतराज़ बातें छपती हैं।
माखनलाल : काबिले-एतराज़ बातें छापने के लिए ही हमने अख़बार निकाला है।
कलेक्टर : आप सरकार की आलोचना करते हैं।
माखनलाल : सरकार की आलोचना करने के लिए ही हमने अख़बार निकाला है।
कलेक्टर : मैं आपका अख़बार बन्द करवा सकता हूँ।
माखनलाल : हमने यह मानकर ही अख़बार निकाला है कि आप इसे बन्द करवा सकते हैं।
कलेक्टर : मैं आपको जेल में डाल सकता हूँ।
माखनलाल : हम यही मानकर यह सब करते हैं कि आप हमें जेल में डाल सकते हैं।

कलेक्टर हँसा। बोला, Look here, I am not English, I am Irish, but I am an employee of these bastards, Englishmen. I will have to take some action to show them. So be cautious.

यशपाल से मेरी मुलाकातें कुल तीन हुईं। इलाहाबाद में 1957 में साहित्यकार सम्मेलन हुआ था। इसके पहले इलाहाबाद में ही 'अज्ञेय' के नेतृत्व में 'परिमल' का साहित्यकार सम्मेलन हुआ था, जिसका उद्‌घाटन ताराशंकर बंद्योपाध्याय ने किया था। 1957 का यह सम्मेलन बिखरे हुए प्रगतिशीलों ने बुलाया था और इसका उद्‌घाटन पंडित हज़ारीप्रसाद द्विवेदी ने किया। पांडित्यपूर्ण, ओजस्वी और प्रगतिशील मूल्योंवाला भाषण था वह। इस सम्मेलन में यशपाल भी गए थे और मैं भी। मेरे ठहरने का इन्तज़ाम मेरे मित्र प्रोफ़ेसर महेशदत्त मिश्र के घर था। पर अश्क का बेटा मेहमान घर में भर लेने के लिए इतना उत्साही था कि मुझे, मुक्तिबोध और प्रमोद वर्मा को भी ताँगे में बिठाकर ले आया। अश्क के अपने घर में ठहरे थे यशपाल और मोहन राकेश। मजबूर कौशल्या जी को हम तीनों को आउट हाउस में ठहराना पड़ा। वहाँ यशपाल सिर्फ़ भोजन की टेबिल पर मिलते थे या फिर मीटिंगों में। मेरी उनसे बात ही नहीं हुई। वे भूल भी गए कि अश्क के घर कोई लेखक हरिशंकर परसाई भी था। आगे दो मुलाकातें हुईं। मैं इनके बारे में लिख चुका हूँ। यों हुआ :

कुछ लेखकों से रिश्ते

1964 में दिल्ली से मुक्तिबोध की अस्थियाँ लेकर उनका बेटा रमेश आया। साथ में मैं और शमशेर जी थे। अस्थि कलश साहित्य सम्मेलन भवन ले जाया गया। अमरकान्त ने मुझसे कहा कि आपसे यशपाल जी मिलना चाहते हैं। मैं गया। यशपाल घास पर बैठे थे। मुझे देखते ही हाथ जोड़कर झुककर बोले, 'अरे महाराज, महाराज, मैं कब से आपसे मिलने को उत्सुक हूँ।' मैं थोड़े असमंजस में पड़ा। मैंने बहुत नम्रता से कुछ बातें कहीं। बस!

दूसरी मुलाकात हुई लखनऊ में। उत्तर प्रदेश साहित्य परिषद् का पुरस्कार लेने मैं गया था। पुरस्कार यशपाल को भी मिला था। बड़े हॉल में यशपाल की और मेरी कुर्सी लगी हुई थी। लेखकों और अफ़सरों से हॉल भरा था। मंच से घोषणा हुई कि महामहिम राज्यपाल पधार रहे हैं। तमाम लोग खड़े हो गए। पर, हालाँकि मेरी और यशपाल की कोई बात नहीं हुई थी, हम दोनों खड़े नहीं हुए। काफ़ी लोग हम दोनों को बैठा देख रहे थे। यशपाल ने कहा, 'ठीक किया महाराज! क्यों खड़े हों? होंगे गवर्नर...!' इसके बाद 'जन-गण-मन' शुरू हुआ तब यशपाल ने खड़े होते हुए कहा, 'अब खड़े होंगे। यह राष्ट्रीय गीत है।'

1965 में जैनेंद्र कुमार से कहानीकार सम्मेलन में कई बार भेंट हुई। वह 'नई कहानी' का दौर था। पता नहीं यह नाम किसने दिया। शायद नामवर सिंह ने निर्मल वर्मा की 'परिंदे' को हिन्दी की पहली नई कहानी कहा था। उन्होंने उषा प्रियंवदा की 'वापसी' को भी नई कहानी कहा था। पर इस 'नई कहानी', आन्दोलन को उठा लिया तीन तिलंगों ने—कमलेश्वर, मोहन राकेश और राजेंद्र यादव। कमलेश्वर आन्दोलनप्रेमी आदमी हैं। वे सबसे तीखे और मुखर थे। मेरा कोई वास्ता इस आन्दोलन से नहीं था। मैं कहानी-लेखक माना ही नहीं जाता था। 'व्यंग्यकार' कहकर दरकिनार कर देने में समीक्षकों, सिद्धान्तकारों को भी सुभीता था और मुझे भी। पर हमारे बाद की पीढ़ी के काफ़ी लोग 'अकहानी' वाले थे। ये अपने को मरा हुआ मानकर फिर लिखते थे। एक किताब इनमें से एक की तब निकली थी। उसमें उनका परिचय था। जन्म का सन् दिया और लिखा था—मृत्यु 1964। जी हाँ। मगर 1965 को कलकत्ता में उसी सम्मेलन में वे मेरे सामने थे। मेरी अपनी हिस्सेदारी यथार्थ की वास्तविकता, विचार और जीवन-दृष्टि पर थी।

इस सम्मेलन में लगभग सब कमउम्र के लेखकों ने जैनेंद्र को अपने हमले का लक्ष्य बनाया। मैंने भी उनकी जीवन-दृष्टि तथा जीवन-यथार्थ के सवाल उठाए। तब उनसे व्यक्तिगत रूप से कोई बात नहीं हुई।

मैंने 'कल्पना' में 'और अन्त में' शीर्षक अपने स्तंभ में जैनेंद्र की जीवन-दृष्टि और उलझी-सुलझी बातों पर व्यंग्य लिखा था। वह बहुत मशहूर हुआ। और जगह भी मैंने उन पर व्यंग्य किए। एक बार वे दिल्ली में मिल गए। कहने लगे, 'तुम जो मुझ पर व्यंग्य करते हो, उपहास करते हो, तो मुझे बुरा नहीं लगता। इसमें तुम्हारी कोई योजना नहीं है, न निहित स्वार्थ हैं। पर ये जो तुम्हारे 3-4 लुच्चे दोस्त हैं...' मैं उन दोस्तों के नाम नहीं बताऊँगा। मेरी आख़िरी मुलाकात जैनेंद्र से अफ्रो-एशियाई शान्ति सम्मेलन में हुई। कार्यक्रम समाप्ति पर मैं बाहर आया तो देखा कि जैनेंद्र खड़े हैं। मैंने कहा, 'जैनेंद्र जी, आपकी कार कहाँ खड़ी है?' जैनेंद्र ने कहा, 'मेरे पास कार कहाँ है भाई!' मैंने कहा, 'अज्ञेय के पास तो है।' वे बोले, 'कहाँ अज्ञेय और कहाँ मैं। वे बड़े आदमी हैं और मैं ग़रीब हूँ।' फिर उन्होंने मुझ पर कटाक्ष किया, 'बड़ी दूर से आए हो। इस सम्मेलन में भाग लेने के लिए रूस से बहुत पैसा मिला होगा।' मैंने जवाब दिया, 'हाँ, जितना पैसा आपको इस सम्मेलन को असफल कराने को सी.आई.ए. से मिला है, उससे कुछ ही ज़्यादा मुझे रूसी पैसा मिला है।'

हम दोनों हँसने लगे। वे कहने लगे, 'तुम आदतन ऐसा बोलते-लिखते हो।' मुझे अच्छा लगा कि मेरे व्यंग्य का बुरा जैनेंद्र ने नहीं माना। इसमें उनकी शालीनता तो प्रगट हुई ही, मुझे यह भी भरोसा हुआ कि मेरा व्यंग्य द्वेष-प्रेरित नहीं माना जाता। इसी प्रकार मैंने 'आंचलिकता' को लेकर ऐसा ही उपहास फणीश्वरनाथ 'रेणु' की भाषा-शैली का 'कल्पना' में किया। मुझे उनकी चिट्ठी मिली कि हँस-हँसकर उनकी हालत ख़राब हो गई, पान का पीक कुरते पर गिर गया। बाद में मुझे पटना के कुछ लेखकों ने बताया कि मेरे लिखे को वे ख़ुद पढ़कर सुनाते थे।

पंडित हज़ारीप्रसाद द्विवेदी से मेरी मुलाकातें काफ़ी हुईं। हमारी जबलपुरी मंडली के पं. मोहनलाल वाजपेयी शान्तिनिकेतन में हिन्दी-विभाग में अध्यापक थे। वे द्विवेदी जी के साथ छात्र-छात्राओं को लेकर भ्रमणार्थ जबलपुर भी आए। तब तक मेरी पहली किताब ही छपी थी, जो

मैंने भाई मोहनलाल वाजपेयी को भेजी थी। वह शायद उन्होंने देखी हो। वे और बाजपेयी जी पंडित भवानीप्रसाद तिवारी के घर ठहरे थे। ख़ूब गप्पें होती थीं। द्विवेदी जी में अद्भुत विनोद-प्रतिभा थी। उनके ठहाके गूँजते थे। पांडित्य को किस कदर फूल की तरह ढोते थे। तीसरे दिन वे बोले, 'जबलपुर में हर बात और चीज़ जमती है। सबेरे आप लोग कहते हो—नाश्ता जमा जाए। फिर पान जमता है, उस पर तमाखू जमती है। भाषण जमता है। कविता जमती है, यहाँ तक कि रात को मच्छरदानी जमती है।'

सन् 1957 में इलाहाबाद में साहित्यकार सम्मेलन में उनका वहुत अच्छा भाषण सुना। कोई व्यक्तिगत बातचीत नहीं हुई।

फिर उनसे कई मुलाकातें हुईं। हम 'बाणभट्ट की आत्मकथा' कई मित्र साथ बैठकर पढ़ते थे। जब खुलकर बातें होने लगीं, तब मैंने कहा, 'पंडित जी, उस चाँदनी रात में छत पर आपने भट्ट और भट्टिनी को साथ करके एक बिन्दु तक ले जाकर फिर बचा दिया है। यह अच्छा नहीं है। या तो यह मध्ययुगीन आदर्शवादी दैहिक पवित्रतावाद की मजबूरी है या आप वर्जनाग्रस्त हो गए।' उनके जवाब का सार यह था कि भट्ट-भट्टिनी को और पास ले आते, तो आगे कथा ही बदल जाती। मर्यादा इस हेतु ज़रूरी थी।

पंडित जी हास-उपहास के बहुत शौकीन थे। गप्प-गोष्ठी के शौकीन थे। वे क्लासिकों के आदर्श पात्रों का बहुत अच्छा उपहास कर लेते थे। साधारण बात में से भी विनोद निकाल लेते थे। जबलपुर विश्वविद्यालय आए तो हिन्दी-विभागाध्यक्ष पंडित उदयनारायण तिवारी से कहा कि शाम को परसाई को ज़रूर बुला लेना। मैं गया। उनका भाषण सुना। बाहर निकले तो मेरे कंधे पर हाथ रखकर कहा, 'चलो, कहीं बैठकर गप्पें करेंगे। पांडित्य बहुत बघार लिया।' हम 10-12 लोग उदयनारायण तिवारी के घर जाकर बैठे। ख़ूब गप्पें हुईं। द्विवेदी जी का अट्टहास गूँजता रहा। द्विवेदी जी, उदयनारायण तिवारी और राजबली पांडे के गाँवों के फूहड़ मज़ाक़ हम लोग सुनते रहे।

द्विवेदी जी की मेरे प्रति आत्मीयता थी। मेरा लिखा वे पसन्द भी करते थे। उनकी लड़की मालती ने बताया कि जब आपकी कोई रचना छपकर आती, तो वे पूरे परिवार को बुलाकर बिठा लेते और आपकी रचना

पढ़कर सुनाते और अट्टहास करते जाते। उनका पांडित्य आतंकित नहीं करता था। उनके कई लतीफ़े मशहूर हैं।

जो उनके निकट रहे हैं उन्हें सैकड़ों लतीफ़े उनके मालूम होंगे, मुझे भी कुछ मालूम हैं।

द्विवेदी जी कहते हैं—'एक बार डॉ. धीरेंद्र वर्मा और मैं मौखिक परीक्षा ले रहे थे। एक लड़की बहुत डरती-सहमती आई। धीरेंद्र जी ने उससे पूछा, 'मीराबाई की विरह वेदना का वर्णन करो।' वह लड़की घबड़ाई। उसके मुँह से दो-तीन बार मीरा-मीरा निकला और वह रोने लगी। हमने उससे जाने के लिए कह दिया। धीरेंद्र जी ने कहा, 'इसे तो कुछ भी नहीं आता।' मैंने कहा, 'आपने उससे वेदना का वर्णन करने को कहा था। वेदना का इतना अच्छा वर्णन और कौन कर सकता है। लड़की को मालूम है, पर घबड़ाहट में बोल नहीं पाई।'

एक मौखिक परीक्षा में लड़के से पूछा, 'हिन्दी के सबसे बड़े कवि कौन हैं?'

उसने जवाब दिया, सूरदास।

पूछा, उनके बाद दूसरे?

जवाब दिया, तुलसीदास।

मैंने पूछा, तुलसीदास के बाद?

उसने जवाब दिया, कवि उडगन।

निर्णयात्मक दोहा यह प्रचलित है :

सूर सूर तुलसी ससी, उडगन केसवदास।
अबके कवि खद्योत सम जहँ तहँ करहिं प्रकास॥

'उडगन' का अर्थ तारा या नक्षत्र है। केशवदास को नक्षत्र कहा गया है, जो बहुत छोटा है और टिमटिमाता है। लड़के का ख्याल था कि 'उडगन' नाम का कोई कवि था।

आख़िरी बार 1976 में दिल्ली में राजकमल प्रकाशन में शीला संधू के कमरे में उनसे यह सुना :

ये विदेशी छात्र-छात्राएँ बड़ा गड़बड़ करते हैं। ये हिन्दी भाषा तो अच्छी सीख लेते हैं, पर हमारे पारिवारिक-सामाजिक जीवन को नहीं समझते। अभी एक पोलिश छात्रा मुझसे मिलने वाराणसी आई। मैं

लखनऊ गया था। दिल्ली लौटकर उसने पत्र लिखा—पंडित जी, मैं आपके दर्शनार्थ वाराणसी गई थी। आपके दर्शन नहीं हो सके। पर आपकी 'सुपत्नी' से भेंट करके मुझे बहुत प्रसन्नता हुई—बताइए भला, यह मेरी पत्नी को 'सुपत्नी' समझती है। शीला जी, इस देश में क्या कोई पत्नी सुपत्नी होती है? ये विदेशी समझते हैं कि जैसे 'सुपुत्र' होता है, वैसे ही 'सुपत्नी' भी होती होगी।

उपेंद्रनाथ अश्क बुज़ुर्ग हैं, महिमामय हैं। पर वे बुज़ुर्गी का आभास कभी नहीं देते। मैं जब भी उनसे मिला, मुझे लगा कि यह कोई नवोदित किशोर लेखक हैं, जो अपना लिखा हुआ सुनाने को बेताब हैं और तारीफ़ सुनने को उत्सुक हैं और इन किशोर को शिकायत है कि उन्हें प्रोत्साहन नहीं मिलता। अश्क अस्सी साल की उम्र में भी किशोर-जैसा बर्ताव करते हैं।

अश्क के पास जी कड़ा करके इस तैयारी के साथ जाना चाहिए कि उन्होंने जो ताज़ा लिखा है वह सुनाएँगे—चाहे पूरी किताब ही क्यों न हो। एक दिन 'नई कहानियाँ' के तब सम्पादक भीष्म साहनी के कमरे में घुसा तो देखा कि वहाँ कृश्नचन्दर और अश्क बैठे हैं। मुझे देखते ही अश्क ने कहानी पर अपना लम्बा लेख सुना दिया, जिसे वे 'नई कहानियाँ' में छपाना चाहते थे। लेख पूरा होने पर उन्होंने मुझसे पूछा, 'कहो, कैसा है?' मैंने कहा, 'शिक्षाप्रद है।' अश्क सन्तुष्ट नज़र आए। कृश्नचन्दर ने एक ठहाका लगाया और कहा, 'यार अश्क, ज़िन्दगी-भर लिखते हो गए तुझे और तू यह भी नहीं समझा कि परसाई जी ने तेरे लेख को घटिया कह दिया। वे कहते हैं कि तेरा लेख शिक्षाप्रद है, यानी स्कूल-कॉलेज के लड़कों के लिए है।'

'अश्क' से मेरी कई मुलाकातें हुईं। मैंने कभी भी उनसे मतभेद प्रगट नहीं किया, इसलिए बात आगे बढ़ाना मुश्किल होता था। मैं जान-बूझकर उनकी हर बात को 'ठीक' कहता था। वे मुझे समझदार मानने लगे थे। और लोग भी होते, तो महफिल जमती और अश्क कुछ विनोद करते।

अश्क बेहद मेहनती आदमी हैं। बड़ी मेहनत से लिखते हैं। अपने दूसरे कामों में भी वे बड़ी मेहनत करते हैं। उन्होंने परिवार को पालने तथा 'पेट भरने' के लिए 'परचून' की दुकान खोली तो प्रचार पर कितनी मेहनत

की। अंग्रेज़ी अख़बारवालों ने 'परचून' में से 'चून' पकड़ा और प्रचार कर दिया कि अश्क ने 'लाइम शाप' खोली है। अश्क ने प्रचार कर डाला कि मुझे और मेरे परिवार को समाज पाले। अब समाज तो बहुत विराट है! इस समाज में से कौन पाले? क्या तब के मुख्यमंत्री नारायणदत्त तिवारी पालें या प्रधानमंत्री राजीव गांधी पालें। उन्होंने यह भी दुख बताया कि मुझे कई सालों से कोई पुरस्कार नहीं मिला। पुरस्कार देनेवालों को इस शिकायत पर ध्यान देना था।

'अश्क' भले आदमी हैं। उनसे मिलने और बातचीत करने के बाद निष्कर्ष निकलता है कि 'अश्क' निहायत भले और भोले आदमी हैं। पर सब उन्हें सताते हैं, और वे सबका भला करते हैं। अश्क के पास हिन्दी साहित्य जगत की सारी जानकारियाँ मिल जाती हैं। कौन लेखक कहाँ है, क्या कर रहा है—'अश्क' से आप हर लेखक की कलंक कथा जान लीजिए। सबकी पोलें उनके पास हैं। ताज़ा 'स्कैंडल' क्या है और निकट भविष्य में कौन-सा 'स्कैंडल' घटित होनेवाला है। बेचारे 'अश्क' इतनी माया के बाद 'ग्रीब' हैं और बेचारे हैं।

डॉ. रामविलास शर्मा को, 'वसुधा' में आलोचकों के प्रकार तय करते हुए, 'फ़ौज़दारी' आलोचक बताया गया था। आमतौर पर हिन्दी के साहित्यिक यह समझते हैं कि वे हमेशा लाठीचार्ज करते रहते हैं। पहलवान वे हैं ही। अखाड़े खेले हुए हैं। पीठ में मिट्टी नहीं लगने देते। तगड़े हैं, छः-फुटे हैं। प्रातःभ्रमण करते हैं, व्यायाम करते हैं। मगर वे हमेशा फ़ौज़दारी नहीं करते।

उनसे मेरी भेंट मेरे घर पर ही 1953 में हुई। वे निजी काम से आए थे। वे मुझसे मिलने भी आए। थोड़ी देर बातें हुईं। फिर भोपाल में भेंट हुई। मगर ज़्यादा उनके साथ रहा आगरा में। आगरा के एक प्रकाशक ने मुझ पर और मेरे प्रकाशक सरदार जगजीतसिंह खन्ना के ऊपर मुकदमा चला दिया था। उस सिलसिले में आगरा पेशी पर सरदार और मैं जाते और राजा मंडी स्टेशन के पास दिल्ली दरवाज़ा तरफ़ के होटल में ठहरते।

रामविलास जी का मकान स्टेशन के दूसरी तरफ़ है। बहुत पास। पहली बार मैं जब उनसे मिला तो वे खुश हुए। मुकदमे के बारे में पूछा। मैंने बताया कि कुछ प्रकाशकों ने माध्यमिक शिक्षा बोर्ड को पटा लिया है

और विश्वविद्यालयों में चलनेवाली किताबों का कुछ हिस्सा बोर्ड से मध्यप्रदेश के हाईस्कूल के कोर्स में लगवा लिया है। 21 कवियों का संग्रह विश्वविद्यालय में चल रहा है। इन 21 कवियों में से तीन—सूरदास, तुलसीदास, कबीरदास को बोर्ड ने हाईस्कूल के पाठ्यक्रम में लगा दिया है। वह मोटी पुस्तक सात रुपए की है। इन तीन कवियों की पुस्तिका पचास पैसे की होगी। यानी छात्र सिर्फ़ इन तीन कवियों के लिए 21 कवियोंवाली वह किताब ख़रीदते हैं। यह शोषण है। मैंने प्रकाशक खन्ना से बात की कि इस लूट से लड़ना चाहिए। तीनों कवियों पर कापीराइट नहीं रहा। क्रम बदल देते हैं और पुस्तिका छाप देते हैं। पचास पैसा कीमत रख देते हैं। मैंने सम्पादन किया। वह पुस्तिका बिकी और पहले तौर में ख़ूब बिकी। प्रकाशक ने 'इंजेक्शन' लगवाया और हमारे प्रकाशक का स्टाक ज़ब्त हो गया। सरदार खन्ना और मुझ पर फ़ौजदारी मुकदमा चला। हमारी जमानत हुई। अब हमें हर पेशी पर आना पड़ता है।

रामविलास जी सुनकर खुश हुए। बोले, 'आपने बहुत अच्छा किया। इतनी लूट मची है, पर उसका विरोध करने का साहस किसी ने नहीं दिखाया। आपने चुनौती तो दी।'

रामविलास जी की आत्मीयता मुझे मिली। न जाने क्यों लोग उनसे डरते हैं। वे ख़ूब गप्पें करते हैं। मज़ाक़ करते हैं। ठहाका लगाते हैं। हाँ, अपने विश्वास के मामले में कठोर हैं। यहाँ न नरमाई, न समझौता। अखाड़े में निपट लें।

एक बार वहीं अमृतलाल नागर आ गए। उनकी ननिहाल राजामंडी में ही है। हम तीनों घंटों बैठते और ख़ूब बातें होतीं। रामविलास जी, नागर जी और घनश्याम अस्थाना घूमकर लौटते तो होटल में हमारे कमरे में आ जाते। एक-डेढ़ घंटे नागर जी के लतीफ़े गूँजते और हम लोगों का अट्टहास।

अमृतलाल नागर से बहुत मुलाकात हैं। वे बहुत बेतकल्लुफ हैं। अड्डेबाज़ हैं। महफिल जमाते हैं। वे जबलपुर आए दो बार। समारोह के बाद हम चले गए प्रो. हनुमान वर्मा के घर रात के भोजन के लिए। हनुमान ने गिलासों में रम डाली तो वे बोले, 'यारो, शाम को रेलगाड़ी में ही माजूम भाँग ले ली थी, फिर भवानी तिवारी के घर एक गोला निगला और ऊपर

से यह रम। कैसे बर्दाश्त होगा।' ख़ूब बर्दाश्त हुई और दो बजे रात तक हम लोग गप्पें करते रहे।

नागर जी के सामने संकोच टूट जाते हैं। वे एकदम आत्मीयता स्थापित कर लेते हैं। स्नेही हैं। भावुक हैं। बहुत हद तक राग-द्वेष से परे हैं। वे निन्दा नहीं करते। किसी की कमज़ोरी का उपहास नहीं करते। शरीर और मन से बहुत स्वस्थ हैं नागर जी। मगर अपने विश्वासों के लिए वे भी रामविलास जी की तरह किटकिटाकर भिड़ जाते हैं।

नागर जी से मिलना एक आह्लादकारी अनुभव है, जिससे मिलनेवाला ख़ुद क्षुद्रताओं से ऊपर उठता है।

मुक्तिबोध का साथ और 'वसुधा'

गजानन माधव मुक्तिबोध का 1954 में मिलना मेरे लिए उतना ही महत्त्वपूर्ण है जितना 1938 में हाई स्कूल में बग्गा मास्साब का मिलना। मुक्तिबोध ने जबलपुर में उसी स्कूल में नौकरी की थी, जिसमें बाद में मैंने भी की। उन्होंने प्रगतिशील लेखक संघ की स्थापना की थी और एक समारोह में राहुल सांकृत्यायन भी आए थे। वे साम्यवादी पार्टी के बहुत सक्रिय सदस्य थे। तीन साल वे और मैं इसी शहर में रहे, पर मेरी–उनकी भेंट नहीं हुई। नाम ज़रूर सुनता था। मैंने तब लिखना शुरू नहीं किया था।

मैंने लिखना शुरू किया, तब तक मुक्तिबोध नागपुर जा चुके थे, जहाँ वे सूचना और प्रकाशन विभाग में नौकरी करने लगे थे। मैं 1954 में प्राइवेट तौर पर एम.ए. करने नागपुर गया। मुझे कवि रामकृष्ण श्रीवास्तव के कमरे में ठहराया मेरे मित्रों ने। मैंने देखा, कमरे की दीवारों पर, विशेषकर भाषा–विज्ञान और साधारणतः हिन्दी के अन्य पक्षों के सूत्र बड़े–बड़े अक्षरों में लिखे हैं। मैंने कवि 'विद्रोही' से पूछा, 'ये क्यों लिखे हैं?' विद्रोही ने समझाया, 'पिछले साल इसी कमरे में रहकर मुक्तिबोध जी, रामकृष्ण श्रीवास्तव और भोपाल के मित्र अक्षय कुमार जैन ने एम.ए. किया है। यहाँ प्रमोद वर्मा भी आते थे, जो विश्वविद्यालय के नियमित छात्र थे, और जिन्होंने सर्वोच्च स्थान पाकर स्वर्ण–पदक पाया। मुक्तिबोध प्रमोद को आचार्य शंकुक कहते थे। मुक्तिबोध भाषा–विज्ञान से बहुत

घबड़ाते थे। उन्होंने आचार्य शंकुक से कहा कि दीवारों पर भाषा-विज्ञान के सूत्र लिख दीजिए। मैं उन्हें जब-तब पढ़ लूँगा। फिर दूसरे विषयों के नोट्स भी। प्रमोद वर्मा ने ये सूत्र लिखे हैं, जिन्हें पढ़कर तीन मित्र पिछले साल एम.ए. कर चुके हैं। अभी पूरी तरह मिटे नहीं हैं। तुम्हारे काम भी आएँगे।'

परीक्षा शुरू होने के पन्द्रह दिन पहले मैं नागपुर पहुँच गया था। जबलपुर में खास पढ़ाई नहीं हुई थी। सोचा, नागपुर में पढ़ लूँगा। तीसरे दिन 'विद्रोही' और रामकृष्ण मुझे मुक्तिबोध के घर ले गए। एक मामूली मकान का कमरा, जिसमें दरी पर वे पालथी मारे बैठे थे। बगल में खास आकार का वह लोटा और उस पर रखा वह छोटा गिलास जो महाराष्ट्रीय परिवारों में होता है। दूसरी दरी पर हम बैठ गए।

मैंने देखा सामने जो आदमी बैठा था, वह छह-फुटा तो होगा ही। दुबला, पिचके गाल, गाल की हड्डियाँ उठी हुईं, लम्बी नुकीली नाक, बड़ी-बड़ी भावपूर्ण बेधक आँखें—निश्चय ही यह दुखभोगा आदमी था। मुझसे उन्होंने बहुत थोड़ी औपचारिक बातें ही कीं। कोई खास दिलचस्पी नहीं दिखाई। पर उनकी वे बेधक आँखें बार-बार मेरे ऊपर गड़ जाती थीं। मुक्तिबोध एकदम गले लगानेवाले, उद्वेलित व्यक्तित्ववाले आदमी नहीं थे। बहुत सावधान थे सम्बन्धों के मामले में। एकदम किसी से निकटता स्थापित नहीं करते थे। वे अविश्वास से शुरू करके विश्वास पर आते। ख़ूब जाँचते-परखते, तब निजी सम्बन्ध बनाते थे। यों भी वे गप्प-गोष्ठीवाले आदमी नहीं थे। जिनसे बात करना है और काम की बातें करना है, उनसे रातभर बातें करते थे। एक पूरी रात मुक्तिबोध ने श्रीकान्त वर्मा, प्रमोद वर्मा और मेरे साथ भोपाल की सड़कों पर चलते, चाय पीते, बतियाते गुज़ार दी थी।

अगले ही साल मैं नागपुर गया रेडियो कार्यक्रम के लिए। तब वे 'नया खून' के सम्पादक हो गए थे।

मैं सीधा 'नया खून' के दफ़्तर पहुँच गया। इस बार वे इस तरह मिले जैसे पहले कई मुलाकातें हो चुकी हों। तपाक से हाथ मिलाया, बहुत देर हाथ में हाथ लिये रहे। बोले, 'आइए पार्टनर, वाह साहब, ख़ूब आए। वाह! वाह!' सचमुच पुलकित हुए। इस बार डेढ़ दिन उनके साथ रहा। कई घंटे

बातें हुईं, सब तरह की। वे खुले। मैं भी खुला। उन्होंने 'नया ख़ून' दफ़्तर में ही मेरे रहने का इन्तज़ाम कर दिया। उनका निवास पास ही था। मुक्तिबोध की आत्मीयता बहुत प्रेरक होती थी और बहुत शिक्षाप्रद भी। मैं उनसे प्रेरणा और पहले से साफ़ नज़रिया लेकर लौटा।

कुछ महीने बाद ही उन्होंने 'नया खून' में पूरे पृष्ठ का लेख लिखा : 'हरिशंकर परसाई और 'थॉट' की स्पिरिट में अन्तर है।' हुआ यह कि मेरी एक कहानी तब दिल्ली से निकलनेवाले अंग्रेज़ी के साप्ताहिक पत्र 'Thought' में अनुवाद करके छाप ली गई थी। मेरी अनुमति नहीं ली गई थी, पर मुझे वह अंक और पचहत्तर रुपए भेजे गए थे। यह पत्र 'फ्रीडम ऑफ कल्चर' वालों का था। जवाहरलाल नेहरू रोज़ ही संस्कृति की बात करते थे और एक समन्वित राष्ट्रीय संस्कृति के बारे में जनता को शिक्षित करते थे। उनके राज में संस्कृति को क्या ख़तरा था? संस्कृति की स्वतंत्रता कौन छीन रहा था? फिर 'फ्रीडम ऑफ कल्चर' की लड़ाई किसलिए? बात यह थी कि नेहरू समाजवाद की बात लगभग रोज़ करते थे और कभी-कभी स्पष्ट भी करते थे कि जब मैं समाजवाद की बात करता हूँ, तब वायवी, भावात्मक समाजवाद की नहीं, 'वैज्ञानिक समाजवाद' की बात करता हूँ। फिर पहली पंचवर्षीय योजना में नेहरू ने सार्वजनिक उद्योग क्षेत्र शुरू कर दिया था। पूँजीवाद को इतना ख़तरा महसूस होने लगा था कि उसकी रक्षा और स्वतंत्र उद्योग नीति के लिए एक 'स्वतंत्र पार्टी' बन गई थी। इसके अध्यक्ष कट्टर समाजवाद विरोधी, भारत के पहले देशी गवर्नर जनरल (भूतपूर्व) चक्रवर्ती राजगोपालाचारी थे और महासचिव मीनू मसानी (जिनका गॉड फेल हो गया था)। फिर नेहरू गुटनिरपेक्ष रहकर गुटनिरपेक्ष देशों का एक संगठन बना रहे थे। वे भारत को अमरीकी गुट में नहीं ले गए बल्कि सोवियत रूस से सम्बन्ध अधिक नज़दीकी बना रहे थे। इन सब कारणों से समाजवाद-विरोधियों और अमरीका-समर्थक साहित्यकारों को संस्कृति की स्वाधीनता ख़तरे में लगने लगी। इन लोगों का पत्र 'थॉट' था, जिसे अमरीकी मदद मिलती थी। मेरी कहानी राजनीतिक थी। मैंने उसमें पूँजीवादी लोकतंत्र के पाखंड को उजागर किया था और बताया था कि कैसे इस लोकतंत्र में भी 'सर्वसत्तावाद' (Totalitarianism) स्थापित हो सकता था। 'थॉट' वालों ने कहानी का

दूसरा अर्थ निकाला—साम्यवादी सर्वसत्तावाद, और उसे अपने काम की समझकर उसका अनुवाद छाप दिया। मुक्तिबोध सतर्क थे। वे अपनों पर भी निगरानी की नज़र रखते थे। श्रीकान्त वर्मा को उन्होंने कितनी ही नसीहत की चिट्ठियाँ लिखी थीं। उन्होंने 'नया खून' में लिखा था कि परसाई और 'थॉट' की विचारधारा बिलकुल विपरीत है। पर ये लोग किसी भी तेजस्वी नए लेखक को पकड़कर अपने खेमे में ले जाने की कोशिश करते हैं। मुझे तो वह टिप्पणी अच्छी लगी। पर नागपुर में किन्हीं लेखकों ने उनसे झूठ कह दिया कि मुझे बुरा लगा है। उन्होंने मेरी दो चिट्ठियों का जवाब ही नहीं दिया। तीसरी का जवाब दिया, जिसके शुरू में ही उन्होंने लिखा कि मुझे बताया गया था कि आप उस टिप्पणी के कारण मुझसे नाराज़ हैं। मैंने स्पष्ट किया कि टिप्पणी मुझे अच्छी लगी। आपसे झूठ बोला गया, जिससे हमारे सम्बन्ध घनिष्ठ न हों।

मुक्तिबोध से घनिष्ठ सम्बन्ध 1956 में बने, जब हम लोगों ने जबलपुर से 'वसुधा' मासिक पत्रिका निकाली। इसके पहले विलासपुर से श्रीकान्त वर्मा ने 'नई दिशा' के सिर्फ़ तीन अंक निकाले थे। मुक्तिबोध को मैंने जब 'वसुधा' निकालने की बात लिखी, तो उनका उत्साहभरा पत्र आया। वे 'अपनी' पत्रिका पाकर बहुत खुश थे। 'मैं लिखूँगा, ख़ूब लिखूँगा'—उन्होंने लिखा था, और 'वसुधा' में उन्होंने ख़ूब लिखा। एक विचित्र विरोधाभास था उनकी प्रकृति में। वे पैसे-पैसे के मोहताज थे, पर अच्छा पारिश्रमिक देनेवाली प्रचार-प्रसारवाली पत्रिकाओं में नहीं लिखते थे। मैं आग्रह भी करता कि इन पत्रिकाओं में लिखिए। आपकी रचनाएँ और आपके विचार लाखों लोगों तक पहुँचेंगे और पैसा मिलेगा तो कुछ आर्थिक कष्ट कम होगा। वे जवाब देते, 'पार्टनर, ये पत्रिकाएँ किनकी हैं, आप जानते हैं। इनसे अपनी पटरी नहीं बैठेगी। अपन उस खेमे में नहीं जाएँगे।' उनकी कुछ जड़ीभूत मान्यताएँ थीं। पत्रिकाओं का प्रकाशन मुख्यत: व्यावसायिक मामला है। उन्हें अच्छी सामग्री चाहिए, जो बाज़ार में चले। लेखक को प्रकाशन और पैसा चाहिए। यह सीधा सौदा है। यह भी सही है कि इन पत्रिकाओं की विचारधारा दक्षिणपन्थी है। पर वामपन्थी लेखक को छापना उनकी मजबूरी भी है। उन्हें बाज़ार में अच्छा माल लाना है। मगर मुक्तिबोध यह समझौता नहीं करते थे।

मुक्तिबोध का साथ और 'वसुधा'

यह सही है कि मुक्तिबोध असुरक्षित महसूस करते थे और किसी आसन्न संकट की आशंका उन्हें घेरे रहती थी। वे सन्देही थे। या तो किसी आदमी पर पूर्ण विश्वास या पूर्ण अविश्वास। उन्हें यह भी लगता था कि मैं दुश्मनों से घिर गया हूँ। वे अतिशयता से भी ग्रस्त थे। वास्तविक से कई गुना कल्पना से अनुभव करते थे। स्नेह को वे पराकाष्ठा तक ले जाते थे। आशा को भी अनुपात से ऊपर ले जाते थे। सीमांतता और अतिशयता उनमें हमेशा रहती थी। वे चिन्तक थे इसीलिए हमेशा बेचैन रहते थे। मानसिक स्थिति उनकी तनावग्रस्त थी। भीतरी और बाहरी संघर्ष उनका विकट था। आशंका, संकट के भय, सतर्कता और असुरक्षा की भावना का कारण थे उनके कटु अनुभव। वे सताए बहुत गए थे। उन्होंने लिखा भी है :

पिस गया वह भीतरी औ' बाहरी
दो कठिन पाटों बीच
ऐसी 'ट्रेजडी' है नीच!

सही है कि जीवन के अनुभवों के कारण मुक्तिबोध ऐसे हो गए थे। उनके विरोधी खेमे के हमले तो उन पर होते ही थे, उनका कहना था कि मैं अपने ही खेमे में मारा गया।

मुक्तिबोध को इतना सताया गया था कि थोड़ी-सी उदारता भी उन्हें उद्वेलित कर देती थी। वह उन्हें अविश्वसनीय लगती थी। 'कामायनी पुनर्विचार' के प्रकाशक शेषनारायण राय वास्तव में पुस्तक-विक्रेता थे। वे हमारे मित्र थे और साम्यवादी पार्टी के सदस्य भी थे। इसी कारण उन्होंने पुस्तक छाप दी। मुक्तिबोध को उन्होंने शायद दो सौ रुपए दिए और सौ की किताबें अपनी दुकान से ले जाने दीं। मुक्तिबोध बहुत गद्गद थे। उन्हें यह अविश्वसनीय भी लग रहा था। इसी तरह 'भारत : इतिहास और संस्कृति' के प्रकाशक के मामले में हुआ। उन्होंने मुझसे कहा, 'प्रकाशक अगर दो सौ रुपए दे दे तो बच्चों के लिए कपड़े लेता जाऊँ।' मैंने प्रकाशक से अलग कह दिया कि इन्हें पाँच सौ रुपए दे देना। जब वह पाँच सौ रुपए लेकर सड़क पर आए तो चमत्कृत थे। बोले, 'यह प्रकाशक भी, साहब, अद्भुत है। मैंने तो संकोच से दो सौ माँगे थे, पर उसने पाँच सौ दे दिए। अब कपड़े नहीं ख़रीदेंगे, कर्ज़ चुकाएँगे।'

हम इक उम्र से वाक़िफ़ हैं

सारे कष्टों के बावजूद मुक्तिबोध पठन, चिन्तन और सृजन में लगातार लगे रहते थे। रातें सोचने और लिखने में गुज़ार देते। पौष्टिक भोजन पाते नहीं थे, चिन्ताग्रस्त रहते।

उस पर इतना मानसिक श्रम करते थे। इसी कारण वे जवानी में ही बूढ़े-से हो गए थे और कुल 47 साल की उम्र में उनकी मृत्यु हो गई। इस सारे चक्कर में आदमी शरीर और बुद्धि से शिथिल हो जाता है। पर वे शिथिल बिलकुल नहीं हुए थे। वे बहुत सचेत और सक्रिय थे। बेहोशी के पहले वे पंडित जवाहरलाल नेहरू की तबीयत के बारे में पूछ रहे थे और बता रहे थे कि नेहरू की मृत्यु के बाद कौन-सी ताकतें ज़ोर पकड़ेंगी।

मुक्तिबोध कट्टरपन्थी मार्क्सवादी नहीं थे। कट्टरता से तो उनका झगड़ा ही था। पर वे कभी-कभी वर्ग-दृष्टि से दिलचस्प निर्णय देते थे। वे जबलपुर आए। मेरे साथ ही ठहरे। हमारे एक मित्र प्रोफ़ेसर हनुमान वर्मा ने उन्हें और मुझे भोजन के लिए बुलाया। हनुमान के घर सोफा था और डाइनिंग टेबल थी। हम लोग भोजन करके लौटे। मुक्तिबोध पूरी गम्भीरता से बोले, 'आप कहते हैं ये वर्मा जी आपके घनिष्ठ मित्र हैं। पर ये हमारे कैसे हो सकते हैं! उनके घर सोफा है, डाइनिंग टेबल है। रहने का ऊँचा ढंग है। ही बिलांग्ज़ टू एनादर वर्ल्ड। वे हमारी 'क्लास' के नहीं हैं। वे हमारे मित्र कैसे हो सकते हैं।' मैंने उन्हें समझाया कि हनुमान कुल हज़ार रुपया महीना पाता है। उसी में टीम-टाम कर लेता है। वह हमारे ही वर्ग का है।

आगरावाले मुकदमे की जबलपुर में ही तीसरी पेशी थी। मैंने क़रीब दस बजे मुक्तिबोध से कहा, 'मुझे तो अदालत जाना है। आप आराम से भोजन कीजिए।' मुक्तिबोध ने पूछा, 'पार्टनर, मजिस्ट्रेट कौन है?' मैंने कहा, 'एक जाघव हैं।' मुक्तिबोध ने कहा, 'जाघव महाराष्ट्र में नीची जाति है। मजिस्ट्रेट की वर्ग-सहानुभूति लेखक के साथ होगी, प्रकाशक के साथ नहीं। आप छूट जाएँगे।'

पिछली दो पेशियों पर प्रकाशक अदालत में नहीं आया था, और अपना मेडिकल सर्टिफिकेट भेज दिया था। उसका बयान होना था। इस बार भी मैंने कहा, 'मैं हाज़िर हूँ।' जाघव साहब ने प्रकाशक के वकील से पूछा, 'और आपके मुवक्किल?' वकील साहब एक काग़ज़ लेकर आगे

बढ़े। न्यायाधीश ने काग़ज़ लेकर देखा और कहा, 'तीसरी पेशी पर भी बीमार हैं। वाह साहब, यह ख़ूब है। आगरा में बैठे हैं। बस एक काग़ज़ भेज दिया और लेखक पर मुकदमा दायर कर दिया। अब लेखक हर पेशी पर आ रहा है और आपके प्रकाशक साहब आगरा में बैठे हैं। एक डाक्टर का सर्टिफिकेट भेज दिया। मुकदमा कैसे आगे बढ़ेगा? जानते हैं वकील साहब, आप इन लेखकों को! ये इसी सब पर तो लिखते हैं—भ्रष्टाचार, शासन में बेईमानी, झूठ वगैरह पर। कहीं इन्होंने लिख दिया कि मैं ही पैसा खा गया तो! नहीं, नहीं। मैं मुकदमा खारिज करता हूँ।' मैं चलने लगा तो जाधव साहब ने हँसकर मेरे भाई से कहा, 'अब क्या लिखेंगे?'

घर लौटा तो मुक्तिबोध को बताया कि मैं छूट गया, मुकदमा खारिज हो गया। वे बोले : 'मैंने कहा था न, पार्टनर! अटल सत्य है!'

भोपाल में एक साहित्यकार सम्मेलन बुलाया गया था। मुक्तिबोध, श्रीकान्त वर्मा, प्रमोद वर्मा और मैं वहाँ गए थे। हम लोगों ने तय किया कि अपने भाषणों में मार्क्सवाद के पारिभाषिक शब्दों का प्रयोग नहीं करेंगे। संस्कृति पर गोष्ठी थी। साफ़ दिख रहा था कि पंडित नन्ददुलारे वाजपेयी और मुक्तिबोध में वैचारिक भिड़ंत होगी। वाजपेयी जी बोल चुके। मुक्तिबोध बोलने लगे। वे मस्त होकर, हिलते-डुलते, कटाक्ष करते बोलते थे। वे मूड में बोल गए, 'और ये बुर्जुआ प्रतिक्रियावादी बुद्धिजीवी...' फिर एकदम सचेत हुए कि वादा किया था मार्क्सवाद की पारिभाषिक शब्दावली का प्रयोग नहीं करेंगे। प्रमोद, श्रीकान्त और मैं सामने ही बैठे थे। उन्होंने हमारी तरफ़ देखा और मुस्कराकर कहा, 'कुछ भी कहो पार्टनर, अपन को ये शब्द पसन्द हैं।'

हम होटल लौटे। मुक्तिबोध समझाने लगे, 'प्रो. रामलाल सिंह यादव हैं, अहीर। उनकी वर्ग-सहानुभूति हमारे साथ है। पर वे वाजपेयी के समर्थन में इसलिए बोले कि वे रीडर हैं और वाजपेयी जी विभागाध्यक्ष हैं।'

बहुत सतर्क और सक्रिय मुक्तिबोध ने लकवे से शिथिल होकर अपने को मित्रों को सौंप दिया। वे कोई निर्णय नहीं लेते थे। उनके लिए हम लोग निर्णय लेते थे। मैं दिल्ली में श्रीकान्त वर्मा के पास था। श्रीकान्त के नाम उनका पत्र आया कि बाएँ बाजू में लकवा मार गया है। मैं दूसरे दिन ही भोपाल गया। तब पंडित द्वारिका प्रसाद मिश्र मुख्यमंत्री थे। वे

जबलपुर के ही हैं। मुक्तिबोध उनके आग्रह पर उनके साप्ताहिक पत्र 'सारथी' में 'अवन्तीलाल' के नाम से अन्तर्राष्ट्रीय घटनाओं पर नियमित लिखते थे। 'योगंधरायण' नाम से भी उन्होंने कुछ लेख लिखे थे। दोनों के विचारों में काफ़ी अन्तर था। पर मिश्र जी लिखवाते थे और मुक्तिबोध लिखते थे। मिश्र जी के घर उनकी लम्बी चर्चाएँ भी होती थीं। मुक्तिबोध के निधन पर रेडियो पर शोक-प्रसारण में मिश्र जी ने कहा भी था, 'मुक्तिबोध को चाय पीने की आदत थी। वे जब भी मेरे पास बैठते तब मैं घर में कह देता था कि चाय का पानी खौलता रहना चाहिए।' मैं बाबू अक्षय कुमार के साथ मिश्र जी के पास गया। उन्होंने कहा, 'किसी भी मेडिकल कॉलेज में उन्हें ले जाइए। मैं शासन की ओर से उनके इलाज का प्रबन्ध कर देता हूँ।' मैं ज्ञानरंजन के साथ राजनांदगाँव गया। वे बहुत खुश हुए। बीमारी भूल गए। हम लोग उन्हें भोपाल ले आए और मेडिकल कॉलेज से सम्बद्ध हमीदिया अस्पताल में प्राइवेट वार्ड के एक कमरे में उन्हें दाख़िल करा दिया।

भोपाल में उनके और हमारे बहुत मित्र और स्नेही हैं। वहाँ भीड़ लगी रहती। वे बोलते बहुत कम थे। अख़बार रोज़ पढ़ते थे। मोहम्मद अली 'ताज' को अक्षय कुमार जी ले आए और परिचय कराया। 'ताज' ने कहा, 'मुक्तिबोध साहब, ग़ालिब ने कहा है :

आह को चाहिए इक उम्र असर होने तक।
कौन जीता है तेरी जुल्फ़ के सर होने तक॥

इसी ज़मीन पर मैंने एक शेर कहा है :

आह से हमने निकाली है अभय की सूरत
हमको जीना है तेरी जुल्फ़ के सर होने तक।

मुक्तिबोध बहुत खुश हुए, 'वाह, ख़ूब है। बड़ा ग्रेट शेर है यह।' शेर को दो-तीन बार सुना।

उन्हें 'ट्यूबरकुलर मैनेनजाइटिस' रोग था। हालत गिरती गई। वे गुमसुम रहने लगे। जब उन्हें दिल्ली ऑल इंडिया मेडिकल इंस्टीट्यूट में ले जाया गया, तब वे 'कोमा' में जा चुके थे और वहाँ से फिर लौटे नहीं।

मुक्तिबोध से मैंने बहुत सीखा—चर्चा से और उनके लेखन से। मुक्तिबोध में बन्धु भाव बहुत था। हम लोगों के साथ वे बड़े मुक्त स्नेह से

बैठते थे और बड़े भाई की तरह सिखाते थे। वैचारिक कपट को वे एकदम पहचान लेते थे और हम लोगों को सावधान करते थे। वैचारिक छल उनके सामने चल नहीं सकता था। हमारी पीढ़ी के एक बड़े हिस्से ने उनसे सीखा। देखता हूँ कि हमारे बाद की पीढ़ी उनसे और अधिक प्रभावित है। बहुत से लेखक समय के बढ़ते सन्दर्भहीन होते जाते हैं। मगर मुक्तिबोध ज्यों-ज्यों समय बीतता है और नए रचनाकार आते हैं, अधिक सन्दर्भवान होते जाते हैं। बीस से पचीस साल की उम्रवाले तरुण रचनाकार शायद हमसे अधिक उन्हें अपने निकट पाते हैं।

मुक्तिबोध ने 'वसुधा' में बड़े उत्साह से 'एक साहित्यिक की डायरी' नियमित रूप से लिखी। 'वसुधा' मासिक लघु पत्रिका हमने 1956 में निकाली थी। वह ढाई साल चली। विलासपुर से श्रीकान्त वर्मा ने रामकृष्ण श्रीवास्तव के सहयोग में 'नई दिशा' पत्रिका निकाली थी, जिसके कुल तीन अंक निकल सके। 1956 में हमारे कुछ बाहर के मित्र जबलपुर में ही थे। प्रो. प्रमोद वर्मा, प्रो. कांतिकुमार जैन यहाँ तबादले पर, शोध-संस्थान में आए थे। प्रो. हनुमान वर्मा यहीं प्राइवेट कॉलेज में थे। श्रीबाल पांडे भी यहीं थे। हमारी बैठक 'प्रहरी' के एक सम्पादक रामेश्वर गुरु के घर होती थी। इनके विषय में मैं विस्तार से लिख चुका हूँ। उस समय प्रगतिशील लेखक संघ बिखर चुका था। 'नया पथ' पत्र बन्द हो गया था। 'अज्ञेय' के निर्देशन में, डॉ. धर्मवीर भारती के नेतृत्व में 'परिमल' संस्था चलती थी। तब धर्मवीर भारती का प्रभाव बहुत था और ज़्यादातर तरुण लेखक उनके साथ थे। तब 'लघुमानव', 'क्षणवाद', 'नदी के द्वीपवाद', 'मृत्यु-बोध' का बोलबाला था।

हम लोगों ने तय कर डाला कि एक मासिक पत्रिका निकाली जाए। नाम 'वसुधा' भी तय कर डाला। रामेश्वर गुरु चन्दा लेने में उस्ताद हैं। उन्होंने कई कार्यों के लिए चन्दा किया है। बाक़ी हम लोग थे ही। तीस साल हो गए हैं। हमें अपेक्षित सहयोग जाने-माने, प्रगतिशीलों का नहीं मिला। मुक्तिबोध ने ज़रूर नियमित लिखा। नागार्जुन की दो कविताएँ मिलीं। शमशेर की एक कविता और एक रुबाई। तब रमेश बक्षी और शरद जोशी लगभग 'नवोदित' थे, मित्र भी थे। इनकी रचनाएँ काफ़ी मिलीं। हम लोग ही कल्पित नामों से लिखते थे। श्रीकान्त वर्मा 'समुद्रगुप्त' नाम से

'कलम की दिशा' स्तंभ नियमित लिखते थे। प्रमोद वर्मा 'गोरखनाथ' नाम से लिखते थे और मैं 'आनन्द स्वामी' नाम से लिखता था। वे बहुत अच्छे दिन थे। हम लोग शाम को गुरु जी के घर पहुँच जाते और रात ग्यारह बजे तक काम और गपशप करते। दिन में नौकरी करते थे। इसके बावजूद अपना पढ़ना-लिखना कर लेते थे।

हम लोग चन्दा भी करते थे और ग्राहक बनाने भी निकलते थे। विज्ञापन गुरु जी ले आते थे। हम दूसरे छोटे शहरों जैसे सागर, गाडरवारा, इटारसी आदि से भी चन्दा लाते थे और वहाँ ग्राहक भी बनाते थे।

उद्घाटन, भाषण वगैरह...

मैं कॉलेजों, विश्वविद्यालयों, स्कूलों और संस्थाओं में पैसे लेकर भाषण दे चुका हूँ। मैं पैसे लेकर कवि-सम्मेलनों की अध्यक्षता भी कर चुका हूँ। पैसे लेकर उद्घाटन कर चुका हूँ। वह मेरे धंधे में शुमार रहा है। मैं लिखा हुआ और बोला हुआ शब्द बेचता रहा हूँ। यात्रा-ख़र्च के सिवा अपनी मज़दूरी मैं बेझिझक लेता रहा हूँ। शुरू में आयोजनकर्ताओं को समझाना पड़ा था, 'देखिए, आप रोशनी, माइक, दरी, मिठाई, मंच-स्ज्जा आदि पर ख़र्च करेंगे। फिर भाषण देनेवाले को क्यों नहीं?...' धीरे-धीरे यह बात प्रचारित हो गई कि यह आदमी पैसे लेकर भाषण देता है। यहाँ तक कि एक दिन बुरहानपुर की एक संस्था के सचिव ने मुझसे पूछा, 'आपका 'रेट' क्या है साहब?'

मगर मेरा भाषण कराने की ऐसी ज़रूरत ही क्या है? मैं देखता रहा हूँ कि आमतौर पर इन आयोजनों में मंत्री और सत्ताधारी दल के नेताओं के भाषण होते रहे हैं। मैंने एक कॉलेज के प्रिंसिपल से कहा, 'स्नेह-सम्मेलनों के इस मौसम में कॉलेजों में यह मेरा आठवाँ भाषण है। आप उन बड़े नेताओं और मंत्रियों को क्यों नहीं बुलाते जो आते रहे हैं। मुझे पैसा देकर क्यों बुलाते हैं?' प्रिंसिपल ने जवाब दिया, 'उनके आने से अब क़ानून और व्यवस्था की समस्या खड़ी हो जाती है। छात्र उन्हें सुनना नहीं चाहते। हुल्लड़ करते हैं। पिछले साल हमने इस क्षेत्र के एक मंत्री को बुला लिया

था। मैंने आम छात्रों से कक्षा में जाकर कह दिया था कि तुम लोग बोलोगे नहीं। मुँह नहीं खोलोगे। छात्र नेताओं को बुलाकर भी समझा दिया। वे पूरी तरह सहमत हो गए और उन्होंने मेरी बात मानी। मंत्री के सामने किसी ने मुँह नहीं खोला। कोई नहीं बोला। पर मंत्री दो-तीन वाक्य ही बोल पाए थे कि किसी इशारे पर सबने एक साथ फर्श पर जूते रगड़ना शुरू कर दिया। मंत्री बोल नहीं सके और बुरा मानकर चले गए।'

मैं जानता हूँ, छात्र मेरा लिखा पढ़ चुके होते हैं। वे उसे न सिर्फ़ पसन्द करते हैं बल्कि अपनी ही बात मानते हैं। इसी कारण मुझे सुनते भी हैं। कुछ तरकीबें भी मैं करता हूँ। मैं जानता हूँ, छात्र उपदेश नहीं सुनना चाहते। मैं अक्सर भाषण इस तरह शुरू करता—आप लोग चिन्ता न करें। मैं बहुत दयालु आदमी हूँ। मैं उपदेश नहीं देता और लम्बा नहीं बोलता। वे बड़े लोग हैं, जो आपसे कहते हैं—युवको, तुम्हें देश का निर्माण करना है, क्योंकि हम देश का नाश कर रहे हैं। तुम्हें चरित्रवान होना है क्योंकि हम चरित्रहीन हो चुके हैं।' इस पर छात्र खुश होते हैं, ताली बजाते हैं और भाषण रुचि से सुनते हैं।

मैं पैसे लेकर कवि-सम्मेलन की अध्यक्षता भी करता रहा हूँ। यह बड़ा कठिन काम है। सर्कस के शेर पालने सरीखा है। कवि-सम्मेलन में कवि की श्रोताओं से, श्रोताओं की कवि से और कवि की कवि से रक्षा करनी पड़ती है। कवि-सम्मेलनों को जमाए रखना आसान काम नहीं है। मैं कवि-सम्मेलन को ऐसा जमा देता था कि श्रोता यह तय नहीं कर पाते थे कि कौन कवि अच्छा है और कौन बुरा! घटिया कवियों का मैं बहुत प्यारा अध्यक्ष हूँ। जितना घटिया कवि होता, मैं उसे उतना ही जमा देता।

भाषण और अध्यक्षता के इस धंधे में मुझे बहुत तरह के अनुभव हुए। एक कॉलेज में स्नेह-सम्मेलन के उद्घाटन के लिए बुलाया गया। मैं भोपाल से पहुँचा। साथ में कवि रामविलास शर्मा (डाक्टर नहीं) थे, जो कवि-सम्मेलन में आमंत्रित थे। यह देशी राज्य था। राजशाही तो ख़त्म हो गई पर सामन्ती घराने वहाँ बहुत हैं और नगर का वातावरण सामन्तवादी है। हम लोग कॉलेज के प्रवेश-द्वार पर पहुँचे। आमतौर पर यहाँ 'स्वागतम्' जैसा कुछ लिखा रहता है। पर यहाँ फाटक के दोनों चौड़े खम्भों पर प्रिंसिपल का कार्टून अंकित था, जिसके नीचे उनके लिए गंदी गालियाँ

लिखी थीं। भीतर से हल्ला सुनाई पड़ रहा था—यानी हुल्लड़ चालू था। मैंने पूछा, 'प्रिंसिपल कहाँ है?' जवाब था, 'वे छुट्‌टी पर गए हैं।' मैंने कहा, 'वे चतुर हैं, जो इस शुभ अवसर पर यहाँ से भाग गए। हम बेवक़ूफ़ हैं, जो मौत के मुँह में आ गए।' खैर भीतर हॉल में गए। बहुत शोर था। एक के बाद एक तीन आचार्यों ने माइक पर शान्ति की अपील की, मगर हल्ला बढ़ता गया। मुझे माला पहनाने का कर्मकांड हुआ। मैं उद्‌घाटन-भाषण करने उठा। आमतौर पर मैं ऐसी भीड़ को नियंत्रित कर लेता हूँ। मगर नियंत्रित तब करूँ जब मुझे 2-4 वाक्य बोलने दें। आख़िर मैंने कहा, 'उद्‌घाटन आप लोग कर चुके। अब बाहर जाइए और कवि-सम्मेलन सुनिए।'

बाहर मैदान था। मंच था। कवि थे। कोई कवि दो पंक्तियों से ऊपर पढ़ नहीं पाता था। मुझे नाम के लिए अध्यक्ष बना दिया था। संचालन हिन्दी के आचार्य कर रहे थे। मेरे बगल में एक अधेड़ कवयित्री बैठी थीं। प्रोफ़ेसर ने पूछा, 'अब इनसे पढ़वा दें?' मैंने कवयित्री से पूछा, 'आप इस माहौल में कविता पढ़ेंगी?' उन्होंने खुशी से कहा, 'हाँ, पढ़ूँगी।' कोई वीरांगना थी। अब, आचार्य जी ने माइक पर घोषणा की—'जिनका आप लोग बड़ी बेसब्री से इन्तज़ार कर रहे हैं, वे आपके सामने आ रही हैं। कलेजा थामकर सुनिए।' मैं समझ गया—आचार्य छात्रों से बीस पड़ते हैं। ऐसे आचार्य हैं, तभी ऐसे छात्र हुए हैं। लड़कों ने आवाज़ दी, 'आने दो। आने दो। देख लेंगे।' कवयित्री ने दो पंक्तियाँ ही पढ़ी होंगी कि शोर हुआ, 'हाय मार डाला।' ख़ूब हुल्लड़। अब मैंने माइक ले लिया। लड़के इसलिए चुप हो गए कि उन्होंने मेरी आवाज़ ही नहीं सुनी थी। देखें, यह साला अध्यक्ष क्या बकता है। मैंने कहा, 'मैं बड़ी प्रशंसा से आप लोगों के करतब देख-सुन रहा हूँ। मैं जबलपुर का हूँ और यह जो आप कह रहे हैं, इसमें जबलपुर सारे देश में मशहूर है। मगर आप हमारे लड़कों से बढ़कर हैं। हमने हार मान ली। बात यह है कि हमारे शहर के लड़के तो अपनी उम्र की जवान लड़कियों को छेड़ते हैं, मगर आप तो अपनी माँ-जैसी को भी छेड़ लेते हैं।' सन्नाटा खिंच गया। मैंने बगल में बैठे रामविलास शर्मा से कहा, 'दो-तीन मिनिट के लिए रास्ता मिला है। इसमें से फुर्ती से निकल जा।' रामविलास ने जल्दी से 8-10 पंक्तियाँ पढ़ीं,

लड़कों के सँभलने के पहले हुल्लड़ फिर शुरू हो गया और कार्यक्रम ख़त्म करना पड़ा।

धार कॉलेज में मेरे मित्र प्रो. प्रमोद वर्मा थे। उन्होंने मुझे स्नेह-सम्मेलन का उद्घाटन करने और कवि-सम्मेलन की अध्यक्षता करने को बुलाया। भाषण मैंने दे डाला। अब कवि-सम्मेलन शुरू हुआ। एक तगड़े कवि पिस्तौल लिए हुए पधारे। बड़ी दूर से आए थे। वे बार-बार पिस्तौल हाथ में लेकर उससे खेलते, जिससे श्रोता देख लें। मैंने दो कवियों से कविताएँ पढ़वाईं। अब मैंने वीर कवि को बुलाया। वे पिस्तौल लिए माइक पर आए। बोले, 'आज देश को शौर्य चाहिए, प्रणय नहीं। ये जो कवि प्रणय के गीत गाते हैं, वे नपुंसक हैं और निर्वीर्य हैं। मैं वीरत्व का आह्वान करता हूँ।' वे कुछ देर तक कोमल भावनाओंवाले कवियों को गाली देते रहे। जो कवि कविताएँ पढ़ चुके थे, वे कुछ परेशान थे। जिन्हें आगे पढ़ना था, वे भी चिन्तित थे। वीर कवि ने कठोर वर्णों की दो कविताएँ ओज से पढ़ीं। वातावरण ऐसा बन गया कि आगे कविता पढ़ना सम्भव नहीं रहा। वीर कवि तमाम कवियों को हिकारत से देख रहा था। मैंने माइक लिया और बोला, 'अभी एक वीर कवि को आपने सुना। मैं नहीं जानता चौबीस घंटों में कितने घंटे वे लड़ते हैं और किनसे लड़ते हैं। उनकी बातों से मालूम होता है कि वे चौबीसों घंटे लड़ते रहते हैं। वे स्त्री से प्यार करने को वीरोचित काम नहीं मानते तो वे तीन बच्चों के बाप कैसे हो गए? उन्हें क्या पता नहीं है कि नपुंसक और निर्वीर्य पुरुष प्रणय नहीं कर सकता।'

ऐसा ही कुछ और भी कहा तो वातावरण बदला और दूसरे कवियों ने कविता-पाठ किया। कवि-सम्मेलन के बाद भोजन पर पहुँचे। वीर कवि मेरे बगल में ही बैठे थे। दो पेग शराब के बाद वे अश्लील बातें बकने लगे। दो पेग में कुछ लोग अंग्रेज़ी भी बोलने लगते हैं। मैंने कहा, 'आपका वीररस कहाँ चला गया?' उनका जवाब छापने लायक नहीं है। वे मेरे चरणों से लिपट गए। बोले, 'आप गुरु हैं। जनता बेवकूफ़ है और हम ढोंगी हैं। हमारा यह धंधा मज़े में चलता है मगर आपने पकड़ लिया गुरु! हीहीही...!'

कभी ऐसा भी होता है कि कुछ लोग योजना बनाकर उपद्रव करने आते हैं। वे श्रोताओं में बैठ जाते हैं और बीच-बीच में आवाज़ें करते हैं।

मेरे जीवन में ऐसे मौक़े भी आए। एक जगह भाषण दे रहा था। लगभग एक हज़ार श्रोता होंगे। दो बार इन उपद्रवी लोगों ने आवाज़ें कसीं। कुल 10-12 होंगे वे। श्रोता बहुत ध्यान से सुन रहे थे और वे इन आवाज़ों से खीझ भी गए थे। मैंने कहा, 'उपद्रव करनेवाले दोस्तो, आप लोग कुल 10-12 हैं। ये सैकड़ों लोग मुझे सुनना चाहते हैं। आप इनके सुनने में बाधा डाल रहे हैं। ये लोग भी मर्द हैं। मैं इनसे कहने वाला हूँ कि वे ख़ुद ऐसी स्थिति बना लें जिससे बिना बाधा के वे मुझे सुन सकें।' यह सुनकर श्रोताओं में से कुछ युवक खड़े हो गए और उन्होंने आस्तीन चढ़ा ली। मैं बोलता गया। बिलकुल शान्ति रही। उपद्रवी एक-एक कर खिसक गए। ऐसे ही दूसरे मौक़े पर मैंने दूसरी तरकीब की। मैंने कहा, 'आप सैकड़ों लोग यहाँ बैठे मुझे सुनना चाहते हैं। मगर ये कुछ लोग आपके सुनने में बाधा डाल रहे हैं। आप लोग इन्हें पहचान गए हैं। आप इनके चरणों पर श्रद्धा से अपना मस्तक रखकर प्रार्थना करें कि प्रभु, हमें सुनने दीजिए।' वे बाधा डालनेवाले फुर्ती से वहाँ से चले गए।

एक विश्वविद्यालय में छात्रसंघ का उत्सव था। मैंने उद्घाटन-भाषण दिया। बाहर आए तो वहाँ ग्रुप फोटो का इन्तज़ाम था—छात्रसंघ के पदाधिकारी, कुलपति और मैं। छात्र-नेता, कुलपति से उलझ गए, 'सर, आपने हमारा समारोह बर्बाद कर दिया। आपने छुट्टी नहीं दी। हमें फोटो-वोटो नहीं खिचाना।' कुलपति और दूसरे आचार्य लड़कों को समझाने लगे, पर विवाद बढ़ता गया। बात बिगड़ती देखकर मैंने छात्र-नेताओं से कहा, 'आप लोग देर नहीं करते। भीतर हॉल में मैंने सामाजिक क्रान्ति की बात की थी और आप लोगों ने बाहर निकलते ही क्रान्ति शुरू कर दी।' उसी विश्वविद्यालय में फिर तीन साल बाद गया। मैदान में समारोह था। मुझे मालूम था कि छात्र-नेताओं से कुलपति का अक्सर झगड़ा होता रहता है। वहाँ माहौल तूफानी था। मेरे बगल में कुलपति थे और उनके बाद एक वरिष्ठ अध्यापक बैठे थे, जिनकी छात्रों में बहुत इज़्ज़त थी। छात्रों के दो गुट होते ही हैं। छात्र कुलपति के ख़िलाफ़ नारे लगा रहे थे। कुलपति उठकर जाने लगे तो उन वरिष्ठ अध्यापक ने, जिनकी बड़ी इज़्ज़त थी, उन्हें हाथ पकड़कर बिठा लिया और मुझसे कहा कि आप बोलिए। मैंने माइक लिया। लड़के यह सोचकर चुप हो गए कि इसकी बात सुन लो, फिर

हुल्लड़ करेंगे। मैंने कहा, 'मैं बहुत खुश हूँ। आप लोग क्रान्ति करनेवाले माने जाते हैं और बड़ी देर से मैं आपका क्रान्ति-कर्म देख रहा हूँ। इतनी देर में आपने सचमुच समाज बदल दिया। यहाँ बहादुरी बतानेवाले आप कल पढ़ाई पूरी करके बेकार और कायर होंगे और मामूली नौकरी के लिए हर नीच आदमी के सामने गिड़गिड़ाएँगे, दुम हिलाएँगे और उसके चरण चूमेंगे।' —मेरे इतना कहने पर लड़के सकते में आ गए और शान्ति तथा उत्साह से घंटे भर मेरा भाषण सुनते रहे।

जिन अध्यापक ने कुलपति को रोककर मुझसे बोलने को कहकर मामला सँभाला था, वे प्रसिद्ध भूगर्भ-शास्त्री डॉ. वेस्ट थे और यह वाकया सागर विश्वविद्यालय का है।

एक छोटे शहर में क्षेत्रीय साहित्य समारोह था। दो-तीन गोष्ठियाँ होनी थीं। समापन से पूर्व सार्वजनिक समारोह का आयोजन था। वैसे छोटे शहर में साहित्य-गोष्ठी भी सार्वजनिक हो जाती है। मुझे उद्घाटन करना था। मैं कार से ज्यों ही उतरा, वहाँ के एक नेता ने मेरा स्वागत किया। कुहनी तक हाथ जोड़कर सिर बहुत झुकाकर बोले, 'आपका स्वागत है। आपके चरणों की धूल के स्पर्श से इस नगर की भूमि पवित्र हो गई।' मैं जानता था कि वे खुराफाती हैं। उनकी अतिशय विनम्रता से मैं सशंकित हो गया। तुलसीदास ने कहा है—'नमन नीच की अति दुखदाई।'

दो दिन मैं उनकी और उनके चेलों की गतिविधियाँ देखता रहा। अन्तिम कार्यक्रम में उनके 10-15 चेले सामने बैठ गए। नेता उनसे दूर बैठे थे। हॉल में लगभग तीन सौ आदमी और होंगे। अध्यक्षता एक कवि कर रहे थे। एकाएक एक युवा खड़ा हुआ और बोला, 'हम कुछ प्रश्न आप लोगों से करना चाहते हैं।' अध्यक्ष ने कहा, 'इस कार्यक्रम में प्रश्न पूछने का विषय नहीं है।' इस पर चार-पाँच युवा खड़े हो गए और चिल्लाए, 'हम प्रश्न पूछेंगे। आप हमें रोक नहीं सकते।' स्थिति बिगड़ती देख माइक मैंने ले लिया। कहा, 'आप प्रश्न पूछिए।' एक ने कहा, 'हम माइक पर प्रश्न पूछेंगे।' मैंने कहा, 'आपको माइक नहीं दिया जाएगा। आप वहीं से प्रश्न कीजिए और मैं उसे घोषित कर दूँगा।' दो-तीन लड़के खड़े हो गए और चिल्लाए, 'हम माइक छीन लेंगे।' मैंने कहा, 'हमें पीटकर ही आप माइक छीन सकते हैं। और यहाँ बैठे दो-तीन सौ नागरिक अगर मर्द होंगे

तो आपको ऐसा नहीं करने देंगे। आख़िर हम इस शहर के मेहमान हैं।' कुछ लोग उन लड़कों पर चिल्लाए, 'गड़बड़ मत करो। चुप बैठो।' लड़के कुछ ढीले पड़े। फिर भी एक ने वहीं से पूछा, 'आप लोगों की विचार-गोष्ठियों का क्या निष्कर्ष निकला?' मैंने कहा, 'विचार-गोष्ठी में विचार होता है, निष्कर्ष नहीं निकलता। चिन्तन गतिशील है। कोई सत्यनारायण की कथा नहीं है, जिसमें निष्कर्ष निकल आता है।' दूसरे ने पूछा, 'आप लोगों ने राष्ट्रीय संस्कृति और राष्ट्रीय चरित्र पर विचार क्यों नहीं किया?' मैंने कहा, 'कैसी संस्कृति और कैसा चरित्र? क्या वही संस्कृति और वही चरित्र जो आप लोग यहाँ बता रहे हैं?' इस पर लोग ज़ोर से हँस पड़े और आवाज़ें लगने लगीं—'गड़बड़ बन्द करो।' वे हताश हो गए थे। उठकर बाहर चले गए।

इस तरह के कई मौक़े आए। ज़्यादातर मैंने मामला सँभाल लिया। इसमें मेरा कोई जादू या चमत्कार नहीं है। कुछ तरकीबें होती हैं श्रोताओं को वश में करने की। मेरी बड़ी ताकत यह है कि लोग मेरा लिखा हुआ ज़्यादातर पढ़े हुए होते हैं और मेरी बात सुनना चाहते हैं।

'सन्तन कहा सीकरी सों काम!'

फतेहपुर सीकरी में शहंशाह अकबर थे। उन्होंने सन्त कवि कुम्भनदास को दरबार में बुलाया। बहुत घेराघेरी के बाद सन्त सीकरी गए। लौटकर पछताए। कहा :

सन्तन कहा सीकरी सों काम
आवत जात पन्हैया घिस गई,
बिसर गयो हरि नाम;
जिनके देखे दुख उपजत है,
तिनकों करबो पड़ै सलाम॥

तुलसीदास को भी मनसबदारी से अलंकृत करने के लिए अकबर ने बुलाया था। सन्त ने जवाब दिया :

हम चाकर रघुवीर के, पढ़ौ लिखौ दरबार
अब तुलसी का होंहिंगे, नर से मनसबदार॥

यह जो लिखा वह भूमिका नहीं है अपने को सन्त सिद्ध करने की। सन्त बिलकुल नहीं हूँ। खास महत्त्वाकांक्षी भी नहीं हूँ मगर रास्ते में लाभ दिख जाए तो उसे लेने की कोशिश करता हूँ। साधारण आदमी हूँ। साधारण आदमी के गुण और दोष मुझ में हैं। हम लोग—इस युग के अधिकतर लेखक, बुद्धिजीवी—इस व्यवस्था की जारज सन्तानें हैं। हम मानसिक रूप से 'दोगले' नहीं, 'तिगले' हैं। संस्कारों से सामन्तवादी हैं,

जीवन मूल्य अर्द्ध-पूँजीवादी हैं और बातें समाजवाद की करते हैं। अधिकांश हम लोग 'रेटारिक' खाते हैं और 'पोलेमिक्स' की कै करते हैं।

मैं समझता हूँ, मेरी कुल उपलब्धि मानवीय संवेदना और सरोकार है। मनुष्य के जीवन की बेहतरी की चिन्ता मेरी रही है। इसी से मैंने लिखा है और कुछ मशहूर भी हो गया हूँ। यह आस्था न होती तो मैं कुछ नहीं होता। तुलसीदास ने लिखा :

का गिनती महँ गिनती जस वन घास।
नाम जपत भए तुलसी, तुलसीदास॥

वह घास ही हूँ। विनम्र हूँ। विनम्र हूँ। मगर कठोर माना जाता हूँ। बात यह है कि व्यक्तिगत कारणों से मुझे ग़ुस्सा लगभग नहीं आता। व्यर्थ ग़ुस्सा आत्म-क्षय करता है। मगर मैं सामाजिक अन्याय को बरदाश्त नहीं करता और कठोर से कठोर प्रहार करता हूँ। लेकिन हम अखाड़े के भीतर ही पहलवान हैं। अखाड़े के बाहर अबोध शिशु हैं। हमारा यह नकुछपन भी अहंकार माना जाता है और लोग मेरे नमन पर भी कुड़मुड़ाते हैं। ग़ालिब ने कहा है :

हम कहाँ के दाना थे किस इल्म में यकता थे,
बेसबब हुआ है ग़ालिब दुश्मन आसमाँ अपना॥

अहंकार किया तो लड़ाकू तेवर में कहा :

देखियो ग़ालिब से जो उलझा कोई
है वली पोशीदा काफ़िर खुला।

बहरहाल, मैंने पहले कहा है कि रास्ते में लाभ आ जाए तो उसे प्राप्त करने की कोशिश करता हूँ। बीसेक साल पहले राज्यसभा की सदस्यता मेरे रास्ते में आ गई थी। मैंने राज्यसभा की कभी कल्पना नहीं की थी। मैं मानता था और अभी भी मानता हूँ कि राज्यसभा की राष्ट्रपति द्वारा नामजदगी से सदस्यता बुढ़भस लेखकों के लिए है। यहाँ निष्क्रियता का वेतन मिलता है, मानसिक आलस्य का सम्मान होता है। कुछ भी नहीं समझना और कुछ भी नहीं बोलना संसदीय कर्तव्य माना जाता है। बजट पर मैथिलीशरण गुप्त तुकबन्दी लिखकर राज्यसभा में पढ़ते थे जिसमें ऐसा कुछ होता था—'हे राम! भारतभूमि पर तुम स्वर्ण की वर्षा करो।' यह कवि का अर्थशास्त्र था। पृथ्वीराज कपूर जब राज्यसभा में पहली बार बोले तो अंग्रेज़ी अख़बार में

टिप्पणी थी : 'He was charmingly innocent.' 'बच्चन' बौद्धिक हैं, पर वे भी राज्यसभा में बारह साल मौन रहे। उनकी एक संसदीय उपलब्धि है—उन्होंने राजीव गांधी और सोनिया की शादी विलिंगडन क्रीसेंट स्थित सरकारी बँगले से कराई। यह सत्कार्य आज राजीव का संकट है। खुशवन्त सिंह ने ज़रूर मुँह खोला मगर बदकिस्मती से भूपेश गुप्त से टकरा गए। भूपेश गुप्त ने खुशवन्त सिंह की तरह इशारा करके कहा, 'Sychophants like him, caused the death of Sanjay Gandhi.' खुशवन्त सिंह ने तैश में आकर असंयमित और अशिष्ट बोला। भूपेश गुप्त ने संयमित पर कठोर जवाब दिया। कुछ सदस्यों ने अध्यक्ष से निवेदन किया कि कार्रवाई में से यह बहस निकाल दी जाए। भूपेश गुप्त ने कहा, 'Mr. Chairman, not a word should be expunged and a copy should be sent to the President, so that he may know what type of man he nominates to this house.' फूहड़ लतीफ़ों के शौकीन खुशवन्त सिंह के संसदीय जीवन को झटका लगा।

राज्यसभा सदस्यता के लिए मेरी पन्हैया कैसे घिसी, यह बताता हूँ। दिल्ली में मेरे सम्बन्ध कांग्रेस के भीतर के और बाहर के वामपन्थी नेताओं से थे। मेरे मित्र कवि श्रीकान्त वर्मा तब कांग्रेस में नहीं गए थे, पर उनके राजनीतिक सम्बन्ध थे। यह बात दिल्ली में मुझसे कही जाती थी कि मुझे दिल्ली आ जाना चाहिए। मगर किस सहारे दिल्ली में बस जाएँ? —माना कि रहेंगे दिल्ली, मगर खाएँगे क्या? (ग़ालिब)

एक दिन मुझे भोपाल में फोन पर ख़बर दी गई कि चौबीस तारीख को आपको और मायाराम सुरजन को पंडित द्वारिकाप्रसाद मिश्र से मिलना है। मिश्र जी तब प्रधानमंत्री इंदिरा गांधी के बहुत निकट थे। हम मिश्र जी से मिले। उन्होंने मायाराम जी से कहा कि आप कांग्रेस टिकट पर लोकसभा में चुनकर जाएँगे। मुझसे कहा कि आपको राष्ट्रपति से राज्यसभा की सदस्यता के लिए नामज़द कराएँगे। वहाँ आपको नए अनुभव होंगे, आर्थिक निश्चिन्तता होगी और आप बहुत लिखेंगे।

बात मुझे अच्छी लगी। मैं कुछ दिन बाद दिल्ली गया। सुभद्रा जोशी ने कहा कि आपका नाम चल रहा है और ऊपर है। केशवदेव मालवीय आदि ने भी कहा। अब मेरी कल्पना में वेस्टर्न कोर्ट घूमने लगा। वेस्टर्न कोर्ट में रहेंगे। राज्यसभा में 'डमी' नहीं होंगे, सक्रिय होंगे। बहुत सारी

योजनाएँ बना डालीं।

मैं जबलपुर लौट आया। एक दिन श्रीकान्त वर्मा का तार मिला कि फौरन दिल्ली आइए। मैं पहुँचा। श्रीकान्त से मिला। उन्होंने कहा, 'आपको पहले आ जाना था। कल शायद चार सदस्यों की नामज़दगी हो चुकी है।' मैं सुभद्रा जोशी के पास आया। उन्होंने मिश्रा जी से फ़ोन पर बात की। नामज़दगी हो चुकी थी।

मुझे बताया गया कि ज्योति बसु से, धाँधली से बंगाल छीनकर सिद्धार्थशंकर राय आए हैं, और दिल्ली दरबार में उनकी चल रही है। उन्होंने बंगला लेखक प्रमथनाथ विशी को नामज़द करा दिया है। अच्छा हुआ।

हम दिल्ली दरबार नहीं चढ़ सके। दुख तो मुझे हुआ पर मैं जल्दी उससे उबर गया। मुझमें रचना की ऊर्जा और उत्साह बहुत था। इस ताकत से मैं विफलता को परास्त कर देता हूँ। बनिया अलसी के घाटे को मूँगफली के मुनाफ़े से पूरा कर लेता है। इसी तरह मैं दुनियावी विफलताओं और हानियों को लेखन-कर्म से जीत लेता हूँ। यहाँ यह बता दूँ कि 1985 में मुझे दौड़ में मेडल पानेवाली लड़की पी.टी. उषा के साथ पद्मश्री मिल गया।

सो दिल्ली आवत-जात पन्हैया तो घिसी, पर हरि नाम नहीं बिसरा।

एक बार मैं कॉलेज में अध्यापक होते-होते बाल-बाल रह गया। सरकारी स्कूल की नौकरी छोड़ने के बाद मैंने दो प्राइवेट स्कूलों में नौकरी की। मैं तब माध्यमिक अध्यापकों का संगठक और नेता था और स्कूलों के मालिकों से संघर्ष होता रहता था। मैं छात्रों में बहुत लोकप्रिय था। स्कूल की दुकानदारी चलानेवालों की नज़र में ये दोनों ख़तरनाक गुण थे। पहले प्राइवेट स्कूल में मैंने अध्यापकों की हड़ताल कराई थी और मुझे नौकरी छोड़नी पड़ी थी। दूसरे स्कूल के प्रबन्धकों ने नौकरी दी। उसी स्कूल के ट्रस्ट का एक कॉलेज भी उसी इमारत में चलता था। ये संस्थाएँ अभी भी हैं और दालचन्द नारायणदास जैन ट्रस्ट की हैं। कॉलेज में भी मुझे पार्ट टाइम पढ़ाने का काम दे दिया गया था। कॉलेज में हिन्दी के अध्यापक की जगह ख़ाली थी। प्राचार्य महोदय बहुत नाटकीय व्यक्ति थे। वे मेरे प्रति बहुत स्नेह और आदर दिखाते थे और बार-बार कहते थे कि आप तो कॉलेज में पूर्णकालिक अध्यापक हो जाइए। मैं चाहता हूँ कि आप हमारे कॉलेज में हों। मुझे अभी भी उनके व्यवहार को याद करके हँसी आती है।

वे जब-तब खम्भे की आड़ में या इमारत के एकान्त कोने में मुझसे धीरे-धीरे कहते, 'तो फिर आप कॉलेज में आ ही रहे हैं न! आप तय कर लीजिए। आप बुद्धिमान हैं, आपका व्यक्तित्व है, मैं तो आपको कॉलेज में लेकर ही रहूँगा।' वे इस तरह बात करते जैसे कोई पुरुष स्त्री से प्रेम-निवेदन कर रहा हो।

मेरी इच्छा सचमुच कॉलेज में अध्यापक हो जाने की थी। विज्ञापन निकला। आवेदन-पत्र देने की तारीख के तीन दिन पहले मैं प्राचार्य से मिला और पूछा, 'क्या मैं आवेदन कर हूँ?' उन्होंने सीधे मेरी तरफ़ नहीं देखा। अगल-बगल देखते हुए उन्होंने कहा, 'हाँ, आवेदन करने में क्या हर्ज़ है।' मुझे झटका लगा। वे मुझसे तीन माह से प्रेम-निवेदन कर रहे थे। अब बदल गए थे। मैंने कहा कि 'मैं आवेदन नहीं करूँगा।' मुझे बाद में मालूम हुआ कि उन्हें एक-दो लोगों ने सलाह दी कि इस परसाई को यदि आपने कॉलेज में ले लिया तो यह आपकी ज़िन्दगी की सबसे बड़ी भूल होगी। यह लड़कों को भड़काएगा और उपद्रव कराएगा। अध्यापकों को आपसे लड़वाएगा। प्राचार्य ने ज़िन्दगी की सबसे बड़ी भूल नहीं की। फिर मैंने स्कूल की नौकरी भी छोड़ दी।

तीसरा लाभ रास्ते में आया सागर विश्वविद्यालय में मुक्तिबोध पीठ पर आसीन होने का। यह काफ़ी नाटकीय हुआ। 1980 में जबलपुर में राष्ट्रीय प्रगतिशील लेखक महासंघ का अधिवेशन हुआ। बहुत लेखक आए। हमारी तरफ़ से मुख्यमंत्री से मायाराम सुरजन ने बात की। शिक्षा और संस्कृति सचिव अशोक वाजपेयी थे। मुख्यमंत्री अर्जुनसिंह ने 10 हज़ार रुपया अनुदान दिया और कहा कि मैं लेखकों का स्वागत करने आऊँगा। इस सम्मेलन की अध्यक्षता मैंने की, उद्घाटन केदारनाथ अग्रवाल ने और संचालन ज्ञानरंजन तथा कमलाप्रसाद ने किया। स्थानीय प्रशासन ने हमारे प्रतिनिधि डॉ. श्यामसुन्दर मिश्र को बुलाया और पूछा, 'मुख्यमंत्री उद्घाटन कितने बजे करेंगे?' श्यामसुन्दर ने कहा, 'वे उद्घाटन नहीं करेंगे।' तो अफ़सर ने पूछा, 'तो अध्यक्षता करेंगे?' श्यामसुन्दर ने कहा, 'अध्यक्षता भी नहीं करेंगे।' तो अफ़सर ने पूछा, 'फिर क्यों आ रहे हैं?' श्यामसुन्दर ने कहा, 'लेखकों का स्वागत करेंगे।' अफ़सर कुछ चक्कर में आ गए। अफ़सर ने कहा, 'ऐसा तो कभी हुआ नहीं।'

दिलचस्प बात यह है कि प्रशासन की तरह की ही प्रतिक्रिया कुछ लेखकों की भी हुई। कहने लगे कि मुख्यमंत्री को बुला लिया है। व्यवस्था को सिर पर लाद लिया है। मैंने कहा, 'मुख्यमंत्री ने ख़ुद स्वागत करने के लिए आने की इच्छा प्रगट की है। वे हाथ ही जोड़ेंगे, सम्मेलन पर कब्ज़ा नहीं करेंगे। मुख्यमंत्री दंगाग्रस्त क्षेत्रों का और अकाल पीड़ित क्षेत्रों का दौरा करते हैं। यह लेखकों का महासम्मेलन हो रहा है जो खुला है, गुप्त नहीं है। वे इसमें आ रहे हैं। आपको व्यवस्था की जितनी आलोचना करनी हो, विरोध करना हो, आप कीजिए।' पर शिवकुमार मिश्र बहिष्कार करके गुजरात लौट गए। रमेश कुंतल मेघ रहे, विश्वंभर उपाध्याय और नागार्जुन भी रहे। विश्वंभर उपाध्याय ने काफ़ी सख्त विरोध किया मुख्यमंत्री के आने का। उन्होंने 'हंस' में बाद में ग़लतबयानी भी की कि मुख्यमंत्री को उद्घाटन के लिए बुला लिया। मैंने प्रतिवाद छपा दिया कि उद्घाटन केदारनाथ अग्रवाल ने किया था।

एक और अति क्रान्तिकारी लेखक सरकारी कॉलेज में अध्यापक हैं। मैंने उनसे पूछा, 'अगर आपके कॉलेज में मुख्यमंत्री आनेवाले हों और आपके प्राचार्य आपसे कहें कि उनकी शान में मानपत्र लिख दीजिए तो आप मानपत्र लिखेंगे या नौकरी छोड़ देंगे?' वे पशोपेश में पड़ गए। मैंने कहा, 'मेरी सलाह होगी कि आप मानपत्र लिख दें, नौकरी न छोड़ें। मौजूदा व्यवस्था में सत्ता और लेखक के सम्बन्ध बहुत जटिल हैं। उनका अति सरलीकरण करना ग़लत निर्णयों पर पहुँचना होगा। नौकरी छोड़कर आप अपना और अपने परिवार का नाश करेंगे और क्रान्ति के उस झंडे के चिथड़े कर देंगे, जो दिखाते फिरते हैं।'

मुख्यमंत्री ने स्वागत में क्रान्तिकारी भाषण दे दिया। मार्क्सवाद की शब्दावली का प्रयोग भी किया। कहा कि 'वर्ग-भेद की दीवारें आप लोग तोड़ दीजिए।' अब जो नाराज़ लेखक थे, वे बहुत खुश हुए। मैंने कहा, 'आप पहले भी ग़लत थे और अब भी ग़लत हैं। भेद की दीवार तोड़ने जाएँगे तो पुलिस की लाठी से सिर टूटेगा।'

इसी सम्मेलन में यह प्रस्ताव किया गया कि किसी विश्वविद्यालय में मुक्तिबोध पीठ की स्थापना की जाए। महीने-भर बाद मुख्यमंत्री अर्जुनसिंह ने घोषणा कर दी कि सागर विश्वविद्यालय में 'मुक्तिबोध पीठ'

की स्थापना की जाएगी। 4–5 दिन बाद संस्कृति सचिव अशोक वाजपेयी का पत्र आ गया कि आपसे अनुरोध है कि आप मुक्तिबोध पीठ पर आसीन हों।

मैं जाना नहीं चाहता था। एक तो मेरा स्वास्थ्य ठीक नहीं था, दूसरे कुछ पारिवारिक समस्याएँ थीं। मैंने एक महीने जवाब नहीं दिया। मुझसे इस अवधि में आग्रह हुए, मेरे ऊपर दबाव डाले गए और मुक्तिबोध से निकटता की भावुकता उभारी गई। मुख्यमंत्री, अशोक वाजपेयी, मायाराम सुरजन, कमलाप्रसाद, ज्ञानरंजन आदि ने काफ़ी आग्रह किया। सागर से शिवकुमार श्रीवास्तव, महेंद्र फुसकेले, डॉ. प्रेमशंकर, डॉ. कांतिकुमार आदि के पत्र आए। कांतिकुमार जबलपुर में रहे थे और पुराने मित्र थे।

एक दिन मेरे मित्र मायाराम का पुत्र ललित सुरजन, जो बचपन से मेरा साथी है, कार लेकर रायपुर से आया और दूसरे दिन मुझे कार में बिठाकर सागर के लिए रवाना हो गया। साथ में मेरा भानजा प्रकाश था और हफ़्ते–भर साथ रहने के लिए डॉ. 'मलय' भी थे। दमोह में हनुमान वर्मा एक दिन पहले से थे। वहाँ भोजन किया और सागर को बढ़ लिए। सागर में शिवकुमार और कृष्ण कुमार साथ हो लिए और हम कुलपति के बँगले में पहुँचे। वहाँ चाय–नाश्ते के बाद मैं अपने बँगले में पहुँच गया।

मुझे बताया गया कि आपने आकर कुलपति की एक बड़ी समस्या हल कर दी। इस बँगले में आने के लिए तीन प्रोफ़ेसरों में मल्लयुद्ध हो रहा था क्योंकि यह परिसर का सबसे अच्छा बँगला है। विश्वविद्यालयों में नई शोध या नई बौद्धिक स्थापना के लिए आचार्यों में संघर्ष नहीं होता; अच्छे बँगले, चपरासी, अच्छे बगीचे के लिए संघर्ष होता है।

सागर विश्वविद्यालय में मेरे बहुत अध्यापक मित्र थे। मैं साल में एक–दो बार वहाँ किसी कार्यक्रम में जाता था। सब जाना हुआ था मेरा। मेरे पहुँचने से पहले वहाँ कमलाप्रसाद डी. लिट. के लिए 'टीचर फेलो' थे। उनके साथी और चेले थे। उनके कनिष्ठ साथियों में कपिल तिवारी और मनोहर देवलिया थे। कपिल तिवारी अद्भुत मेधावान और अध्ययनशील युवा हैं। देवलिया ने मुझ पर शोध की है और दो पुस्तकें छपाई हैं। ये दोनों रोज़ ही मेरे पास बैठते थे और बहुत मदद करते थे।

सारे विश्वविद्यालयों के परिसरों और अध्यापकों का हाल एक–सा है।

सभी विश्वविद्यालयों में गुट होते हैं। परनिन्दा आध्यात्मिक साधना होती है। गुट-संघर्ष रचनात्मक कार्य होता है। हर विभाग में शोध का स्थायी विषय होता है—शत्रु पक्ष की कमज़ोरियों का पता लगाना। भाषा का विकास निन्दा-कर्म से बहुत अच्छा होता है। ये परस्पर सम्बन्धों के समीकरण बदलते रहते हैं। हर सोमवार को कुलपति को सब विभागों में सूचना भेज देनी चाहिए कि इस सप्ताह शत्रु-मित्र के ये समीकरण हैं। तदनुसार निन्दास्तुति की जाए। जैसे नए आदमी के लिए यह जानना असंभव था कि वर्तमान समीकरण क्या है। डॉ. 'क' आए हैं और डॉ. 'ख' की बात निकाल दी है। अब मैं नहीं जानता कि डॉ. 'ख' इनके इस सप्ताह मित्र हैं कि शत्रु। अगर मित्र हैं और मैंने 'ख' की बुराई कर दी तो ये मेरे शत्रु हो जाएँगे। अगर शत्रु हैं और मैंने तारीफ़ कर दी तो भी शत्रु हो जाएँगे। मुझे निन्दा में कोई रुचि नहीं।

मेरे पास जो आता वह किसी की निन्दा ही करता। मैं चुप रहता। पर तीसरे या चौथे दिन राव साहब आए। उन्होंने विभाग की बात शुरू की। मैंने टोका, 'छोड़िए। परिवार के बारे में बताइए। बिटिया की शादी हुई? लड़के काम-धंधे से लगे? कितनी ज़िम्मेदारियाँ पूरी कर चुके?' राव साहब ग्लानिग्रस्त हुए। फिर एकदम खुश होकर कहा, 'यह आपने बहुत अच्छा किया जो परिवार की बात निकाल दी। मुझे बहुत अच्छा लगा। हम लोग यहाँ किस कीचड़ में रहते हैं।'

कभी ऐसा भी होता कि 3-4 अध्यापक बैठे हैं और उनमें विश्वविद्यालय की राजनीति को लेकर गर्म विवाद चलने लगता। मैं तरकीब से विषय बदल देता। किसी विषय के अध्यापक से उनके विषय का कोई गम्भीर प्रश्न कर देता। वे उसे समझाने लगते और वह गर्म बहस ख़त्म हो जाती। एक शाम हाथापाई की नौबत आनेवाली थी। तभी छिपकली गिरी। उसे भगाने में क्षण-भर द्वन्द्व थमा तो मैंने प्राणिशास्त्र के आचार्य डॉ. सक्सेना से पूछा, 'सक्सेना साहब, छिपकली का विकास क्यों नहीं हुआ?' डॉ. सक्सेना समझाने लगे और झगड़ा ख़त्म हो गया।

स्वास्थ्य खराब रहने के बावजूद मैंने काम बहुत किया। वैसे काम मुझे कोई नहीं दिया गया था। दो हज़ार रुपया प्रतिमाह लेना ही मेरा काम था। पर मुझसे अपेक्षा थी कि मैं वहाँ रहकर ख़ुद लिखूँ-पढ़ूँ तथा युवकों-

युवतियों को साहित्य रचना के लिए प्रोत्साहित करूँ और सिखाऊँ। मुझे इस काम में रुचि है। यों भी मेरे पास नए-से-नए लेखक आते हैं। मैं बुज़ुर्ग हुआ ही नहीं। मेरे निवास पर बहुत-से छात्र-छात्राएँ आते थे। नगर के साहित्यिक व पत्रकार भी आते थे। मेरे पास आसपास के क़स्बों के अर्धशिक्षित रचनाकार भी आते थे। मैं देखता कि इनमें तकनीक की चाहे कमी हो, पालिश न हो, पर वास्तविक जीवन-संघर्ष से उत्पन्न उनकी रचनाएँ शक्तिशाली होती हैं।

लिखना सिखाते-सिखाते मैं ख़ुद भी सीखता था। एक लड़की 'प्रताड़ित बहू' की कहानी लिखकर लाई। सास द्वारा बहू प्रताड़ित की जाती है और वह आत्महत्या कर लेती है। मैंने पढ़कर कहा, 'यह तो अख़बार का समाचार है। इसे पढ़कर मुझ पर कोई प्रभाव नहीं पड़ा। तुम क्या किसी ऐसी बहू को जानती हो जो सास द्वारा सताई जाती हो?' लड़की ने कहा, 'हाँ, बिलकुल पड़ोस में दीवार के उस पार ऐसी बहू है।' मैंने कहा, 'तो ऐसा करो, दो दिन तक तुम सिर्फ़ यह नोट करो कि सास किस तरह से पीड़ा देती है। सुबह से ही सुनो, सास क्या बोलती है। उसके शब्द जैसे-के-तैसे लिख लो। वह क्या करती है उसे पीड़ा देने के लिए, यह जैसे-का-तैसा नोट करो। बहू से तुम्हारी बात होती ही होगी। वे बातें जैसी-की-तैसी नोट कर लो। अपनी तरफ़ से कुछ मत लिखो। जो कहा जाता है और जो होता है वही सिलसिलेवार लिख डालो। अपनी तरफ़ से करुणा मत पैदा करो। करुणा उसी में से पैदा होने दो।' लड़की चार दिन बाद इस तरह लिख लाई। मैंने दूसरों के सामने वह रचना पढ़वाई। वह सचमुच बहुत प्रभावकारी हो गई थी।

कुल पाँच महीने काम कर पाया था कि मैं बहुत बीमार हो गया। भोपाल हमीदिया अस्पताल में भरती किया गया। तीन महीने इलाज के बाद सागर लौटा, पर फिर मन लगा नहीं। मैं उसी क्षण जबलपुर लौट आया।

❂❂❂